少年屠龙传 7

一个平凡少年成长为屠龙英雄的热血传奇

管平潮 著

ZHEJIANG UNIVERSITY PRESS
浙江大学出版社

目录

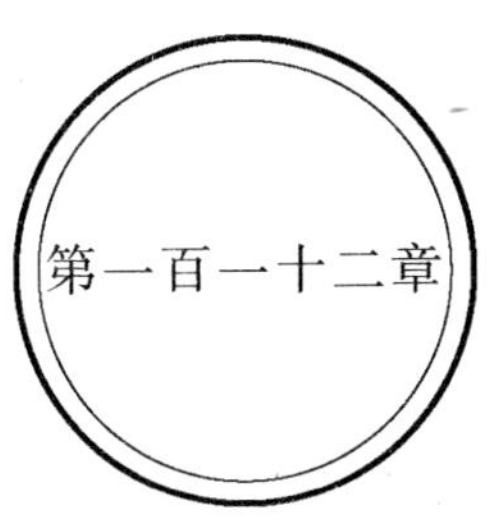

第一百一十二章

屠林真凶

“很好。”苏渐挥剑下手之时，扭头对萧龙雀一笑，“原来你也知道，什么叫‘大义灭亲’，哎，原来你是真心帮我，回去要给你请功。”

听到这句话，甘文光的泪水流得更欢了：“他是见鬼的‘大义灭亲’！分明就是报复我上回嘲讽鞭打他，现在来‘公报私仇’！”

这时萧龙雀听了苏渐的话，却是冷哼一声，连戏也懒得再做了。他回身挥舞“焚天戟”，挡住了追击过来的洛雪穹。

“你们这些混蛋！”到这时，甘文光终于爆发了。

纵然已经被制服，但求生的欲望还是激励了他；本来已经像一条死鱼，一下子他又腾身跳起，想要拼命一搏。

只是他忘了，他面对的是谁。

不说别人，就拿萧龙雀来说，眼见甘文光跳起来，想垂死挣扎，他想都不想，就冷哼一声，专心抵挡洛雪穹，根本不去看结果。

不得不说萧龙雀于武技一途，可谓专家中的专家。甘文光才一跳起，先前遭到重击的肋下忽的一阵剧痛。

这疼痛，如此猛烈，又如此怪异，别说反击了，他刚跳起来，就一下子又摔倒在地上。

不仅如此，他的整个身子都好像被深入骨髓的疼痛给麻痹了，不仅控制不了身体四肢，好像连三魂六魄都出了窍，眼前出现无数种匪夷所思的幻觉。

最后，他整个人都淹没在一片血海一样的可怖红光中，失去了对这个世界所有的知觉。

当然，这只是甘文光的感觉。

在旁人看来，比如在萧龙雀的眼中，便看到准备死鱼翻身的甘文光，才一跳起，便摔在地上，然后少年手中剑器发出一片血光，瞬间就将甘文光笼罩在内。片刻后血光散尽再看时，甘文光已经直挺挺地躺在地上，双眼翻白，显然是没了生机。

“哼！”见他毙命，萧龙雀不仅没有兔死狐悲的同僚之情，反而冷哼一声，心想道，“甘文光！我萧龙雀岂是你敢轻侮的？现在你死于非命，也是罪有应得！怪就怪你做事不留余地。以后宰相大人，由我一人辅佐，你就安心地去吧。”

刚想到此处，那苏渐已腾出手来，和洛雪穹兵合一处，双双朝他杀来。

苏渐二人联手的威力，就连萧龙雀也不是轻易就能抵挡住。强大的压力下，萧龙雀终于在这异域灵洲之上，再次施展出他的护体秘术。

萧龙雀的护体秘术，一来可以护体防身，二来可以掩藏行迹，一般只有在他为宰相执行一些见不得光的任务时才会施展，轻易不会施展。但今日苏渐和洛雪穹双剑合璧，打得自己节节后退，萧龙雀便不得不施展出这一招，想重新夺取战斗的主动权。

于是不断后退的神戟将，忽然周身腾起浓重的乌黑云雾；这种迷雾阴霾极为诡异，让萧龙雀的身形，好似蘸水的墨汁，转眼便告稀释。

很快他整个人都融入迷雾之中，苏渐展开攻击，好几次明明血歌剑已经刺中萧龙雀的要害，却都刺在了一团虚无的迷雾上。

高手过招，机会难得，往往一招就能定出胜负，更何况萧龙雀的护身阴云还有这样诡秘的惑敌功效。

于是，虽说萧龙雀瞬间便散去了这诡异的护体阴云，但双方的攻防态势，已然转换。

阴云迷雾消散后，他那柄烈焰飞腾的焚天戟，已如一条翱翔天宇的东方火龙，追着苏渐和洛雪穹满场飞跑。

重新占了上风，萧龙雀心中十分愉悦。但他没想到，对面那位玄武卫的少年，虽然转瞬处于下风，但心情比他还要愉悦。

或者，确切地说，少年的心情，既愉悦，又悲伤……

虽说，刚才萧龙雀的护身阴云转瞬即逝，但苏渐一眼便确认，这就是当年寂灭林中，屠灭整队青龙军、杀害萧宁兄长的神秘凶手的护体阴云。

多年的谜团，一朝解开，苏渐悲喜交加之时，还感到无比的愤怒。

要知道，萧龙雀可不是一般人，他是堂堂华夏当朝宰相的第一亲信，还是公认的“京华四杰”第二杰。

就这两点，无论他白虎军团的将军身份是不是挂名，神戟将萧龙雀，都是当仁不让的华夏国乃至整个人族的当世柱石。

但没想到，就是这样声誉卓著的当世人杰，却在暗中干出了出卖国家、出卖同族的滔天罪行。

当然，苏渐已不是三岁小孩，知道世上很多事情，并没有那么明晰的黑白界线；但有一件事他很确定，背叛祖国、背叛同族这样的事，哪怕巧舌如簧，说破天去，也是完全不可原谅的突破底线的恶行。

所以，当确认萧龙雀就是久寻未得的真凶，苏渐心中对破案的喜悦、对遇难同僚的哀伤，便很快褪去，心中只剩下愤怒的火焰。

当然，他也是细致之人。

即使看到念念不忘的护体阴云，他还想进一步确定。

很快这样的机会便到来。

攻防转换、占了上风的萧龙雀，这时已是满腔杀机。

其实神戟将萧龙雀，早就知道苏渐正是那天寂灭林中，被他追杀落入深渊的玄武卫小兵。

但萧龙雀何等骄傲，根本就不将苏渐放在眼里。

在他心目中，两人的差距何啻霄壤之别？

所以这几年来，两人间也相安无事。

不过这一刻，萧龙雀已经改变了主意。

占了上风之时，他眼神阴冷地看着苏渐，心想：“苏渐，开始不屑杀你，后来因小眉不便杀你。但今日是你自己找死，那就成全了你！”

心念动时，他看向苏渐的眼神，已充满了杀机。

看到他这样的眼神，苏渐心中顿时笑了："萧龙雀，果然没冤枉你。这眼神，我一辈子都不会忘记！"

霎时间，这一对寂灭林中的旧仇人，都鼓足了全身的力量，朝对方迅猛突击。

于是，这一刻，血歌剑华光闪耀，焚天戟烈焰缤纷，双方如一蓝一红两颗异色的流星，在花语草原的上空划出灿烂的轨迹，朝对方疾速地出击。

电光石火间，剑戟撞击，立时震荡起强烈的冲击波；远近那些还在拼杀的妖族武士，顿时东倒西歪。

眼见二人以命相搏，洛雪穹立即飞身向前，想要助苏渐一臂之力。

京华第二杰、焚天神戟将萧龙雀，乃是当世绝顶高手；一旦他动了真正杀机，其展露出来的武力，简直惊世骇俗，纵使苏渐身怀秘技，这几年也多加淬炼，这等生死搏杀时，却离萧龙雀也还差得远。

于是，饶是洛雪穹助战救援的身形如同回风舞雪，依然还是迟了一步。

很快，她从来宛如冰山寒雪的目光，转为罕见的惊恐：

焰光灿耀的焚天戟，已经直指苏渐的眉心！

对这样的结果，苏渐不是没有预知。

他何等聪明，怎会不知道自己的实力离萧龙雀的还差得远？

但和以往好几回那样，他"义无反顾，虽死不悔"，为了当年寂灭林中殉难的同袍前辈，他也容不得自己有丝毫的顾命惜身。

但正因为聪明，他也知道，今日众目睽睽，萧龙雀虽然杀了自己，但自己可以用这条命，换来萧龙雀将来面对轩辕鸿、雷冰梵、洛雪穹等人不死不休的报复。

他相信自己的朋友。

所以从这一点也可以看出，苏渐的聪明，和甘文光、阮天择等人终究不同：那些人用所谓的聪明和谋略，来对付天下人，甚至身边人；而苏渐，却只用它来快意恩仇。

为寂灭林死难同袍报仇之事，苏渐已经酝酿了不止一天两天。

正因他已想得极通透，所以当萧龙雀的焚天戟直指额头眉心时，苏渐心中一片坦然，竟无半分惧意。

见他如此镇静的面容，杀意滔天的萧龙雀，不免有些兴味索然。但他何等冷血，只是稍一迟疑，便一摁手中焚天戟，朝苏渐的双眉中间直直刺去。

“不——”伴随着撕心裂肺的呼喊，洛雪穹急挥手中的月神白虹剑，一道月白色的弧形剑芒伴随着冰冷雪花，朝萧龙雀直扑而去。

只是洛雪穹知道，这样的攻击已经慢了半拍，于事无补。

锋锐的神戟之刃，就快触及苏渐的眉心，却忽然间出现了一种难以解释的异象：

仿佛这方天地，变成了柔软的海水，瞬间飞旋起一团巨大的漩涡；无论是人还是物，全都被这一巨大的无形漩涡卷起，以极快的速度开始旋转游移。

于是，已经触及眉心的焚天戟，瞬间偏离了目标，并和它的主人一起，被巨型漩涡卷起，眨眼间已在三四丈开外。

“怎么回事?!”这状况如此意外、如此怪异，即使是见多识广的萧龙雀，也瞬间被惊呆。

这时他甚至忘了懊悔刺杀苏渐失败，只顾四处东张西望，想看清究竟发生了什么。

“幻象之心!”死里逃生的苏渐，几乎在第一时间，便猜到发生了什么。

虽然刚才生死搏杀，无暇分神，但现在被时空的乱流搅动得四处漂移，他立即就猜出大致发生了什么。

“一定是雪冽迩攻击太过凶猛，便连九尾天狐妖族女王也抵挡不住，于是即使她已知动用幻象之戒有严重后果，会让自己越陷越深，将来遭致更严重的反噬，但这一刻为了解救眼前的危机，她还是动用了宝钻‘幻象之心’。”

虽然苏渐没看见刚才的情景，但心中所想，基本上就是刚才惑梦和雪冽迩对敌时所发生的事情。

对动用幻象之戒的危害，惑梦不是不知道，上回云荷谷中她痛苦欲死的情景依然历历在目。但世事便是如此无奈，眼看危机就在眼前，纵知有无穷后患,她也依然毫不犹豫地动用了禁忌之力。

幻象之心的神秘力量,瞬间发动,这一处战场的整个时空,开始扭曲;尤其是这处空间,开始飞旋成无形的大旋涡。

这一刻,似乎所有的事物,都被打破了原本的结构组合,开始以更微小的单位飞速游移。并且在高速的飞旋之中,即使在原来天然的引力作用下,又按原来的顺序规则勉强黏合在一起,但这种聚合远不及原来紧密,因此表现出来后,在众人的眼中,就好像周围的一切都拉伸变形,如同被无形巨旋带起的狂风吹拉一样。

当然,幻象之心的神秘禁忌之力,对生灵并没有作用。因此,包括苏渐、洛雪穹、雪冽迩、萧龙雀、厉华楚及妖族武士们在内,他们如同被旋涡卷起的落叶,眼睁睁地看着自己毫无自控力地朝莫名其妙的地方漂移。

惑梦这种不惜代价的行为,倒是挽救了自己,顺便挽救了苏渐,挽救了其他陷于危局的妖族伙伴。

只是,这毕竟是禁忌之力。如果说动用禁忌之力带来的反噬是一种病症的话,那惑梦为了保护灵洲妖族,经过多次动用后,到今天已到了重病的晚期。

所以,当她今日为了保护白骨圣杯,不得不再次动用幻象之心时,带来的负面效果超出了此前任何一次。

在幻象之戒发生作用的过程中,不仅她的躯体开始不受自己的控制,连心魂都开始变得癫狂和沉沦。

对惑梦来说,好似自己已经不在晨光初现的花语草原,而是正冲向无尽的黑暗星空——这星空,自然不是群星灿烂的温柔天际,而是没有尽头的黑暗深渊。

相比肉体上的痛苦,内心正滑向虚无深渊的灵洲女王,所承受的痛楚,外人完全无法想象。

此刻威严的灵洲女王,虽然还像站在风暴眼上的无上神灵,好似掌控着这方天地中的一切力量,但只有她自己知道,如果那位可怕的龙族女子,没有因这样的幻象乱流导致战力瘫痪,那当幻象的风暴平息之后,不知别人如何,她惑梦一定率先退出战场。

当幻象之戒搅起了乱流、惑梦的心魂滑向虚无深渊之时，其表象如此奇异，甚至引起了异域中某人的注意。

邪魅俊美的黑暗国师伊尔丹，在恶魔国度、湮灭地带中，感应到这一丝不同寻常的气息，立即惊讶于其奇特而强大的能量，变得若有所思……

奇异的力量，总是难以持久，很快局部的乱流便平息下来。

驱动了这样奇异力量的灵洲女王，果然如她所料，只觉得全身萎靡，连站都站不稳，更不用说继续对敌。

虚弱之际，她也急着查看战果。因为在驱动幻象之心的力量时，她已经针对性地对敌人施加特别的幻象力量。

让她欣慰的是，目光所及，那些龙族高手全都姿态怪异，手舞足蹈，如无头苍蝇般冲向远方——显然，他们已经中了幻象之力，陷入了只有他们自己才知道的混沌幻象中。

而他们都是绝顶高手，脚力非同寻常，半纵半跃，半飞半走，转瞬消失在茫茫的远方。

看到这样的结果，惑梦十分欣慰。

只是她愉悦的心情，也就持续了这么一小会儿。

当她满怀信心，看向那个罪魁祸首之时，却发现面罩黑纱的女子，竟是完好无损地站在原地。

虽然隔着面纱，但惑梦分明能感觉到她脸上满含嘲讽的阴冷笑容。

“怎么可能?!”惑梦见状大惊失色。

她想不通，这龙族女子，明明刚才同样随着时空乱流胡乱漂移，怎么现在还能毫发无损地立在原地?

大惊之下，她立即不顾后果地再次驱动幻象之戒。时空的乱流再次启动，但和刚才不同，乱流中隐龙君岿然不动。

血色的晨光里，忽传来她傲慢尖利的叱喝:“妖族? 哈! 在我眼中，你们比猪狗人族还不如! 这片时空中，只有魔族才堪一战，却已经被打翻在地，永世不得翻身。你，惑梦，凭只破烂戒指，就想挡住本座的脚步?”

狂妄的话语中，隐龙君雪冽迩逆流而上，挥舞起灿烂的群星之鞭，在变形的景物中破空而来，直击女王惑梦。

启动幻象之戒，已是勉力而为，这时候惑梦哪有余力抵御？见雪冽迩破空而来，她有心停下手中法术抵御，但已然来不及。

蕴含无边杀机的死光螺旋，很快便要缠绕上惑梦修长白皙的脖颈；苏渐眼见不妙，立即展动身形，仗剑御风而来，挥起闪耀光芒的血歌古剑，在一阵尖锐激烈的撞击声中，挡下了隐龙君的致命一击。

星辉剑光激耀之时，惑梦再也支撑不住。幻象之戒的光辉瞬间熄灭，她整个人身子一软，竟是瘫坐在地。

见她这样，狼王、虎王等人大惊失色，连忙驱动妖族精锐拼命向前进攻。

这时候他们已经没了保卫圣杯的奢望，只想不惜一切代价救回自己的女王。

尤其是虎王震林，先前还和意图谋逆篡位的山魈之王眉来眼去，直到这一刻他才明白，在这片灵洲土地上，没有人能够替代惑梦女王。所以这一刻他尤其卖命，挥舞着沉重的长斧，虎吼着朝隐龙君扑去。

但可悲的是，无论他们还是女王惑梦，此刻都已经不在隐龙君的眼里。此时的巫龙王亲妹，眼里只有苏渐。

“哈哈！你来了。”说话时，雪冽迩随手卷起星光的风暴，吹倒进攻的妖族，阻挡住意图救援的洛雪穹。

如果不看当时的情景，光听雪冽迩这句话，还会以为她和什么老友相见，正在互致问候。

“我来了。”苏渐仗剑挺立，护住脚边的惑梦女王，和雪冽迩傲然对视。

面对凶悍绝伦的巫龙王之妹，他气势昂然，不过表情并没有刚才激战时的凝重，反而笑着说道：“雪冽迩，我当然会来。这不是你我的约定吗？”

“你看，在这荆棘的荒野，你我老友相逢。只不过，庆祝你我再会的美酒不必用白骨酒杯相盛，只要你愿意，我可以跟你找一处风景幽雅的地方，品一品灵洲特产的‘花吟酿’——相信我，它的味道不错的，正适合你这样的女子。”苏渐朗声说道。

听得他这样好整以暇的话，那些正被星光风暴吹得如同滚地葫芦的妖族首脑，全都心中骇然。

他们哪里想得到，这个人族少年胆子竟能大到这样的程度。面对凶神恶煞的龙族强敌，说话神色如常也就罢了，竟然还语带戏谑，甚至语带调戏——他难道就不怕在龙族强敌的怒火中化为齑粉吗？

狼王裂风这时就在心中想："哎，我还常常自诩是世间第一放荡不羁之人，纵情天下，但没想到苏老弟如此色胆包天，连龙族这样的人物也敢调戏，我狼王算服了你啦！"

不约而同地惊叹之余，妖族首脑们也在等待隐龙君的怒火爆发。

只是再次没想到的是，这位宛如炼狱死神的隐龙君，却丝毫没有刚才面对妖族众人时目空一切的高傲模样。

听了少年略带调笑暗含威胁的话，她不仅没生气，还"咯咯"地笑了起来。

"苏渐，好，好，好。"雪冽迩凝视少年，连道三个好字，然后用一种惋惜的语气说道，"可惜啊可惜，苏渐，你怎么会背叛我哥哥呢？你是多好的一个人啊。虽然其他方面都很混蛋，但这个胆子，比我族最没心没肺的兽龙勇士还要大啊。"

"你放心，我今天不会让你失望。你别忘了，我上回临别跟你说的是，'荆棘荒野中相会，必端起白骨的酒杯，满斟鲜血的美酒，庆祝你我的再会'。我们好不容易再相见，怎么能喝那么粗劣的妖族酒水呢？得喝用鲜血酿成的美酒啊。嗯，你放心，本座喝不得劣酒，这酿酒的鲜血，就用你的吧！"

说这段话时，更多的妖族武士从四面八方赶来，朝隐龙君汹涌地扑击。但隐龙君却岿然不动，如同惊涛骇浪中的礁岩。在隐龙君的眼里，这些妖族武士就像蝼蚁一样无足轻重，说话时只是随便挥了挥手，便有无数的星辉之刃如落叶飞花般四射而出，将那些汹涌扑来的妖族武士击倒在地。

转眼之间，伤者遍地，惨叫四起，黎明前的昏暗荒野，如炼狱一般。

见雪冽迩的功力如此霸道绝烈，站在她对面的苏渐也暗自心惊。

但这时，他已经没有退路。

别看雪冽迩威胁得还挺含蓄婉约，但看她的所作所为，已经是恨苏渐入骨。如果不是如此，她不会故意击退其他敌人，只把苏渐留在眼前。恶毒的巫龙女，想必要对苏渐进行最惨无人道的折磨报复。

想到这一节，苏渐反而镇静了下来。

听到雪冽迩刚才的威胁之语，他笑道："怎么？想喝我的血？看来你记性真不好。我这把剑可还记得清清楚楚，上回它可是在你的胸膛中来回走了一遭。"

听到他这话，离他最近的惑梦、裂风、震林、柔甲等妖族首脑，心中一片骇然。

他们到这时才认识到，自己太低估苏渐了。这个人，竟然曾经击败过可怕的龙族恶女，还用剑刺穿了她的胸膛！

听到这里，他们心中燃起了一丝希望。他们希望这回苏渐能故技重演，再次重创雪冽迩，这样不仅能为灵洲保护住白骨圣杯，还能挽救在场妖族武士的性命。

只是这样的希望，燃起了才不到半刻，就被雪冽迩的一句话给无情地浇灭了："苏渐，对啊，被你偶然偷袭。但别忘了，纯正的巫龙王族之血，让本座受任何重伤都能自愈。更何况，上次被你侥幸得手，你以为今天我还会给你机会吗？"

听得这句话，裂风等人霎时又吓得魂飞魄散。

苏渐的武技，他们都见识过；雪冽迩的武技，他们也见识过。所以他们知道，苏渐的武技还在人间妖界的范畴，但那雪冽迩的奇异绝技，根本就不属于这个世界。

更何况，听雪冽迩这话的意思，她还能迅速自愈，这样一来，武技已经超凡脱俗，还能立于不败之地，那苏渐怎么可能取胜？他们这群人还怎么能死里逃生？

顿时，就连最倔强最乐观的妖族，也彻底丧失了求生的信念。许多人本来还在犹豫是不是要逃，这时候已经有了主意。

只是虽然下定决心要逃，大部分人都惊恐地发现，自己腿脚酸软、心魂震颤，竟好似走动不得。

就在他们面如死灰之际，雪冽迩摄人心魄的尖啸声霎时响起。

巫龙王之妹的攻击，开始了！

死光螺旋横空扫荡，犹如矫健的神龙带着天国的光辉翱翔天际；紫炎巫火爆发出炫丽的焰光，仿佛幽灵魔蕊在黑暗深渊静静开合；幻灵的分身从雪冽迩妖娆的身躯连续扑出，带着诡秘的残影，从四面八方向苏渐合击。

巫龙女超乎想象的灵力，支撑种种复合攻击一齐爆发；它们无论形态还是原理都千差万别，唯一的共同点，便是熄灭所有在场之人仅存的求生信念。

面对如此强度的饱和攻击，苏渐根本无法巧取。

雪冽迩甫一发动，苏渐便清叱一声，绚烂的星流术光辉瞬间覆盖了全身。

转眼之间，一头焰羽纷披的炫丽神焰朱雀，冲天而起，翱翔在杀机无限的星光风暴之间。

要说今日战场中，心理活动就属裂风这些围观者最多。

他们本以为今天对苏渐的震惊已经到头，接下来就看他如何不出意料地被雪冽迩杀死，没想到这一刻，他们又震惊了。

“星流术！他是星流武士！”纵然远隔重洋，作为神州大陆最神秘、最华丽、最强大的秘技，灵洲妖族们也对星流术有所耳闻。

他们没想到，传说中万中无一的神州星流术，竟在眼前这位少年身上，用最绚丽的方式呈现！

虽然上回苏渐在对付山魈王石冈时，已经施展了星流术，但当时毕竟离得远，追上的人本就寥寥，更何况苏渐借它飞出深渊后，几乎没人看见他真正的朱雀之形。

但这一回不一样。无数的妖族武士，甚至普通百姓，都为了保卫圣杯、保卫女王，源源不断地从四面八方涌来；这一处乱石丘陵又在花语草原上，四周一览无遗，无遮无挡，苏渐一旦化身成神焰朱雀，用“千羽幻光翼”翱翔天际，就算数十里外都看得见。

所以，这一刻，千万灵洲妖国之民，都为翱翔于天际的朱雀少年所惊艳。

但还不止于此。

因为雪冽迩的攻击实在太多样、太剧烈，逼得苏渐不得不把压箱底的招儿都使了出来。

脱胎于血歌剑灵的“幻灵血歌”星流术，便被他一并施出；并且经过这几年的修炼，当“幻灵血歌”出现之时，并没有像当初那样和朱雀之形结合在一起，变成怪诞荒唐的模样。

这一刻，艳丽妖娆的血歌姬，以星流之形出现时，本体和苏渐的神焰朱雀完全分离，自行翱翥于天际。翱舞云霄时，她和苏渐配合攻防，并肩对付巫龙王之妹。

生死攸关之际，苏渐并没有心情卖弄，但“幻灵血歌”星流术一出，再次让所有灵洲妖民惊艳。

此刻，在他们的心目中，苏渐就好像是传说中能够召唤神明仙灵的人物。大家亲眼看到他唤动了一位飞天神女，从九霄飞来，和他并肩作战。这情景如此绚丽神幻，如此澄明堂皇，简直让人忍不住要顶礼膜拜。

这时候，又是一声清唳，在灵洲妖民的目不暇接中，洛雪穹的“驭风青鸾”也冲天而起，加入了战团。于是熹微的晨光中，三个神幻灵物飞天翱翔，拖曳出千百道瑞彩祥光，完全盖住了东方云天的万里朝霞。

星流术不愧是人族克制龙族的压箱底绝技；面对三位星流武士，纵然以雪冽迩之能，一时也只能与之堪堪打平。

眼见战局僵持，在某一瞬间，雪冽迩的杀心也略有松动：“要不，今日取了白骨圣杯便罢，苏渐这小奸贼的性命，留着下次再取？”

但雪冽迩很快便心硬如铁。浸淫到骨子里的对人族的歧视，让她无法容忍苏渐两次三番地挑战她的尊严。

一旦雪冽迩下了决心，本来还能勉强打平的苏渐一方，顿时陷入了困境。

“幻灵血歌”首当其冲。

毕竟不是血肉之躯施展出来的星流术，虽然相比一般的星流武士已经高出很多，但毕竟不太能随机应变。

很快雪冽迩便寻了个破绽，手挽一条死光螺旋，横抽过来，“幻灵血歌”猝不及防，被光焰扫中躯体。她顿时哀鸣一声，人形消散，所有的血焰流光，瞬间重新收回到苏渐手中的血歌剑里。

紧接着便是洛雪穹的“驭风青鸾”。

这种星流术，在天际翔舞之际的身姿最为灵活，因为本来拟物化形的便是风系灵禽青鸾鸟。但很快雪冽迩便针对性地施展出“锁天星链”，刚开始洛雪穹还没察觉，等她终于发现雪冽迩的意图时，为时已晚。

戴着镣铐，自然很难跳舞，很快这只轻盈灵动的驭风青鸾，便如同坠入泥沼，速度越来越慢，最后几乎不能维持飞翔。

一旦失去动力，又高悬云天，洛雪穹的处境可想而知。

苏渐见势不妙，极力救援，但鞭长莫及。于是在雪冽迩的长笑声中，无数幻灵分身围着洛雪穹一顿猛攻。

很快驭风青鸾便哀鸣一声，化形烟消云散，只剩下洛雪穹被围在云空，甚至连坠落都不可能，孤零零地悬在半空中被雪冽迩“吊打”。

一见这情形，苏渐心中大急。他极力翱翔，想接近救援。但雪冽迩身形狂舞，无数雪亮星光呈剑羽之形，巨浪奔涌般朝苏渐飞扑。一时间苏渐别说救援，能保住自己已是佛前烧了高香。

被雪冽迩的分身幻灵围攻，皮肉之苦自然难逃，但对洛雪穹来说更要命的是，雪冽迩的分身攻击中蕴含了杀机无限的星光之力。于是她不仅皮肉吃痛，还被攻得魄魂摇动，只觉自己三魂六魄几似不稳固，吓得她连连催动静心凝魂的法咒，才勉强保持灵智不失。

对洛雪穹的困境，苏渐心知肚明。

到这时他才终于意识到，站在龙族巅峰的雪冽迩意味着什么。

他拼命想靠近，却在汹涌而来的星光剑羽面前，自身难保。

对苏渐来说，自己的挚友受难，简直比自己亲历还要难熬。辗转腾挪间，他看到洛雪穹的嘴角开始流出鲜血。这一下，他的心就像被重锤猛击了一下！

“一定有办法的！”他在云空中发狂地想办法。

这时候，淬炼已久的战斗本能开始发动，除了能勉强应付不断涌来的星光之刃，他脑海中也仿若闪过一丝灵机。

如同黑暗中一缕微光，他有一种奇怪的感觉，感觉自己刚刚意识到一个能解救眼前危局的线索。

“是什么?！快点想出来，快点想出来！”看着远处少女嘴角的血越来越多，身子越来越轻飘，苏渐越来越焦急。

只需片刻，洛雪穹便再也难以维持正常的姿态。她的神智开始涣散，呼吸犹若游丝，生命力正在加快流逝。

那些围攻的分身幻灵颇有灵识，根本不用看便已感应到少女濒死的状态。它们立即不再浪费能量，化作一道道流光，在“咻咻”数声中重新回归到雪冽迩的本体正身。

眨眼之间，本来被围在空中猛攻的洛雪穹，如同一只断了线的风筝，从空中飘然坠落。

血色的霞光里，洛雪穹坠落之初，如同折翅的飞鸟，但随着高度越降越低，她坠落的速度就越来越快。

第一百一十三章

计中之计

眼见她坠落，草原上的妖族俱都惊声尖叫，很多人扭过头去，不敢看这样的韶龄少女，摔得血肉模糊。

就在这千钧一发，洛雪穹离地也就一两丈，眼看就快摔到地面时，却有一道幽黑的光芒破空而至。

还没等众人反应过来，万道霞光之中，一只异色的朱雀神鸟冲天而起，转眼飞腾上云霄天际。

说是“异色”，是因为从来没人见过这种颜色的朱雀神鸟。

朱雀乃火之仙禽，颜色虽可能有各种变化，但绝不可能像眼前这样，竟然变成了如同黑夜星空的颜色。

“黑夜星空”，这个词用来形容这只朱雀，简直再确切不过了。它的尾羽翎翼，全是黑暗的颜色，但翩跹之时，又可见毛羽上点缀着无数灿烂的星光。于是翱翔拖曳之际，就宛如夏夜苍穹最璀璨的银河一样。

但即使有星光点缀，如此的黑暗朱雀实在有违世间常理；毕竟作为火灵神鸟，朱雀是站在黑暗的对立面的。

可是，这样不可能的事情，就这样发生了。

众人看清，星流武士苏渐，化身黑暗的朱雀之形，不仅救下了云天陨落的洛雪穹，将她安置到附近安全的地点，还立即冲霄而起，朝不可一世的巫龙女冲去。

很多在场妖族都没有意识到，他们正在见证着奇迹，见证着历史！

他们是第一眼看见“黑暗魔炎朱雀”星流术的人,或者更确切地说,他们是第一眼看见实际运用黑暗星流术的人。

要知道,“黑暗星流术”作为禁忌之术,在人间暗中流传,但一直以来,对掌握星流术的人族而言,黑暗星流术只存在于纸面理论上。

人族人才济济,何止千万,为什么会出现这样的局面?其实也很简单,迄今为止所有黑暗星流术的研究都表明,要驱动它,必须要有纯正的天魔之气。

别说天魔气了,对于人族而言,能接触、收纳魔族魔气的机会,都微乎其微;更何况就算有人走了大运,身具天魔气,但同时还要是星流武士,还要了解黑暗星流术的原理,几道关卡一下来,这世上真正出现黑暗星流化形的概率,几乎为零。

但不巧的是,苏渐恰好是这世上,迄今为止唯一具备这多个条件的那个人。

当然,在先前那几个条件之外,其实还有个隐含的条件,便是机缘巧合。

一般的星流武士,走的都是正大堂皇的路子,而且仅靠正常的星流术就能横行世间,谁还有心思去琢磨什么黑暗星流术?即使这种禁术可能威力更大、效果更奇,但用不上啊。

所以,今日苏渐激发了“黑暗魔炎朱雀”星流术,还要感谢雪冽迩这个引子。

如果不是这位站在龙族绝顶之巅的女子,将他逼到绝路,他怎能够融会贯通并激发了这样的奇异禁术?

很快,带着星光之力的黑暗朱雀,在雪冽迩催发的星光剑羽浪潮中奔腾翔舞,不仅没受到丝毫限制和伤害,反而一路吸收雪冽迩的星光之力,让魔化朱雀的黑暗之羽变得更加巨大。

见他如此,雪冽迩吃惊之余,却也嗤之以鼻。

她在心中嘲讽道:“就算有此奇术,暂时逃得一劫,又能如何?你能破得了本座的幻界之盾吗?上回只不过是机缘巧合,但我已吸取上回教训,这一次管教你有来无回!”

心念转动间，她瞬间便升起了“幻界之盾”。

这一次，雪洌迩接受上次的教训，已经暗中针对苏渐做了准备。环绕周身的幻界之盾，融合了巫龙秘术“镜影旋光”，虽然依旧彩光飞旋，但暗中却有四五条纤细的紫色光线，在漫天彩光中隐隐流动。

这便是雪洌迩的陷阱。

只要苏渐还用上回天雪城中战斗的方法，来冲击和突破雪洌迩的幻界之盾，这几条融合了紫炎巫火的紫光暗线，就会渗入苏渐的皮肉神魂之中，瞬间爆炸，让他死无全尸，永世不得超生。

只是她没想到，自上回天雪城一役，她回去痛定思痛，苏渐更是如临大敌，做了充分的准备。

雪洌迩能够想到的东西，苏渐会想不到？当时赢得如此惊险艰难，苏渐比雪洌迩更清楚，自己赢得太巧合太随机。

更重要的是，苏渐的直觉告诉自己，他和雪洌迩迟早还会有一战。于是，在那之后，只要一有空闲，他便细细回溯研究上一次对雪洌迩的最后一击。

尤其最近漫长的海上航路，更让他有时间来静静地凝思对策。

于是，这一次他有备而来：当化作黑暗魔炎朱雀腾空而起时，他调动了身上仅有的两件武器法宝——血歌剑、星降之链。或者，更确切地说，还要加上寄宿于星降之链的月歌之魂。

星降之链的浩然星辉，月歌之魂的太清之气，再加上血歌煞灵的混沌煞气，这一刻被他充分调动，三者糅合在一起，全力汇聚到魔炎朱雀的利爪上。

当三力聚齐，黑暗魔炎朱雀爆发出一片暗黑的强光，霎时间如同黑暗冥狱和光明天国两个矛盾的极端，在这个清晨一齐降临花语草原。

黑暗朱雀闪耀着炽烈的死亡之光，以极快的速度冲向雪洌迩。所经之路，空气被前所未有地压缩，发出刺耳无比的嚣叫轰鸣。

这一刻，闪耀着奇异暗黑光辉的朱雀，如同翩跹飞舞于光与暗国度边缘的死亡之翼。

但这并不是重点，当疾速如流星的黑暗朱雀冲破雪洌迩的防线，尖锐的利爪直击在巫龙女的身上时，作为巫龙王族最后一道保命防线的巫龙自愈之力，瞬间便被破坏了。

黑暗朱雀疯狂攻击时，本就发出凄厉无比的连续嚣鸣，但这一刻，一个更惨烈、更尖锐的嘶鸣，瞬间"脱颖而出"，回荡在整个云天草原。

不可一世的巫龙王亲妹雪冽迩，竟在一瞬间被打落尘埃，身躯四肢到处是破碎流血的伤口，眼见便要活不成了。

见她如此，熟知内情的萧龙雀和厉华楚，全都大吃一惊！

"怎么会?"纵然自己便是凶厉无比的高手，但在萧、厉二人心中，雪冽迩都是如同战神一般的存在。

可以想见，当他们看见自己崇拜的神明一样的偶像，竟被一个自己看不起的少年给打落尘埃，还身受重伤时，心中那份震惊和冲击，有多么难以言喻。

"她，她不是能自愈吗?"萧龙雀和厉华楚看着雪冽迩汩汩流血的伤口，简直不敢相信自己的眼睛。

他们却不知道，一个人刻苦琢磨招儿的苏渐，所想出来的克敌招数，竟然和巫龙王宏大计划中的关键一环有异曲同工之妙。

巫龙之王撒菩勒伯，需要用"幽冥圣杯"和"白骨圣杯"这两个光暗双杯，聚合在一起，利用它们之间强大的对抗冲突之力，从而爆发出超乎想象的能量，来驱动旷古绝今的"恸天灭地血祭大阵"。

今天，苏渐便用星降之链、月歌之魂，与血歌煞灵，构成两个极其对立的极端，"阴阳相反""相反相成"，便爆发出了强大的力量。

这种力量，超乎想象，不仅撕碎了雪冽迩的防线，更是在一瞬间发生了千万次极微小的爆炸，聚合在一起，便破坏了雪冽迩的巫龙愈合之力。

由此可见，万法归宗，其理相同。

眼见雪冽迩跌落尘埃，状若濒死，这还了得？对萧龙雀和厉华楚二人来说，这一刻什么大业和目标，全都抛到九霄云外了。

两人不约而同地跟眼前的敌人虚晃了一招，便立即身形如电，齐齐奔到雪冽迩近前，赶在那些妖族高手冲上来之前，将她一抱而起。

此后萧龙雀和厉华楚两人相互配合，冲出了荆棘丛生的乱石丘陵，没多会儿就消失在茫茫远方的荒野里。

这时候，苏渐灵力也堪堪耗尽，翩然落地。

收起星流化形，苏渐仗剑挺立，看着萧厉二人如丧家之犬，急急逃向远方，便蓦然爆发出一阵大笑，然后厉声高叫道："雪冽迩，得罪得罪，这一场荆棘丛中的相会，也只能麻烦你喝自己的血酒了！"

这一刻，晨雾迷离，霞光万里。青衫磊落的少年，傲然喝叫时，在霞光晨雾的衬托下，显得潇洒磊落无比。

到这时，这一场"螳螂捕蝉，黄雀在后"的夺宝大战，终究还是以妖国和苏渐这一方取胜而告终结。

而见识到刚才苏渐和洛雪穹二人翱翔九霄、力克强龙的情形，几乎所有在场的妖族，都将两人视若神明。

那位虎王震林，这时候还有些大言不惭地想："哈！全都因为我虎王忠诚、正直，先前才没有听石冈那个山里猴子的满嘴瞎话。"

"吓，笑话！能听那猴子的话？说什么有龙族撑腰，肯定事成；你看看现在怎样？这么厉害的龙族高手，都被这少年打跑啦！"

这时候，无论虎王，还是其他妖族，都觉得事情已经尘埃落定。

许多人心里甚至已经开始按妖族的传统，急急筹划今天的欢庆聚会。

于是，许多妖族开始奔走。大部分贵族跑向了女王惑梦，毕竟要在第一时间表达关心和忠诚。更多的妖族则开始奔向苏渐和洛雪穹，用他们特有的形式，向二人行礼祷祝，赞美他们的无上武力，和帮助妖族的美好德行。

这一刻，没有人会想到，整件事还会有什么反复——但就是在这样心情最放松的时刻，一道暗紫色的身影在乱哄哄的人群中急闪而过。

突如其来之人，行动速度如此迅疾，机会找得如此之妙，身形更是犹如鬼魅，以至于当事情已经发生了好一会儿之后，才有人猛然惊叫："不好！白骨圣杯被抢走了！"

等这位反应最快的妖族之人第一个叫起来时，黄花菜都凉了。

巫龙执政官布置的闲子和后手，巫龙族的蟠泽长老，就在任何人没有想到的情况下，倏然而来，一招得手后又倏然而去，带着白骨圣杯，消失在茫茫的草原，消失在远方的海天之间。

面对这个结果，人人面面相觑；那个仗剑挺立的少年，更是"啊呀"一声，昏倒在地，人事不知。

不到最后一刻，没有人能想到，轰轰烈烈、百转千折的白骨圣杯保卫战，最后竟是这么一个结局。

灵洲至宝被盗，妖族军民固然如丧考妣，但更让他们惊奇的是，那个神州远道而来的少年，看到这个结果时，反应竟比他们还大。

看到这一点，他们都十分感动，都纷纷说苏渐品德高洁、急公好义、疾恶如仇。

赞美之余，他们也觉得，苏渐反应有些过大了。说到底这只是一件死物，对他们来说，作用还不如女王手指上那枚"幻象之戒"大。

他们哪里知道，苏渐比他们知晓更多的信息，虽然尚不清楚完整的真相，但就龙族铆足劲儿夺取圣杯的架势来看，对龙族的动机，总也能猜出个大不离。

现在幽冥圣杯、白骨圣杯这两个光暗之杯，全都被龙族所夺，苏渐忧心忡忡，平静了两百多年的人间，恐怕又要迎来前所未有的变数和大劫。

白骨圣杯一失，苏渐便再无心逗留。

当然，离开前，洛雪穹寻访冰妖族之事，也得到了很好的解决。

灵洲惑梦女王承诺，她会持续不断地派精干妖族，前往寒窟山探察。即使寒窟山的冰妖并非晶灵族后裔，她也会帮洛雪穹在妖族势力范围内持续打探。

有了这样的承诺，洛雪穹大喜过望，毕竟对她来说，在灵洲人生地不熟，她所带的那点人手，相比地域广阔的灵洲来说，根本不值一提。

先前她也已经派人去寒窟山打探过，发现寒窟山所在之地极为荒远凶险，这样的话还是由妖族女王动用当地的力量，来得更合适。

还有一个更重要的原因，洛雪穹毕竟是雪晶国之主，现在东北方有嗜血的魔人国虎视眈眈，又听说亚飒领导的混血军团新近崛起，转战各处，攻城略地，杀伐无数，她不得不早日回到国中，以做万全之备。

于是，当白骨圣杯一失，不用苏渐提，她也有心尽早回去。

在回去之前，心情低落的苏渐，求惑梦女王帮他一个忙。

对他的请求，女王无不应允。毕竟这些天来苏渐二人对妖国的帮助，有目共睹。惑梦女王自己，更是十分欣赏二人的风采，于是苏渐才一开口，她便欣然应允。

原来，苏渐郑重地请求女王，希望女王能再小小地运用“幻象之戒”一回，对着星降之链、月歌之魂施法，让时间倒流成当初的幻影，让他看清当初到底在月歌身上发生了什么。

于是，在起航离开的前一晚，苏渐、洛雪穹和惑梦女王三人，再次来到云荷谷里。

这一夜，正是满月之夜，那轮圆月宛若一只水晶银盘，明晃晃地挂在天上。

云荷谷中，依旧云雾缭绕，但在明月的光华照射下，不再朦朦胧胧，而呈现出一种水晶般的澄澈通透感。

苏渐所求的法术效果，自然不像先前大战那样。

大战之中，惑梦需要运用幻象之心，搅动方圆十里的时空；现在按苏渐的要求，她只需要对寄宿在星降之链中的月歌之魂，对这小小的方寸芥子之地，运用幻象之心的力量。

量变质变，对待如此微小的运用场合，惑梦自然得心应手、游刃有余，不用担心会再出现大伤元气的严重后果。

于是，月雾缭绕中，她开始念动秘咒，催动灵力。蕴藏于幻象之心宝钻中的神秘力量，随之悄悄流转。

山夜寂静，月华正明。

流离于月夜山谷中的云雾，宛若洁白的轻纱，正宜用来作为回放过往秘史的幕布。

随着幻象之心奇异光辉的流转闪耀，有关月歌的过往，开始在云荷谷的迷雾之幕上一一呈现。

溯着时间之河，逆流而上，苏渐看到了一幕幕既熟悉又陌生的场景。

说它们熟悉，是因为有许多都在他这些年来的梦境中呈现过。

说陌生，是因为这毕竟不是幻梦，而是当年真实情景的再现，因此有许多细节，会和梦境中的景象有所出入。

刚开始时，苏渐还能保持镇定地观看，将眼前一幕幕的回溯影像，跟自己历来梦境中的场景，一一印证。

只是，渐渐的，随着云幕之影上开始回溯向与月歌相识的源头，看到那一幕幕刻骨铭心的相识、相知、相恋的场面，在某一刻，月光中的少年，忽然泪流满面……

见他如此，陪他一同观看的洛雪穹，同情爱怜之际，也是神色黯然。

相比少年，这时洛雪穹心中的跌宕起伏，甚至比他还要强烈。

如果说当年灵鹫学院中星湖泛舟时，她还只是从苏渐的叙述中，对月歌之事有所耳闻，那今日洛雪穹，便对当年苏渐和月歌的真挚热恋，一幕幕亲眼所见。

于是，苏渐泪流满面之际，洛雪穹也咬着牙，不断地提醒自己："雪穹，别哭，别哭……"

这一刻，月自天心照下，雾从四方涌来，温柔洁白的月色雾气，正好让少年脸上的泪痕、少女眼角的晶莹，显露无遗。

看到他们这样，惑梦女王忽然心有所感。

作为寿命悠长的天狐之族，她经历过的风风雨雨，比眼前这两位少年男女更加繁复悠远。

金戈铁马、钩心斗角，或是当年月下花前、心动怦然、生离死别、撕心裂肺，她哪一样没经历过？

于是看着眼前两位少年男女伤心落泪，她的鼻子也忽然觉得有些酸酸的……

当然云荷谷中的追根溯源，呈现的并不仅仅是这些儿女情长。

苏渐发现，当日无论自己被恶龙追杀，还是月歌后来的陨落，全都指向了一个人——巫龙之王撒菩勒伯。

无论是自己，还是月歌，在当初都反复提到了一件事：

撒菩勒伯，正在推动一个邪恶无比、可怕无比、血腥无比的净世计划。

虽然已经过去了好些年，苏渐再次看到自己和月歌提起这件事时，即使还是不知内容细节，但心中依旧轰然悸动，一时间浑身颤抖，四肢冰凉。

这样的大事，他自然刻骨铭心，默默地记在心中。但有一件他耿耿于怀的事，却在今夜的云荷谷中，让他看到了一个始料未及也匪夷所思的结果：

圣龙皇之女、龙之帝国的未来继承人，因为“勾结外族、刺杀重臣”，最后被惩罚、被放逐、被囚禁，而那个下令之人，竟然不是想象中的撒菩勒伯，而是圣龙皇！

这太出乎苏渐的意料了。

刚开始时，他还以为自己看错了，但正好幻象之心的时间逆流幻影之术，并非完全的次第顺序，时不时会出现“乱流”现象，便让苏渐多了两三次重看这个细节的机会。

他发现，自己没看错，下令之人就是圣龙皇！

即使如此，他还抱着可能是圣龙皇被人蒙蔽的念头，毕竟“虎毒不食子”嘛。

但他再次失望了。

通过三四次反复观看，他发现这位龙族至尊下令时，神志非常清醒，态度十分果决，根本不像是被人蒙蔽。

甚至当他最终下令放逐镇压亲生女儿之时，那位巫龙亲王撒菩勒伯，还替月歌求了情！

看到这样的场景，苏渐只觉得无比荒唐。

“这完全不符合常理。”他心中想。

作为玄武卫的精英，苏渐并没有被眼前所见的表象完全说服。

他心中的疑团依然存在。

他觉得，这中间一定发生了什么不为人知的诡异之事。

当然，通过这些溯流幻影，苏渐还知道了圣龙皇的名字——达纳瑞姆。

达纳瑞姆是龙族语，翻译成汉唐语大致就是：值得奉献全部身心、充满辉煌圣光的天国神庙。

取这个名字，倒也符合圣龙皇受八方膜拜、唯我独尊的地位，但就是语意太长，没法像月歌和沧雪那样，缩减成神州大陆古老的人族文字。

说到这个，在来自龙渊列岛的龙族人眼里，神州大陆上人族所创造的一切，都很卑贱低下，微不足道。

唯有一样，那便是神州上有数千年历史的古老人族语，却受到这些自视极高的龙族的尊敬和重视。这些年来，缩减自己的姓名，用人类文字来表达自己名字的龙族，越来越多了。

当然，“达纳瑞姆”这样的圣龙皇之名，一般很少有人知道。龙族之人奉龙皇如神明，从不敢直呼其名，那人族就更不可能知道了。

所以圣龙皇的名字，本来也算一个秘闻，但现在和苏渐看到的那些惊心动魄、始料未及的事情相比，区区圣龙皇之名，反而退居其次，没引起他多少注意了。

在惑梦女王的帮助下，苏渐终于看清了一些失去的记忆。这一刻，他的心中，既惆怅，也开朗。

虽然这样的浮光掠影，无法让他看清真正的全貌；但正所谓管中窥豹，他相信以后只要自己奋力追寻，当初那些隐匿在深厚帷幕后的真相，总有一天会大白于天下。

经历了云荷谷中这一夜，苏渐再无牵挂。

第二天一大早，他便和洛雪穹一起，向惑梦女王告别。

离别灵丘之际，惑梦女王安排了盛大的欢送仪式，天上有妖国的羽族、蝶族翩跹飞舞，提着花篮撒下五颜六色的花瓣，地上有虎狼之族的勇士，在古道两旁雄赳赳地排开，人手一杆旌旗，在风中猎猎作响。

于是飞花满天、旌旗遍地，有心的灵洲女王，将这样离别的场面弄得既雄壮，又浪漫。

众人瞩目下，漫天飞花中，惑梦在花语古道的灵丘起始处，跟苏渐二人执手话别，依依不舍。

见她恋恋不舍、眼神惆怅，苏渐心中不忍，忽然叹息一声道：“唉，这灵洲，真不好。”

“嗯？怎么了？”惑梦诧异地看着他。

“我说它风水不好。”苏渐一本正经道，“也不知是否八字相冲，才来第一次，便惹得一身伤回去。所以恳请女王陛下，以后无论有事没事，都别联系我。这灵洲，我是不会再来了。”

惑梦一听，恼道：“这么绝情？”

刚说到这里，她便瞥见少年煞有介事、似笑非笑的表情，便忽然醒悟了。

她“咯”的一下笑出声来，然后立即板起脸说道：“苏渐，你这么绝情，别怪我略施小惩了。”

“什么小惩？”苏渐讶异道。

“你不知我们灵洲有蛊术吗？”惑梦道。

“那又怎样？”苏渐不以为意道。

“你忘了，我要在万灵妖宫的贤灵堂中，塑你的雕像。我灵洲蛊术神异非常，只要对你的雕像下蛊，包你头痛脑热、浑身无力。”惑梦笑吟吟道。

“哎呀，太可怕了！”苏渐一副惊慌惶恐的样子。

“谢谢你。”正在苏渐还想插科打诨之时，惑梦忽然无比温柔地说道。

“嗯。”苏渐收起嬉笑之容，看着女王，眼神真挚地说道，“不用客气，因为，我们是朋友。”

“嗯……苏渐，雪穹，我们还会有再见的机会，是吗？”惑梦看着两位海外而来的少年男女，满眼期待地问道。

“一定会的。”苏渐和洛雪穹齐声答道。

“我想也是。”位高权重的灵洲女王，这时眼中却是无限的孤独和落寞。

她看了看洛雪穹，又看了看苏渐，不知想起什么，便笑道：“你们人族，说‘事不过三’，满三才吉，我们相聚才一次，所以今后还要至少再见两次呢。”

听到她这么说，苏渐立即想到，这是上回云荷谷中，面对女王的吸血渴求，自己编出来的瞎话。

想到这个，苏渐回忆起那晚惑梦吸血的急切模样，便脱口说道：“女王，以后如果你熬不住，就来找我。嗯，我也得养精蓄锐了，否则经不起你的吸吮了。”

此言一出，众皆侧目！

妖族们慑于女王的威严，不敢有任何怪异的表情流露，但洛雪穹一脸奇怪的表情，朝苏渐看去。

见她这样，苏渐一愣，虽然不明所以，也忙叫道："是治病！是吸血治病！"

苏渐二人的灵洲之行，就在这样的谑言笑语声中结束了。

此后，他们便乘着羽帆雪蚌船，离开了灵洲，扬帆远航，往东北方向的神州大陆回返。

不知是否巧合，离开灵洲的这一天，和当初来时的第一天一样，天气好得出奇。

偌大的海洋，罕见的风平浪静，雪白的羽帆雪蚌船在海面航行时，就好像在一大块静止的湛蓝水晶上滑行。

看着海静波平、云空如画，苏渐手抚船栏，回想起这些天来发生的事，觉得好像幻梦一场。

"在想什么呢？"正发呆之际，苏渐忽然听到一个清泠泠的声音。

"什么也没想。"苏渐回过头来，微笑地看着洛雪穹。

"肯定是想那女王了。"洛雪穹抿着嘴笑道。

"哎呀，被你猜中了！"苏渐夸张地叫了起来。

"别没正形，"洛雪穹嗔怪一句，便正色道，"苏渐，有件事我想不通。"

"什么事？"苏渐问道。

洛雪穹没有马上答话，而是用手理了理额前的发丝，这才说道："苏渐，我想不通的是，此次灵洲之行，你为何如此卖力？其实，若只是阻止龙族，没必要帮惑梦剿灭叛乱的。那一晚，你还冒那么大凶险，不仅以身做饵，最后还用命相搏，堕入深渊才杀死山魈之王。"

"这个问题，我也正想跟你说。"苏渐凭栏远望，看着远方浩荡无涯的一色海天，肃然说道，"没来灵洲前，我还没觉得如何，但这次踏足灵洲，我才明白，以前我等自居神州天朝上国之人，不仅我族，还有龙族，其实都小看和忽视了远在海外的灵洲妖族。"

"这回亲来一看，他们不仅人口众多，部族军政自成一体，更重要的是，他们有自己的文化和语言。"

“如果这些还不算什么的话，雪穹，你知道吗，这些天来我注意到一件事，那便是灵洲妖族竟流传着自己的语言辞典！”

“什么？”洛雪穹一听，也十分惊讶，“他们竟然有了辞典？”

“是啊。”苏渐点点头道，“我是玄武卫，自然时刻不忘老本行。我对灵洲的风土人情多加留意，确实看到，他们的长者在跟孩童教授妖族语时，往往都有一本用来参考的辞典。”

“雪穹，你也知道，任何一个种族，就算有了自己的语言，也没什么大不了，毕竟哪天天灾人祸一来，说灭也就灭了。”

“但一旦哪个种族，有了自己的辞典，那就不得了，他们会有自己的信仰、文化、传承、种族认同感，从此很难被忽视，更别说被消灭了。”

“所以，将来万妖之地的灵洲，对我们神州来说很可能十分重要。很多事情，也很难说是对是错。我刚才发呆时便在想，这回我杀死山魈部族的首领，一时看好像义愤出手，消灭了奸佞背叛之人，但从长远看，这样插手妖族事务，有可能变得很危险，也不知是福还是祸。”

对苏渐这番话，和他并肩而立、眺望海天的冰雪少女，深以为然。

“你想得真是深远。”她侧脸看着身边的少年，觉得他比自己想得更深、想得更远。看着湛蓝海空中这张英气清俊的脸，她内心里的那丝爱慕之情，不知不觉变得更浓了。

冲动之下，她忽然说道：“苏渐，以你的见识，将来都快能当我雪晶国的国主了。”

冲动下说出这句话，她不知想到什么，忽然间脸红了。

“哈，别取笑我了。”苏渐却没想那么多，闻言只是笑道，“雪穹，也就是你看得起我。我苏渐在华夏国中，只不过是个小小的玄武卫，你开我这样的玩笑，真是折煞我也。”

听他这么说，洛雪穹没来由的有些生气，扭过脸不去看他。

专心看着眼前几只上下翩飞的雪白鸥鸟，洛雪穹心中无奈地想道：“唉，苏渐，你真是个笨蛋。刚才说出那一番话来，显见心怀天下。别说一城一国，就连两洲之间的纵横之策，都被你说得头头是道。可是啊，人家这么简单的暗示，你怎么就听不出来？”

“我不是想要你答应我什么、承诺我什么,可是连这样小小的暗示都听不出来,你、你……你还是那个连亚飒都佩服的足智多谋之人吗?”

一想到苏渐这么笨,洛雪穹就觉得气恼非常。别看她性子冰霜雪冷,但到底是女孩儿,心中有气,跺一跺脚,说走就走,转眼便拂袖而去。

见她忽然就生气离开,苏渐有些摸不着头脑。

他正想追上去问问什么情况,却欣喜地看见女孩儿又折返身来。

“苏渐,忘了跟你说一件事。”这时洛雪穹的脸上,已经看不到半分懊恼。

“什么事?快跟我说说!”苏渐连忙殷勤地问道。

“就是那一晚,”洛雪穹脸色潮红,羞赧地说道,“就是妖族庆祝的那一晚,在我去找你前,那狼王裂风,竟想、竟想对我图谋不轨,但还是被我一掌打翻,然后我便跑去找你了。”

“哎呀!”苏渐闻言十分吃惊。

因为刚才不知洛雪穹怎么就突然生气离开,苏渐觉得自己这回要表现得聪明点。

于是他立即义愤填膺地大叫道:“狼王这厮,果然色胆包天!喜欢乱叫人名字就罢了,没想到行事还这么恶劣!雪穹,你做得对!身为女孩子,就应该晓得保护自己,不让淫贼得逞!”

说出这一番慷慨激昂的话来,苏渐便心中窃喜地期待洛雪穹的称赞。

没想到,在他期待的目光中,白裳少女却再次拂袖而去,直到这天晚上吃饭前,都没再理他。

这一晚,苏渐躺在客舱中,听着船舱外猛然打起了响雷,下起了瓢泼大雨,涌起了滔天巨浪,便深有感触。

听着海浪拍打船舱的“哗哗”声响,他心想:“唉,这女孩儿的心思啊,就像大海上的风雨波浪一样,叵测难明,难以捉摸。尤其这脾气,不知道什么时候说来就来……”

经历了漫长的海上航路之后,他们终于重新回到了神州大陆。

虽然有些小波折,但经过这段时间的相处,苏渐和洛雪穹间的情谊,变得越来越深厚。

只是现在不比当初，他们各自都有自己的职责和任务，于是纵使依依不舍，也终究有“分道扬镳”之时。

临别之际，正是黄昏降临。

落日余晖斜照，草路烟尘中，洛雪穹正欲分别，忽想起一事，便有些不放心。

“苏渐，你那个做法，是极巧妙。”她略有忧心地说道，“只是，把那个人留在灵洲，会不会鞭长莫及？”

“嗯，”苏渐道，“此事我也想过。但风口浪尖上，我一回华夏国中，便成众矢之的，实难做任何手脚。”

“所以将那人暂留灵洲，也是不得已之计。不过雪穹你放心，本来他就需要一段时间休养，之后的事情我已拜托惑梦女王，让她无论如何要帮我这个忙。”

“嗯，也算万无一失。”洛雪穹点点头道，“云荷谷中，你也算救她一命，这件事情，对她来说只是小事一桩，定然会尽心做好。苏渐——”

“什么？”苏渐看着欲言又止的少女。

“你……真的要掀起这么大的腥风血雨吗？”洛雪穹有些迟疑地问道。

“哈，连你都要心软吗？”苏渐笑着看着她。

“不是，我是……我是担心你。”洛雪穹道。

“谢谢。不过，此事必行。”那抹熟悉的坚毅之色，又浮现在少年的脸上。

草路荒尘中，他手按血歌剑，看着远方的如血残阳，沉声说道：“雪穹，有句话叫‘君子有所为，有所不为’。”

第一百一十四章

奸相阳谋

“即便那些人不是君子，犯下的罪行，也远远超出了底线，我若袖手旁观，又与同谋何异？雪穹，你担心我，我很感激，正因如此，我才必须出手。”

“我懂了。”看着少年坚毅的眼神，洛雪穹点点头道，“我懂你的意思。‘人无害虎心，虎有伤人意’，苏渐，既然你决定了，便放手去做吧。有一件事，你永远要记得。”

“嗯？”苏渐看着她。

“我洛雪穹、我雪晶国，永远都支持你。”洛雪穹柔声道，“君若得志，我祝你青云万里；若不得意，雪晶国中永远都有位置留给你。”

“谢谢你，雪穹。”苏渐真诚地道了一声谢，又扬起头，看着西天的火红落日，豪气满怀地叫道，“本就义无反顾，这一下更不怕了！”

“若此事失败，我还有国可投。好好好！这一下我不搅得天翻地覆，我就不姓苏！”

豪气冲天时，苏渐本就俊美英朗的面庞，在夕阳余晖中就显得更加光彩熠熠；再加上豪迈无畏、睥睨天下的气势，就更让少女沉醉。

于是，彤红霞光中，洛雪穹忽然上前，抱了苏渐一下，然后又在他反应过来之前，白裳御风，飘然而去。

“雪穹……”目送着窈窕的倩影与队伍会合，渐渐消失在天边的夕霞余晖里，苏渐便也转身，踏上了属于自己的征程。

回到华夏国中，苏渐并没有贸然露面。

他潜伏了好几天，看到玄武卫所周边并无动静后，才敢前去面见大统领轩辕鸿。

一见他来，轩辕鸿十分高兴。他心里一直悬着的那块石头，也就落了地。

毕竟，此行风波险恶，又是传说中的海外妖异蛮洲，他真的很担心苏渐的安危。

这种担心，还在几天前达到了顶点。

几天前，他的耳目来报，说是宰相那边派出的人马，已经回来，但折损了大半，连那个足智多谋的黄脸甘文光，也没能回来。

一听这消息，轩辕鸿的心更是悬到嗓子眼。他赶紧发动一切力量，刺探在灵洲到底发生了什么事。

也亏他能量极大，很快便探听到，原来萧龙雀一伙灵洲之行，任务失败，不仅要保卫的白骨圣杯被龙族夺去，连此行的首脑之人甘文光，也落得个兵败身死。

听得甘文光的死讯，轩辕鸿其实并不难过。甚至，他还有些窃喜。因为这么多年来宰相司徒威作威作福，排除异己，很多阴谋都出自这位金面甘参军之手。现在听说他终于横死异乡，真叫罪有应得，轩辕鸿其实很想拍手称快。

但他当时没怎么高兴得起来，因为连甘文光都死了，没什么人马势力的苏渐，安危就更不可知。

所以，当他终于看见苏渐全须全尾地出现在自己面前时，轩辕鸿鼻子一酸，差点要失态地落下老泪。

见他如此动容，苏渐也十分感动。不过这时候他也没什么心思互道离情。寒暄了几句后，他便直截了当地把灵洲之事，一五一十地禀报给轩辕鸿。

一听到他口中说出的这些真相，饶是轩辕鸿经历过那么多大风大浪，也顿时倒吸一口冷气，惊得半晌无言。

见他沉默，苏渐也不说话，就这样在玄武卫的内堂中，垂手而立，等待轩辕鸿的指示。

良久之后，轩辕鸿才慢慢开口，但说的内容，让苏渐十分惊讶。

“小苏，你这回在外这么久，又是海路，又是蛮洲，肯定疲惫不堪。嗯，你先回去休息，我给你放半个月的假，好好洗洗征尘，访访旧友，这些公事，暂不着急。”轩辕鸿慢条斯理地说道。

“大统领？”苏渐十分惊讶地看着他。

“怎么？难道你不明白我的意思？”轩辕鸿的脸霎时板了起来。

掀起无数腥风血雨的玄武卫大统领，一旦板起脸来，气势极为慑人。

在如山的气势压迫下，苏渐却昂起头，朗声说道：“大统领，您的意思，我知道。此等爱护之情，深厚似海，我苏渐铭感五内。”

“只是，奸相一伙所作所为，不仅亵渎国法，背叛百姓，还大违我胸中之道。圣人有言，‘苟利社稷，死生以之’，我为灵鹫学院之生，圣人之言一刻不敢忘记。”

“放肆！”轩辕鸿喝道，“苏渐你这么说，难道暗指本座忘了圣人之言吗？”

“不敢。”苏渐低下头去，但腰板依旧挺得笔直。

“好好好，你有志气。”轩辕鸿见他如此，口气也软了下来，“苏渐，你的意思，我都明白。只是此事哪有这么简单？”

“且不说司徒老儿久居相位，经营多年，在朝中的势力已是根深蒂固。就拿这次灵洲之事来说，那灵洲孤悬海外，离我神州何止万里？目前所有甘文光、萧龙雀的不法之事，都只是你一人口说。”

“好，就算我轩辕鸿信你，可光我信你有什么用？这种事都出不了这间屋子，一面之词，根本拿不上台面！”

“我知道。”苏渐看着他道，“所以我已留有后手，握有铁证，包管他们无可狡辩。”

“铁证？”轩辕鸿一愣，原本凝重的神色，顿时舒展开来。

“苏渐啊苏渐，你的本事，总是出乎我意料。”轩辕鸿既高兴，又惋惜地说道，“只可惜这一回，你这本事却没有用。就算有铁证又如何？相信我，在你拿出有力证据前，你一定已经死了。他们一定会对付你。”

“他们——”苏渐的答话才开了个头，忽听门外有亲随叫道：“大统领，宰相府快马急报，恳请大人立即过目。”

“呈来。”轩辕鸿沉声回道。

“是。”得到他的应允，门外的大统领亲随，推门进来，弓着腰把公函放到桌案上，然后又弓腰低头退了出去，整个过程中连看都没看屋中人一眼。

听是宰相府的急报，无论轩辕鸿还是苏渐，都很好奇。轩辕鸿毫不迟疑，拿起公函，捏碎封口的火漆泥封，抽出其中的信笺仔细观看。

看着看着，不怒自威的玄武卫大统领，却忽然笑了起来。

当然，这种笑是苦笑。

轩辕鸿苦笑着捏起公函信纸，朝苏渐晃了晃，问道：“你知道，那老儿这封公函里，写的是什么吗？”

“是什么？”苏渐有点忐忑不安地问道。

“是让你刺杀亚飒。”轩辕鸿道。

“什么？！”苏渐大吃一惊。

“嗯。”轩辕鸿道，“那老儿说得很清楚，亚飒是混血魔人流寇，流窜各地，荼毒四方，你苏渐不仅是玄武卫近年来最杰出的好手，还是亚飒这个流寇大头目的旧相识，由你去刺杀他，最合适不过。”

“不仅如此，这老儿还生怕本座推托，已防了一手。信里他说，此事已由圣上钦准，无论是我还是你，都要以国事为重，不要推托，因为圣人有言，‘苟利社稷，死生以之’。”

说到这里时，轩辕鸿和苏渐对视苦笑，心里都不约而同地生出一个念头：“这真是现世报。”

对宰相所言之事，在场这两人都很清楚，这比直接暗杀苏渐，来得更狠更要命。

首先，亚飒现在势大，麾下悍勇之徒无数，让苏渐去刺杀他，基本有去无回。

但宰相所图，岂止如此？他这道命令，还让苏渐陷入了两难的境地。

若不应这命令，那就是欺君之罪，肯定不行；但若应了这命令，不仅是很可能丢命的问题。因为就算苏渐福大命大,侥幸刺杀亚飒得手,但可以想见,到时候司徒威一定会暗中组织那些冬烘腐儒,引经据典地攻击苏渐为了名利,竟然不顾兄弟道义,刺杀了自己当年的好兄弟。

到时候,一顶“见利忘义”的帽子,苏渐是逃不掉的。在这个信奉礼教的年代,苏渐顶着这个名声,甚至比直接杀了他来得还要狠毒。

这真是“进亦忧,退亦忧”,宰相司徒威设计出这个局,也足见他是恨极了苏渐。

从这个角度来说,轩辕鸿倒是完全相信了刚才苏渐所说的,那些甘、萧二人匪夷所思的罪行。

“小苏,”看着一脸为难的少年,轩辕鸿神色凝重地说道,“你去了灵洲几个月,恐怕还不知道你那位昔日好兄弟近来的情况。”

“怎么说?”苏渐没来由地一阵揪心。

“他现在的声势,可谓‘如火如荼’。”轩辕鸿道,“他本来还有些艰难,但不知何故,北海之滨新近崛起的魔人国,竟是借了数万魔人精兵归于他的麾下。”

“于是亚飒军转战各地,解救了越来越多混血之族。那些人受尽压迫,一朝解放,都把亚飒视为救苦救难的活菩萨。”

“为了亚飒,那些人连命都可以不要,更别说帮他奋勇杀敌、攻城略地了。”

“轩辕叔,恕我直言,”听到这里,苏渐道,“这也就是‘黄巾旧事’,纵然一时声势浩大,终究成不了大事。”

“不对不对。”轩辕鸿摇了摇头道,“你可别小看你这位老同窗旧部下。你不知道,这几个月亚飒转战各地,手段既巧妙,又血腥。”

“他打着解救混血者的旗号,却不禁止正常的人、妖、魔三族之人前来投靠。他的说法是,只要认同他想建立的没有歧视的大同世界、光明天国,就和他亚飒是一路人。”

“他解救混血者,是为了打破对血统的歧视;所以同样的,他也不会对纯种血脉者有什么歧视。这正是他的巧妙之处,最大限度地减少敌对者,壮大自己的力量。”

“但他不只有怀柔之策。亚飒军所过之处，只要那些城镇有丝毫抵抗，他就毫不留情地屠城。哪怕是最后投降的城池，只要一开始稍有抵抗，他也血腥屠杀，一个不留。”

“呵，果然是读过书的啊。”说到这里，轩辕鸿冷笑道，“软硬兼施之下，到现在亚飒军所过之处，只要实力弱点的城镇，根本不敢有丝毫抵抗，不仅任他在城中扎营，还会主动奉上各种军资军粮。”

“也不知他心中作何打算，他本可以占领无数城池，却一个都不要，始终朝前进军，现在已经打到大漠国了。”

“那大漠国，也真是多灾多难，本就被天雪国侵略，现在又被亚飒觊觎，即使其位列八大古国，恐怕也难逃兵火之灾了。”

“你知道吗？现在你这位好兄弟，已经有了好些名号了。其中最出名的两个，便是‘血屠大魔王’‘灭世大魔王’。”

“怎么样？听本座说了这么多，司徒老儿这刺杀亚飒的活儿，你还接吗？”轩辕鸿看着苏渐问道。

“接，必须接。”一直沉默的少年，忽然挺直腰杆说道。

“哦？”轩辕鸿饶有兴趣地看着他。

“大统领，那司徒奸相的信中有一句话，很巧，我刚引用过，那便是圣人之言，‘苟利社稷，生死以之’。不管引用它的人是谁，这句话确实是对的。”

说到这里，苏渐既痛心、又坚决地说道：“我也不知道，亚飒今日竟变成如此模样。既然他满手血腥，屠戮无辜，已变成屠夫民贼，则昔日兄弟之情纵有天高海深，也不值一提，我苏渐必杀之！”

“所以，纵然这是奸相的阳谋，我苏渐，也接了！”

“好！”轩辕鸿一听，拍掌赞道，“苏渐，我果然没看错你，大是大非面前，你从不会含糊。”

“不过，”他话锋一转道，“亚飒可杀，那司徒威你还要斗吗？”

“当然。”苏渐慨然道，“奸相在朝，危害绝不比流寇小。我也知道他根深蒂固、枝繁叶茂，但我苏渐偏不信邪，哪怕我只是只小斧锯，也要跟他拼一拼！若不这样，好男儿生于此世，还有什么意思？”

“好！好一个‘还有什么意思’!”一句简简单单的话,竟让轩辕鸿十分动容。

他熟视少年半晌,忽而仰天大笑道:“哈哈！谢谢你,贤侄。久在官场,庸常而不自知,倒忘了当年的斗志和初心。好！这一次,我轩辕鸿就陪你,‘有意思’一回!”

当苏渐从玄武卫内堂出来时,已是天色向晚。

到这时,他才有心情去找自己玄武卫中的好兄弟。

不巧的是,他转了好几圈,问了好些人,却发现无论唐求还是端木楚,此时都不在这里。

见得如此,苏渐的心情有些失落。没办法,他只好一个人回到自己的院子。

刚一进院门,心情沉闷的苏渐忽见一道火焰闪耀,还没等他反应过来怎么回事,那原本昏暗一片的院中地上,竟已是一片火海!

目睹此景,苏渐霎时一惊。

他的第一反应便是,宰相要下手杀自己!

不过转念又一想,不对啊,司徒威已经有更毒辣的招儿了,怎么又改主意暗杀自己了?

正奇怪间,便有一位女子从火海中缓缓走出。熠熠生辉的火光中,一个窈窕优美的身形尽情舒展,那女子的俏脸被火焰映得通红,正朝苏渐热烈地欢笑。

“红焰!”苏渐一见,惊喜叫道。

“还有我呢。”蓦然间红焰女身边的烈焰一阵动荡,转眼竟幻化成五颜六色的鲜花!

无数花朵簇簇拥拥地堆在地上,在夕阳的余晖中,原先一地的火海竟瞬间变成了花的海洋。

花海之上,热辣的女教习破水而出,妖妖娆娆地站立,当她看着少年时,不知是花光映照还是情意所致,两颊被熏染成两片娇艳的桃花,一点红唇更是娇艳欲滴,无比诱人。

很快,红焰女和古玉妃就扑上前来。

几个月未见，苏渐此行又是执行风波叵测的凶险任务，此时正如劫后重逢，三人怎能不心情激荡：重逢欢庆时刻，什么封建礼教、男女大防，全抛到了脑后！三人紧紧地抱在一起，好长时间后才舍得分离。分开后，又是畅声欢笑了一番。

稍待片刻，苏渐恢复理智，看着院中二女，不由得苦笑道："唉，你们迎接我，我很感激。只是你们两个女孩儿家家的，黄昏时分还在我这里，恐遭物议，要影响我的仕途哇——"

才说到这里，整个院子里蓦然又是一阵电光乱窜！

苏渐一惊，连忙回头观看，大叫道："是谁？又是谁?!"

"是我。"电光缭乱中，一位俊朗公子如同天神下凡，手托怒雷之剑，倏然出现在院子里。

"承天大哥，你怎么也来了?"看见战神一样的人物忽然出现在自己家中，苏渐还有些反应不过来。

"苏老弟，我怎么不能来?"轩辕承天朗声笑道，"你不是怕遭物议吗？大哥都帮你考虑到了。所以不仅我来了，你兄弟唐求、端木楚也都来了。"

"是嘛!"苏渐又惊又喜，回头一看，笑容满面、正从外面走来的两人，不是自己的好兄弟唐求、端木楚还会是谁?

"小苏，其实他们来这里，都是我邀请的。"轩辕承天笑道，"我知道你去找我爹了，便告诉他们，你回来了。你可别怪愚兄多嘴，他们这几个人啊，整天念叨你，不说唐老弟和端木兄，就那三位姑娘啊，都差点化成望夫石了。"

"大哥，你也取笑我!"眼见平时一贯严肃正经的轩辕战神也来取笑自己，苏渐猝不及防之下，一张脸臊得通红。

正尴尬时，他又听轩辕承天欣然说道："小苏，既然人都齐了，我们六个人就替你好好接风洗尘。"

"多谢……咦？什么？六个人??"苏渐忽然间只觉得不妙——还不等他反应过来，便听得一个稚嫩的声音如黄莺啼谷般脆生生叫道："小苏哥哥，纳命来——"

清脆的话语声中，一道暗黑的幽光夹杂血色的光华，宛如流星疾电，在如血的残阳中朝苏渐破空飞来！

“哎哟！”惊叫声中，苏渐小院里忽然响起了一阵滚地葫芦般的响动声。

久别归来的苏渐，在自家小院中“其乐融融”。同样久别归来的萧龙雀，这时也正在宰相府中议事。

议事的地点，正在宰相司徒威的书房。书房是时人家居中最重要的房间，这也足可见司徒威对萧龙雀有多重视。

当然，本来就重视，现在甘文光又横死异域，司徒威对萧龙雀自然就更加重视了。

萧龙雀是聪明人，自然能感知到这一点。但他没有恃宠而骄，反而变得更加的谦逊。

现在，他便用十分谦逊的语气，跟司徒威提出自己心中的一个忧虑：“义父大人，您遣苏渐那小贼去刺杀亚飒，让他二人兄弟相残，这招自是妙极。只是……”

“只是什么？”司徒威看着他，“龙雀，你在老夫面前，不必如此拘谨。有什么话，尽可说来。”

“是。”萧龙雀口中称是，但依旧恭敬说道，“龙雀是想，您此计固然妙极，但苏渐这人，实在是太过凶悍狡猾。”

“以前我的确小看他，以为他只是个会闹事的小角色，虽成过几次事情，不过是撞大运而已。但这回灵洲一行，孩儿却发现，此子不仅奸诈，阴谋迭出，武力竟还很高强。”

“本来灵洲妖国在我等眼里，不过一蛮荒之地，有一群未开化之民，想要成事，只不过是手到擒来之事。没想到被苏渐这厮七搅八闹一番，若不是龙族留了后手，还真的会被他再次搅黄。”

“所以孩儿担心，这回派他去刺杀亚飒，本意借刀杀人，让亚飒的混血魔人大军杀死这厮。但这小子实在太古怪，说不定真还能有两全之计，不仅应付了任务，还不伤兄弟旧情。”

“孩儿甚至能想出，这厮实在不行时，心狠手辣，说不定还真就把亚飒小魔头给宰掉了。到时候我们不仅没达到目的，还让他新立大功一件，以后想对付他就更难了。”

“好、好、好!”听到这里,司徒威先不评价具体内容,而是拊掌喝了几声彩。

他一脸欣慰地看着萧龙雀道:“龙雀啊龙雀,先撂下苏渐不提,你倒是让老夫十分欣慰。”

“龙雀你不仅武艺超群,头脑还这么清晰,实在难得。好!天择死了又怎样?文光没了又如何?我还有我家虎子萧龙雀!”

“只是,你的担心虽有道理,但完全无妨。”司徒威神色一寒,冷声道,“龙雀,告诉你,以前老夫和你一样,完全看不上他。但现在专心对付他,你想想,以老夫的城府,怎可能让他全身而退?这一次,这俩小混蛋只有一个结局,那便是‘双双毙命’!”

“那太好了。”萧龙雀的心情终于放松下来。

不过赞了一句之后,他心中第一个浮现的念头,竟是:“小眉妹妹,以后就只有我一个人照顾你了……”

正心怀喜悦、浮想联翩时,他又听义父感慨道:“唉,世人总是愚妄,不知为父用心。苏渐这等小民,只凭一腔热血和所谓的公义,就不知大局,妄谈抗龙复国,总来搅老夫的大事。上回红焰晶海如是,这次灵洲又如是!”

“所幸老天有眼,不让小人横行,这回灵洲之事,终究还是做成了。呵,苏渐啊苏渐,这回你自己的路,也快走到尽头了。”

司徒威说话的语气,喜悦而豪迈。萧龙雀却忽然发现,在案头烛火的映照下,印象中从来意气风发的宰相义父,已露出了一丝疲态和老态。

察觉此点,萧龙雀心中一惊,心想是不是自己看错了。正要仔细辨认时,却听司徒威转向他笑道:“龙雀,你我公事上,是要分品阶等级,但在私情上,不必分得那么清。此去灵洲几个月,莲儿丫头可总是念叨你呢。好了,我这边没什么事了,你去看看你莲妹妹吧。嗯,你们都是年轻人,在一起可说的话多,我这老头子,就专心看看圣人文章了。”

说着话,他端起茶盏,从容抿了一口,便起身去旁边书架上,翻找典籍了。

见他如此，萧龙雀立即起身告辞。

出门后，他将书房门轻轻掩上，依司徒威之言，往这位“莲儿”的闺房绣楼走去。

司徒威口中的莲儿，正是他的独生爱女司徒莲。到了司徒莲的绣楼下，萧龙雀唤了一声，便立即有丫鬟飞奔上楼，跟小姐通传。

很快，就听得楼梯上脚步声响，环佩声中，一位服饰淡丽的大家闺秀，款款走下楼来。

说起来，司徒威面相清癯，他夫人容貌也颇秀丽，但生出的女儿司徒莲，模样却只是平平。

也不是说司徒莲貌丑，但真个毫无亮点。她面庞如椭圆瓷盘，虽白，却平坦，很难有艳丽娇美之感。若放在人群中，只是个普通女子而已。

而现在，当她走下楼，来到萧龙雀面前，和这位“俊美如花”的美男子一比，就更显得十分平庸，毫无光彩。

虽然相貌平平，但司徒莲一开口，声音却是十分端庄温柔。

“萧兄，你来了。”寻常一声招呼，司徒莲便和萧龙雀一起，十分默契地往后花园并肩走去。

秋意已浓，宰相府的后花园中，多植枫槭之树，偶有风来，便满园红叶飘零。

虽是夜晚，但前面有丫鬟提着灯笼引路，灯笼光芒照亮小径的同时，也映亮了枝头的红叶。

秋之红叶，本就绚烂凄美，再被迷离的灯光一照，更添几分别样的风情。

美丽的夜枫之下，萧龙雀和司徒莲两人，沿着园中鹅卵石小道并肩而行，显得十分默契。

走得一时，司徒莲便开口问道：“不知萧兄此行，可还顺利否？”

“还算顺利。只是甘参军以身殉职了。”萧龙雀答道。

“那就好。”司徒莲点了点头。

寥寥几句对答后，两人又陷入了沉默。

两人行走的这座后花园，占地极大，不仅亭台轩榭、花鸟虫鱼一应俱全，甚至还有山有湖。

当然，湖只是池塘，山则是用挖池塘的泥土堆积而成。不过在这座高不过三丈的小土山上，还建了一座三层的楼阁。

这楼阁据地高耸，飞檐翘角，造型极为典雅优美。它还有个名字，叫“吟风阁”。

虽然叫成吟风阁，但在宰相府中，包括宰相本人在内，实际都把它称为“引凤阁”。现在匾额写成谐音的吟风阁，只不过为了不违背臣子家中不能使用龙凤之名的避讳律条而已。

当然也许会有人奇怪，为什么一生谨慎的宰相，会在一个景观楼阁的名字上，刻意打这样的擦边球？这实在是因为他中年得女，只有司徒莲这么一个独生女儿，便爱若珍宝。而“凤为雄，凰为雌”，司徒威做梦都想着为爱女招来一位如九霄鸣凤般优秀的夫婿。

很明显，萧龙雀正是他心目中的乘龙快婿，如果不是这样，以他宰相之尊，怎么可能拉下面子，刻意为女儿制造和萧龙雀独处的机会？

只是别看他每次让萧龙雀去跟女儿说话时，都端着架子，一副随意无心的样子，但其实内里已经尴尬得要命。

司徒威当然也知道自己女儿相貌平平，所以在努力为司徒莲创造机会的同时，也不惜冒着僭越的罪名，为求个好兆头，便在给家里区区一座景观楼台命名时打了擦边球。

只可惜他的苦心，并没有用对地方。

这不，当萧龙雀和司徒莲一起登上引凤阁凭栏远望时，司徒莲忽然开口说了一番话。

相貌平平的女子，沉默许久后甫一开口，竟是道歉：“萧兄，对不起。总是要麻烦你。爹爹他总是这样，小妹已经跟他说过了，可是他就是不听，还是要你来见我。”

“无妨。”萧龙雀摆了摆手，淡淡道，“如此也好。难得静默，我正好可以想想事情。”

“那就好。就怕耽误了萧兄的事情。”司徒莲极有礼貌，如此说时，还略略屈膝，行了个礼。

此后两人便这般默默无语，眼看着月上东山，眼看着月移中天，竟再无只言片语交谈。

时间流逝，等二人都觉得差不多够了时，便互相躬身一礼，客气相让地下了引凤阁，各自择路而去。

华夏帝都，暗流涌动，表面平静。但此时西陆漠北的荒原中，亚飒统领的魔人混血大军，却如秋风扫落叶般席卷各处。

通过导师幽玄的关系，亚飒得到了梦寐以求的魔人国生力军，便开始四处游击作战，解放各地被拘禁劳役的混血族。

在这个过程中，亚飒大军对曾经欺压过混血族的势力，报复起来毫不手软。

本来，亚飒定下的规则很明晰，只惩处和报复那些欺压者。

规则很好，但到了下面人执行时，便渐渐走形。

对人族欺压者的报复，开始扩大化，开始极端化。并且，在这里面，还有个因素不能忽视，那便是对混血者来说，毕竟曾和人族混居一处，多少还有点感情，至少算是熟人，但魔人国支援的那几万魔人军团，可是对人族毫无感情。

因此，当魔人受命一起报复惩罚欺压者时，他们不仅下起手来极狠，也往往不分青红皂白，滥杀无辜，只为了满足他们嗜血的本性。

所以，亚飒能得到“血屠大魔王”之名，至少一半，要拜这些杀戮起来近乎失控的魔人军团所赐。

对这样的情形，亚飒不是不知道，但一方面出于还很弱小、有求于人的考虑，另一方面也想着正好震慑眼前强大的敌人，因此对这类血腥事件，亚飒故意视若无睹。

所有这些事件，再加上攻城略地时的屠城策略，“血屠大魔王”亚飒的恶名，开始迅速远扬。

恶名远扬之际，经过一段时间血与火的磨砺，亚飒手下的军队也开始渐渐成型，分为四大军团。

首先便是魔人军团。魔人军团步骑混合，还有自己的魔人巫师，可谓“步法骑”三军齐全。同时按魔人的传统，魔人军团各部分，对应的部族将领头戴不同形状的头盔，为了简单起见，亚飒对魔人军团各部分，按他们将领头盔造型进行命名，比如有“熊耳盔魔军”“鹿角盔魔军”“牛角盔魔军”“五芒盔魔军”，等等。

其次便是亚飒统领的主力军团，通称为“亚飒军”。

再次便是沈克敌统领的精锐骑兵，称为“血风骑”，意为精骑所到之处，掀起腥风血雨。

最后便是沈红袖统领的法师军团，称为“血岚”，意为灵力充沛如同山岚云海。

因为亚飒宣称要建立大同乐土、光明之国，这四大军团也称为“大同光明军”，简称“光明军”。

但很显然，这只是他们的自称，几乎所有人族王国，不管目前有没有受害，都将他们称为“亚飒魔匪军”。

现在这支魔匪军，在一系列的迂回作战后，兵锋直指大漠国。

选择大漠国，自有亚飒的用心。

不管现在光明军的力量如何凶猛，但和经营多年的人族王国相比，还显得非常弱小。这时候，除了掠夺一般的地方势力，想攻打一个王国，简直不可能。

但大漠国不同。这几年它一直被天雪国侵攻，正适合亚飒军趁火打劫。更何况，大漠国中还有十大晶海之一的“岩流晶海”，在那里亚飒可以补充到丰沛的军资。

因为地处荒漠，大漠国在八大古国中国力本就弱小。已被天雪国步步相逼，再面临亚飒军的兵锋，可谓“屋漏又遭连夜雨，船破偏遇顶头风”，形势岌岌可危。

眼看势头不对，大漠国主钱弘当机立断，放下一国之主的尊严，带着庞大的使节团和丰厚的重礼，亲自向最邻近的幽州国求救。

本来按着“唇亡齿寒”的道理，幽州国救援的可能性非常大。但这只是小民眼中的道理，在那些掌控军国大器的人眼中，因为地位和角度的原因，想法很可能大相径庭。

这不，当钱弘亲自率领的大漠国使节团到来后，幽州国主雷冰梵只是礼节性地接见了一下,就把他们撂在了供外国使节居住的“四方馆”中。

虽说表面冷遇,但暗地里雷冰梵可没闲着。他在自己的幽州王府议事厅中,召集了幽州国的所有重臣,一同商议此事。

在这些军界政坛老手的眼里,雷冰梵提出的这件事,说复杂也不复杂,很快他们都有了自己的主张。

以护国大将军雷华晖、镇国大将军孙天翰为首的武将,都主张接受大漠国的求援,和那些魔匪军流寇决战。

以幽州观察使仲思源为首的文官,却反对轻举妄动。他们认为当前幽州国还是要休养生息、积蓄力量。毕竟他们从星降高原起修建大量防御设施,已经耗费了大量国力,此时元气未复,不宜轻举妄动。

文武两派的主张,如此鲜明对立,倒是很符合各自的身份。

作为新生的王国,武将总是蠢蠢欲动,生怕自己身子骨闲得生锈,更怕没有新的军功;文官的想法则更加综合,更多考虑国计民生,没那么冲动。

两派的主张如此对立,这些文官武将便习惯性地把目光,投向了议事厅中央那位英气勃勃的青年王者。

“呵。”见众人朝自己看来,雷冰梵表面不动声色,内心却是呵呵一笑。

他想道:“还真是没新意。这些算什么主张?看你们一个个的官职身份,这等答案,不问可知。”

想到这里,便和众人争执不休时就习惯性看向他一样,雷冰梵想到这里时,也习惯性地想到一个人。

他心想,如果苏渐在这里,会怎么说?

顺着苏渐的思路,雷冰梵想了一会儿,嘴角忽然爬上一缕古怪的笑容。

见他如此,众臣子尽皆莫名其妙。

他们面面相觑之际,却不知雷冰梵这时想到的是,若换了苏渐那家伙,说不定信口雌黄,很可能直接主张侵占了大漠国即将沦陷的土地。

这样一来,一方面避免了魔匪军的血腥兵火,另一方面也可壮大幽州国的实力,以备将来。

第一百一十五章

稚语如雷

到这时，虽然众人都有主张，雷冰梵胸中也自有丘壑，但毕竟兹事体大，一时也决断不得。最后，雷冰梵暂时将这事搁下，没有按大漠王钱弘的期望，尽快给出答案。

就在王府议事的第三天傍晚，雷冰梵忽然心血来潮，独自一人踱步到钱弘等人所居的四方馆旁。

此时夜幕降临，幽州城中万家灯火。

按着雷冰梵的想法，这时候四方馆中，大漠国的众人，应该已经都在用膳了。

可是，当他走近，还没走到跟前之时，就听到四方馆中顺风传来一阵朗朗的读书声。

“不吃饭，读书?”雷冰梵闻声一愣，慢步走到四方馆围墙外一处僻静的角落，侧耳静听。

夜风中传来的读书声，清脆，稚嫩，偶尔还不那么整齐，显是几位总角小童在诵读。

雷冰梵饶有趣味地辨别着小童的读书声，心中默念道：“‘天行健，君子以自强不息’……这篇是《周易》。‘故天将降大任于斯人也，必先苦其心志，劳其筋骨，饿其体肤’……这篇是《孟子·告子下》。唔，不错，都是圣人经典。”

听了一阵，除了好奇大漠国使节团居然带了几个小孩，其他也没什么，雷冰梵便想离开。

但就在这时，忽然有个小童脆声叫道："钱王爷爷，我会写诗了！"

听到这句话，雷冰梵不知想到什么，本已离开的脚步便又停住了。

"会写诗了啊？真好真好。"围墙内传来一个醇厚优雅的声音。雷冰梵一听，便知是那位教书先生一样的大漠国主钱弘。

"写了什么诗呢？读来给钱王爷爷听听。"钱弘慈祥地问道。

"刚学会呢，只写了两句，可以吗？"那小童既兴奋又惴惴不安地问道。

"当然，当然，第一次能写两句，很了不起呢。"钱王笑着鼓励。

"好啊，那我念了，钱王爷爷不能笑我——是：'黄叶满地撒，花儿四处开。'怎么样？怎么样？是好诗吗？"小童满含期待地问道。

"是好诗！"面对这样幼稚不堪的诗句，钱弘却第一时间大声叫好。

"真的吗？"面对钱王的盛赞，这小童连自己都不太敢相信。

"当然。"钱王毫不犹豫道，"真的是好诗，还有些对仗呢，不错了。毕竟任何一个大诗人，都是从这样的诗句开始写起的呢。很好，很好，小峦，你的文采很好啊，看来你们这个将门世家，也要出个大文人了。"

"真的吗？太好了！太好了！不过钱王爷爷，小峦不仅要做大文人，也要和爹爹一样做大将军。"那个叫小峦的小娃儿，带着骄傲地说道。

"有志气！有志气！做文人激扬文字，当将军保家卫国，你们听，小峦这个志向好哇。"钱弘以一国之尊，十分耐心地表扬这个小娃娃。

不过当他说到这里，雷冰梵听出，这位大漠国主忽然变得有些感慨。

"小峦，你既想当大文人，又想当大将军，真是极好。如果不这样，我们怎能打回故土去呢？"钱弘语气认真地说道。

"故土……是什么？"小峦极为天真地道，"为什么你们大人，一个个都说要打回故土去？小峦从来没见过这个叫'故土'的地方呢。咱们不打回去，整天吃好吃的，玩好玩的，读读书，写写诗，不是也很好吗？"

"小峦，你喜欢诗文是吧？"钱弘没有直接回答小童的问题，却忽然问了一个看似不相关的问题。

"喜欢啊！钱王爷爷为什么问这个呢？"小峦疑问道。

"嗯，那钱王爷爷要给你们念一首诗文，听好了——"钱弘顿了顿，咳嗽了一声，清了清嗓子，便饱含感情地诵道：

“风烟俱净，天山共色。从流飘荡，任意东西。自富阳至桐庐，一百许里，奇山异水，天下独绝。”

“水皆缥碧，千丈见底。游鱼细石，直视无碍。急湍甚箭，猛浪若奔。”

“夹岸高山，皆生寒树。负势竞上，互相轩邈；争高直指，千百成峰。”

“泉水激石，泠泠作响；好鸟相鸣，嘤嘤成韵……”

刚开始时，钱弘还能以正常的语调诵读，到了后来，他竟是语渐哽咽，最终泣不成声。

随着他的落泪，一直没说话的那些大人，也随之悲泣。

见他们如此，那些大漠国的小童，不明所以，一个个变得十分惶急，连声叫大人们别哭。

悲泣一阵，大漠国君臣上下也渐渐收住悲声。

“小峦。”钱弘用还有些颤抖的声音说道，“刚才你钱王爷爷念诵的文章，所写的风景美吗？”

“美，很美。”小峦笃定地说道。

“美，是吧？那就是我们的‘故土’！”

“可是，故土已经遥不可及，现在小峦你们的家园，就快成为你们将来的‘故土’了……”

也许，在这几句话后，大漠国王钱弘，还说了些什么，但雷冰梵已经完全不关注了。听到这里，他毫不犹豫地转身离开了。

在北国萧瑟清冷的秋风里，原本没有什么其他想法的幽州王，这时心里已经有定论了。

对自己这个决定，雷冰梵也十分有信心——因为他坚信，一个到了如此绝境，还知道读书的国族，绝对不会覆亡，也不该覆亡。

大计已定，这时他也有想过，苏渐如果在眼前，会做什么样的决定呢？

思索片刻，他觉得，苏渐的决定，也会和自己一样，因为，他也是个读书人。

对墙外的这番变化，围墙内的大漠国王却是一无所知。

远道而来，却被冷淡对待，钱弘其实已经陷入了绝望。

对于幽州国的情况，他也不是不知道。正因为知道，他才绝望。

他觉得，如果换位思考，由他站在雷冰梵的位置，也确实不会同意拿有限的力量，来救一个其实没太多利益瓜葛的国家。

毕竟，大漠国不仅是亚飒的目标，还是雷冰梵父皇眼中势在必得的猎物。雷冰梵任何救援的举动，不说本身的代价如何，可谓牵一发而动全身，会引出难以想象的深远后果。

当钱弘第二天循例般派人询问幽州王的意思时，下属带回的口信竟然是：

幽州国将全力救援！

刚听到这个消息时，钱弘愣住了。

不过作为饱经风浪的苦命国王，他还是压抑住心中的狂喜，镇定地询问，问幽州王有没有说是因为什么而救援，有没有附加条件。

让钱弘更没有想到的是，那幽州王不仅答应相助，还没有任何附加条件，让人带回的救援原因，更是匪夷所思，以至于直到他带着下属，在归国路上走了很久，还在心中不停地念叨：

“他说，‘感谢小童学作诗’，到底什么意思？”

幽州援军和亚飒军团的碰撞，很快到来。

绿洲城，大漠国东北边陲的富饶重镇，毫无疑问成为急需补充给养的光明军首选目标。

幽州援军和他们的大战，就在这里的原野中展开。

以雷冰梵的性子，要么不做，一旦做出决定，必然全力以赴。于是这场大战开始前，他一骑当先，手执快雪时晴剑，稳稳地处在大军阵前。

亚飒这一方，不用说，亚飒自然是身先士卒，也冲在大军最前。

于是，久未谋面的两位旧同窗，就在人吼马嘶的两军阵前，再次相遇。

虽说当年两人身份悬殊，但因为苏渐，雷冰梵和亚飒二人，还算是朋友和兄弟。

只是没想到，几年过去，两个人的境遇，却能发生如此天翻地覆的变化，甚至还变成了极其敌对之人。

念及这一点，不管二人立场如何，内心里总还有些怅然。

不过大战将临，两个人又不约而同地把心底这丝遗憾和惆怅，悄悄隐藏。

首先开口的是雷冰梵。

“亚飒！”他运足中气，大声吼道，“你这个混蛋！苏渐是不是你兄弟？”

“……”让亚飒根本没想到的是，如今幽州国的王者，一开口竟然提到的是苏渐。本来对雷冰梵可能的叫骂，亚飒了然于心，早已准备好了应对的说辞，但此刻听他一开口就提起苏渐之名，亚飒一愣之下，只能沉默以对。

“好！不作声是吧，”雷冰梵冷笑吼道，“对面的将士听清，你们这位满口大义的亚飒王，却是连兄弟都坑的人！”

听他这般说，不仅混血军团的人，连幽州国和大漠国的将士军民，都面面相觑。

见众人迟疑，亚飒口角嗫嚅，似是想要辩解。

见他如此，雷冰梵冷笑叫道：“亚飒，好，我若有半点虚言，你尽管开口出声，跟你这些追随者，说你没有坑自家兄弟！”

听他如此一说，亚飒又陷入了沉默。

不过，很快他便振奋精神，大叫道：“雷冰梵，休要妖言惑众！我亚飒为混血者的权利，为建大同乐土光明之国，与天斗，与地斗，任何屈辱都可承受，此心日月可鉴！”

“哈！日月可鉴？”雷冰梵嘲笑道，“你们所到之处，略有反抗，便辣手屠城，这就是你说的‘日月可鉴’？而你还投靠魔人，引狼入室，实乃我族的民贼公敌！”

“民贼公敌？”听了他这话，亚飒身后的沈克敌，催马向前，朝雷冰梵叫道，“若说民贼公敌，你们天雪国推行的纯血令，才是没人性！”

“我等混血之人，一样的人生父母养，凭什么你们只看血缘，便视我们为奴隶？”

“天雪国的林海雪原里，有多少混血同胞死在了纯血令的劳役营？”

沈克敌这话，立时点起了混血军将士的怒火。但其实，沈克敌现在矛头所指的雷冰梵，实则一直反对他父皇这道纯血令。

这一点,亚飒心知肚明,所以雷冰梵一时没作声,想看看亚飒怎么说。

没想到,等了片刻,亚飒却是默然不语。

见他如此,雷冰梵更加愤怒。

端坐在雪原巨狼身上,雷冰梵心中想道:"唉,苏渐,你还对他优柔宽容,却想不到他是这样没品没行的人。"

他心中怨恨,亚飒那边心中也十分不满。

他想的是,雷冰梵你仗着出身高贵,做什么都有理,甚至扯旗造你家老子的反,也一堆人给你捧臭脚。现在我亚飒为了心中的事业,扯起大旗,聚众征战,怎么到了你嘴里就那么不堪呢?还当着千军万马的面,说我亚飒是坑兄弟的小人,怎么什么理都被你占了呢?

于是,双方主帅在不满对方之际,几乎同时一挥手中剑器,下达了攻击的命令。

绿洲城外的荒原之上,转眼间杀声震天,千军万马就此陷入了血战之中。

虽然心中怨恨,但亚飒对幽州军的威名,早就如雷贯耳,因此对于此战,他做了充分的谋划和准备。

只是没想到,计划赶不上变化。

本来他想的是,面对幽州军这样的强军,什么千回百转的计策根本没用,在对方迅猛如雷的冲杀下,如果第一波不挡住、不反攻,整个战役就没有了任何取胜的机会。

所以这一次,他们放弃以前屡试不爽的分批反复冲击战术,而把所有的力量在一开始就全部用上。

没想到,计划如此,当他向那些魔人军下达冲锋命令时,那些魔人军的首领,竟然都一翻眼白,说:"不行,等一会儿,我们还有传统没有做完呢。"

听得这话,亚飒差点没气晕过去!

魔人将领所谓的传统,他懂,不就是在开战前,他们需要斩杀猪羊牛鹿吗?说什么用它们的鲜血,来祭祀他们的魔界战神,特别是祭祀恶魔国度的女王魅帝姒,让她保佑这场战斗的胜利。

这样的传统，倒也好理解，但现在明显场合不对。面对强敌，他亚飒早就将其中的利害关系，说给那些魔人将领听过了。当时他们也不置可否，看似听了进去，没想到等大战降临、他亚飒下达命令时，居然不约而同地固执己见，坚持什么魔人战争传统，这不是纯粹拆台?!

可即使心肝儿气得发战，亚飒对这些魔将还真没有办法。说起来魔人军好像受他统领，但亚飒知道，魔人军实力远超自己麾下那些混血杂牌军。现在自己转战各地，看似风光，其实全是仰仗这些魔人军的凶狠战力。

所以，即使气得脸色发白，即使气得心里想你们的魅帝姒早被镇压，但亚飒还得努力控制情绪，好言好语地请各位魔人老爷们快点完成他们的战争启动仪式。

见他如此，那些看似粗莽的魔将，暗中尽皆得意一笑。

在他们的心目中，区区幽州兵算什么？在混血军团的内部，保持他们魔人军这样高人一等的姿态，才是最重要的。

只是让这些傲慢自大的魔将没想到的是，以前横扫一切人族军队的自己，这一次碰上了真正的硬茬。

和先前他们攻击的那些军队不一样，幽州军可是最近一路刚打出来的军队，不仅经受住了血与火的考验，还以少胜多，以弱胜强，在泰山压顶般的天雪大军面前，生生打出了一个新王国来！

这样的军队，比任何理论上的强军，还要可怕十倍。

而幽州军这回的主力雪狼骑，本就是和雪熊军、雪豹骑、雪彪军并称的天雪国四大精锐之师，并且还不止于此，这些生于北方冰雪之原的巨狼，对魔族血统有着天生的仇恨，对他们的鲜血有着天生的饥渴。

所以，当雪狼骑对上魔人军时，爆发出来的战力更胜以往数倍。

战力已然占优，更何况雷冰梵和亚飒同样师出名门，都是天下一等一的灵鹫学院毕业生，亚飒晓得对这场大战精心筹划，那雷冰梵何尝不是如此？

与亚飒指挥不动魔人军不同，雷冰梵的幽州军里，哪会出现主帅下令之后，某一部军卒还在磨磨蹭蹭、杀猪宰羊的祭祀鬼神？一旦雷冰梵下令，整个幽州军团各个部分，如同一架极其精密强大的战争机器，立即迅如闪电地运转起来！

于是，这大战的两方，一方如臂使指，战意昂扬，一方却逡巡误战，各怀鬼胎，结果不看便知。

一直如同秋风扫落叶般横扫各地的亚飒军，这一次终于一脚踢在了铁板上。沉重如山、迅疾如风的幽州军，给他们当头一棒，说"血流漂杵"可能有些夸张，但绝对伏尸遍野，亚飒这一方的伤亡惨不忍睹。

战力本来就弱的混血军不用说了，就连战力强大的魔人军团，在这一战中，开战还不到半个时辰的工夫，便伤亡了数千人！

一见这样，亚飒再也无心恋战，连忙呼喝残兵，落荒而逃去也。

虽然大败，好在他们经常境况窘迫，倒也有些习惯这样的场面。因此没过半天的工夫，亚飒重又聚起了人马。只是，在荒僻处一点，人马已经损失了两三成。

本就势力薄弱，别说两三成，就算一成人马的损失，也不是亚飒现在可以承受的。尤其那些魔人军力量强悍，这回损失的人马，大多是亚飒嫡系的混血军卒。

面对这样惨痛的结果，在之后的行军途中，亚飒沉默不言，内心进行了极为沉重的反思。

痛定思痛，他觉得这次大败，体现了麾下军团间配合不畅的问题。

那些魔人军就不说了，桀骜不驯，根本指挥不动，就连自己的亚飒军、血风骑、血岚法师团，他们之间的配合也完全不畅。以前打顺风战还好，一碰上幽州兵这样的硬茬，立即原形毕露。

除了这些问题，亚飒还发现，遇上真正的大战，自己手里真正指挥得动的将领，实在匮乏。

他痛苦地想到，自己现在手里只有沈克敌、沈红袖兄妹，勉强堪当大任。但这样的配置，甚至连当年苏渐这个小小的玄武铜徽卫都不如。

那时候的苏渐，手下就有他亚飒和唐求，还有红焰女，再加上好些玄武卫硬茬好手。就连曾经敌对的盖英卫，后来都对苏渐俯首帖耳，冲锋陷阵时也称得上一把好手。

人才匮乏的问题，以前都被顺风顺水的游击战给掩盖了，但今日绿洲城前一战，终于让亚飒意识到了问题的严重性。

而且还不仅如此，就算手头颇有几员大将，但遇上刚才那样的大乱战，仅靠少数将领还是完全不够，整个指挥体系还是没建立起来。

对比之下，对方雷冰梵的幽州军，有着完整的体系，自帅、将、尉，至校、队、伍，各级军将一应俱全。即使大战中军阵被冲乱，但每个局部的战场，都可以找到指挥核心，就算没有将尉，也能很容易地找到队长、伍长。

痛定思痛，亚飒觉得，自己手下这数万兵马如果不改革，则始终都是无法啃硬骨头的流寇。

现在亚飒想想，之前还自鸣得意于流窜各地，攻城略地，现在简直要脸红，当初那些攻营拔寨的城镇算什么？基本就是百来根木栅栏一围的漠北小村庄！

有了这样的深刻思考之后，在某个夜晚，他用特殊的方式，联络了自己的恩师幽玄。

仙风道骨的幽玄，和以往一样，立即应约，在月下飘然而来。

荒野的夜风中，亚飒把自己这几天的思考心得，详细地告诉了幽玄。幽玄听了大为赞赏。

“我没看错人！”月光下，幽玄目光灼灼地说道，“在为师眼里，你能这么想，比你打更多的胜仗，还要让为师高兴。”

“你放心，就跟当初给你牵线魔人国一样，为师云游天下多年，别说魔人国，就连在魔界，也颇有些关系。”

“为师向你保证，今晚别后，我就去动用这些年来结下的善缘，让魔人军不再桀骜不驯，保证军伍改革的顺利进行。”

“那可真好！”在人前冷血无情的亚飒，这时却低下了头，向自己的导师真诚致谢。

“你……近来还好吗？不管大业成败如何，你可要保重自己，更不可因为一场失败，便失了心气。”冷月清光中，幽玄看着这位灰发少年，语气热诚地叮嘱。

“谢谢恩师关心，我还好。”亚飒感动道，“恩师放心，我曾低贱到那样的地步，区区一场败仗，又能让我如何？只是……”

说到这里时，亚飒忽然欲言又止。

“怎么了？”幽玄看了他一眼，俄而若有所悟，轻轻道，“是因为杀戮？”

“是。”亚飒垂首说道。

“杀戮，为师也深恶之也。”幽玄沉吟半晌道，“只是值此乱世，欲建大同乐土，尸山血海，却是必由之路。你想，既得利益之权贵，会自己砍下自己的头颅吗？”

“不会。”亚飒摇了摇头。

听了幽玄这番话，他的眼神比刚才要坚定了一些，只是迷惘之色并未完全褪去。

“亚飒，欲成大事，这一点绝不可动摇。”幽玄提高声音道，“别忘了，你曾跟我说过，作为被欺压的混血者，你‘宁可卑微如尘土，不可低贱如蛆虫’。混血之族，久被压迫，想要扬眉吐气，杀戮血战怎可以少？”

说到这里，他的语调稍微放得柔缓，朝亚飒温言说道：“两百年了，看当今天下大势，龙族傲慢堕落，人族孱弱内斗，魔族镇压异域，种种衰落和矛盾，一直在那里，从未被消灭。”

“它们只是曾经被圣龙帝国主导的秩序光芒所掩盖，但现在，旧秩序正在崩溃，新秩序尚未建起，在此革旧迎新之际，你们混血一族混同了各个种族的优点，正应该成为新秩序的主人！”

“所以亚飒，你起事征战天下，不仅是为了解放混血一族，还为了为整个神州世界建立一个新的大同乐土！”

“到那时，天上地下，所有种族，都要匍匐在你的脚下。所有的老人和婴孩，都受益于你的仁慈。到那时，你就是天上地下、神州四海唯一的真王！”

“真的吗？”亚飒目光熠熠地问道。

“真的。”幽玄坚定答道，“亚飒，你想想，我幽玄什么时候骗过你？今天的局面，不正是我跟你描绘过的吗？”

“对……是我错了，”亚飒歉然道，“我不该动摇，应该坚信恩师给我指出的光明大道。”

“不要紧，人非草木，偶尔疑虑，实属正常。”幽玄笑道。

不得不说，幽玄的口才实在了得，再加上仙风道骨的身形、优雅清润的嗓音，这番话说下来，让亚飒简直像喝了美味鸡汤一样心情舒畅，进而心悦诚服。

不过亚飒毕竟是亚飒。

稍微沉醉了一小会儿，他心中一动，又问道：“恩师，您说的都对。为了心中的光明大道，必然以杀止杀，毫无迟疑。可弟子担心，如此嗜杀之名远扬，毕竟会让人不敢来投。”

“亚飒，你今天是怎么了？”幽玄看着他，道，“你又错了。当此乱世，恶名反是好事。相比优柔寡断的善，世人更习惯追随当断则断的恶。”

“你放心，你的追随者会越来越多。嗯，刚才你说过，麾下将领不够用？这道理没错，‘千军易得，一将难求’，但没关系，为师已替你占卦，光明军真正的得力干将，即将到来。”

“得力干将，即将到来？”亚飒重复了一遍这句话，语调有些怀疑。

“不用怀疑。”幽玄郑重说道，“你记住为师这句话：就如我一样，帮助你的人，会永远帮你；你真正的左膀右臂，会因此而来。”

“到那时，天生神将，将乘着燃烧火焰的战车，来投奔你这位真正的新世界之王！”

幽玄不愧是亚飒的精神导师，只是月下一席对谈，便扫去了亚飒心头所有的阴霾。

在此之后，那个睥睨四方、谋略天下的“灭世大魔王”，又出现在世人面前。

亚飒善于用谋，本来无论敌我，都以为他会率军往西北逃，毕竟那里更接近魔人国，万一有事可以得到他们的庇护。

于是无论大漠国还是幽州军，全都在可能的北方关隘处设置了伏兵。

然而，亚飒的行动出乎所有人的意料。绿洲城外兵败之后，他没有按常理北逃，反而挥师南下，在大漠国的薄弱地带穿插而过，在一番泼了命的急行军后，不到半个月的工夫就冲到了南方万花国的国境边陲。

半月前还被幽州军打得落花流水，半月后的亚飒军竟然重新精神抖撒地出现在万花国的风满城下！

这样的结果，让所有事后得到消息的人目瞪口呆！

兵临城下的风满城，处于万花国北方连绵的乱云山脉间。

万花国境内的乱云山脉，绵延自华夏国西南境内。当初苏渐等人去试炼星流术的梳风林，便属于华夏境内的乱云山脉。

乱云山脉延展至万花国后，虽然依旧连绵起伏，但已经基本没了缺口，唯一的豁口，便是风满城的筑城地。

由此可以想见，这座风满城对万花国的北方边境，有多重要。

亚飒现在想要从北方进入万花国，为自己神鬼莫测的游击战争取更大的回旋空间，这座风满城乃是必经之地。

延绵巍峨的乱云山脉，挡住了从北方吹来的北洋冰风，风满城处在唯一的缺口处，一年四季风满全城，这正是"风满城"名字的由来。

风满城的现任太守名叫慕容卓，出自万花国少有的武将世家。

据说万花慕容家的祖上，曾参与过两百年前的人龙大战，亲手杀死的兽龙武士达到两名之多，因此功勋累积下来，到了慕容卓这一代，他便顺理成章地担任了风满城这座要隘雄城的城守。

当亚飒的大军抵达风满城前，慕容卓便已经听到了风声。

如果放在以前，他可能还会有些惶恐。毕竟亚飒以前遇到抵抗后屠城的恶名，已经人尽皆知。

但现在，亚飒军大败于幽州军手下之事，早已传到了这里，因此慕容卓胆气大壮，只觉得区区败兵何以言勇？他已经决意抵抗，甚至还在风满城文武官员面前，发下了生擒亚飒这个魔匪军大头目的誓言。

没想到，他是只知其一不知其二。

虽然亚飒新败，损兵折将，但因祸得福。痛定思痛后，他在这半个月的行军途中，锐意改革了军队，全军上下从此焕然一新，战斗力几乎数倍于从前。

不仅如此，正因为上回的败战，这些亚飒军的将士都憋了一鼓劲儿，要打一场大胜仗来一雪前耻。

哀兵必胜。

骄兵必败。

很不幸，信心十足的慕容卓，扮演了一个面对哀兵的骄兵角色。

毫无悬念的，双方只稍一接触，风满城守军就被大量杀伤。

虽然一开始风满城守军还锐意抵抗，但当少量魔人悍卒凭着天生的勇力，翻上城墙，占据一席之地时，守军就开始动摇了。

有了城头阵地，哪怕很小，光明军士气也大受鼓舞。很快越来越多的光明军凭借着简单的攻城器械，勇猛无比地翻上了风满城高耸的城墙，不断地巩固和扩大城头的阵地。

不到半天工夫，亚飒的大军就攻下了这座万花国北方的要隘雄城！

听到这个消息，还待在城守府里谋划宏大战略的太守慕容卓，一下子就惊得瘫坐在地上。

这一刻，什么生擒亚飒大魔王的豪情壮志，早就被抛到九霄云外，“血屠大魔王”屠戮一城的可怕传言，已经占据了他全部的心魂。

值此生死存亡之际，慕容太守老泪纵横，便欲在城守府中上吊，要与城池共存亡，也算保全了慕容家的数世英名。

不过，就在他颤巍巍地往绳套里伸脑袋时，一个娇柔灵俏的身影，忽然急急忙忙地闯了进来。

“爹爹！你在干什么?!”原来冲进来的女孩，正是风满城城主慕容卓的女儿，名叫慕容雨蝶。

“蝶儿啊，爹如今只有这一条路可走了。”慕容卓暂时把脑袋缩回来，泪流满面地跟女儿说道，“就算为父有偷生之意，但以我万花国慕容家的一世英名，也不可能有第二条路可走了。”

“蝶儿啊，趁现在贼军还没打到这里，你快跑吧。你娘死得早，今后这辈子爹爹也照顾不了你了，你好自为之吧。逃出去后找个老实的汉子嫁了，平平凡凡过此一生吧。”

“来不及了。”慕容雨蝶听了，热泪盈眶地叫道，“雨蝶刚听说，贼军已经打了过来，已经把这里所有的出口道路都占了。女儿、女儿也出不去了！”

“啊?!”听得此语，正忙着把脑袋继续往绳套里伸的慕容卓，忽然如遭雷击,一下子僵住了。

直过了片刻,他才如梦初醒,疯狂地大叫道:“雨蝶!雨蝶!我的好女儿啊,看来你我父女二人要在黄泉下相会了。来人,给——”

正要下达命令,让下属砍死女儿,慕容卓忽然再次一顿,喟然长叹道:“罢了,罢了,慕容家的命运,就让我慕容卓一个人背负吧。”

“蝶儿你一个小小女子,不必为此枉送了性命。他们也是征伐天下的好汉,当不至于与你为难——唉!好死不如赖活着,如果、如果……如果他们要糟蹋你,你千万记得别反抗。记住爹爹一句话,‘活着最重要’,要怪,就怪这不开眼的贼老天吧。”

说到这里,慕容卓已是万念俱灰,了无生意。他把脖子往前一伸,彻底套在了绳套里。然后他脚下一蹬,便要踢掉椅子,就此上吊毙命。

正在这时,他却忽然感觉自己的双脚被人抱住,踢不动椅凳。

他猛然大惊,以为贼军来了,睁眼一看,却发现不是什么贼人,而是自己的掌上明珠死死地抱住自己的大腿。

“蝶儿!不要如此糊涂!”慕容卓见状大声骂道,“你不要妇人之见!爹爹让你活,有爹爹的道理,世人不能说你什么,但爹爹不一样!”

“身为城主若是苟活,就算不顾慕容家的威名,这国法如炉,爹爹轻敌失土之责,至少也是个枭首断头的罪名。若是我自行了断,圣上念在我知情识趣的分上,很可能饶了我慕容家全族的性命。”

“爹爹!我不是妇人之见。”容貌秀美的慕容雨蝶,虽然泪流满面,却坚定地叫道,“女儿拦你,不是为了拦你的大义。爹爹难道忘了满城百姓吗?”

“啊?!”这一句话,就让慕容卓再次如遭雷击,猛然愣住。

但很快他就苦笑道:“蝶儿啊,城池已失,满城百姓已是俎上鱼肉,救不得了。”

“谁说一定救不得?”慕容雨蝶叫道,“爹爹,恕女儿不孝,狂言两句:您刚才说,为了保命,我可以任贼人糟蹋身子;那区区此身,让谁糟蹋不是糟蹋?女儿自恃颇有些容貌,爹爹您就把女儿献给那亚飒大魔王,说不定他贪了美色,就饶过一城百姓呢。”

听到这话，慕容卓身子一颤，呆愣了良久，慢慢地把脑袋从绳套里缩回来。

“女儿……你不是妇人之见，爹爹才是个糊涂的大蠢蛋……”说罢这句话，身为万花国一代名将的慕容卓，竟是立在椅子上，以袖掩面，“呜呜呜”地哭了起来。

只不过一两刻之后，一身戎装的亚飒便在亲随的簇拥下，威风八面地闯进了风满城城守府。

以往每当这时候，亚飒看到的都是一张张惊恐的脸，没想到这一回闯进风满城城守府里，眼前的场景却让他愣住了。

原来预想中惊惶破败的气氛丝毫不见，这风满城城守府中，竟是张灯结彩，不仅彩灯高悬，红毡铺地，还处处贴着大红烫金的喜字。

刚闯进来的亚飒，见此情景顿时愣住，霎时间还以为自己走错了地方。

正迟疑间，一位身穿紫袍的中年人，迎上前来，满脸堆笑道："小人风满城太守慕容卓，恭迎亚飒大将军。"

"风满城太守?"一听这话，亚飒确定自己并没有走错地方。

"狗官！你搞什么鬼？难不成你家在办喜事?"亚飒冲着慕容卓喝道。

"喜事、喜事，当然是喜事!"慕容卓的眼神中闪过一丝悲哀，但很快就被一片喜悦之情掩盖。

"禀英雄，"慕容卓躬身拱手，极尽卑颜地说道，"小人慕容卓，久闻英雄大名，苦恨无缘一见。今有幸遇到将军会猎于风满城，得觐英颜，果然雄姿伟略，非为常人。小人早就有心，将独生爱女奉于将军，还望将军可怜小人一片殷切之情，万望笑纳。"

"哈?!"亚飒闻言，真是又好气又好笑。

第一百一十六章

春宵烂漫

以往他攻破城池，敌方首脑到了自己面前，有惊恐莫名的，有涕泪横流的，有苦苦哀求的，有破口大骂的，也有妄想拳脚并施打自己的，但从来没有一回像今天这样，竟然恬不知耻到直接献上自己的女儿，还亲自布置好了礼堂。

眼见这等无耻之人，亚飒本有心一刀杀了；但不知道为何，可能是因为新奇吧，他竟暂时耐下性子，皮笑肉不笑道："慕容太守，真有你的。一城败灭，你竟还想着送女儿。好了，别跟我玩花样，说，你这么干，想求我什么？"

"我、我……"在亚飒威逼的眼神之下，慕容卓酝酿了不知多少回的言辞，竟一时语塞。

迟疑片刻，他壮了壮胆子道："小老儿有个不情之请，还请将军可怜我等一片奉承之心，饶了这满城的百姓吧！"

"哈哈哈！"亚飒闻言，仰天长笑道，"果然、果然！可是太守大人啊，你可曾听说过这么一句话？"

"什么话？"慕容卓心惊胆战地问道。

"'有心为善，虽善不赏；无心为恶，虽恶不罚。'你倒说说，你这是有心为善，还是无心为善啊？"亚飒一脸嘲讽地说道。

一听这话，慕容卓刚燃起一点点希望的心，一下子沉到了谷底。

"将、将军——"正当他结结巴巴，还想再争取时，却见亚飒猛然大喝一声道："贼太守！既知今日何必当初？先前城头又是礌石又是滚木，究竟是谁人的命令？哈哈，好好好！伤我兄弟性命，等城破了，却想拿个女子来赎罪，你这算盘打得太精！我现在就告诉你，两个字，不行！"

听得亚飒这等凶狠绝情的话语，慕容卓再也支撑不住，"扑通"一声就瘫倒在地。

就在这时，却听得堂后有人喊得一声："新人到——"

拖长的话语声中，有位盛装少女，在丫鬟婆子的搀扶下，从堂后走出来。

不用说，这位正是慕容卓的掌上明珠慕容雨蝶。只是她还不知道，虽然后堂一直按刚才紧急拟定的剧本在走，但堂前的谈判，已经完全破裂了。

对这样的结局，慕容雨蝶一无所知，她依旧按照计划，虽然一身盛装，却没有按新人成婚时的礼仪用盖头遮住头脸。现在情况特殊，她正要用"美色"来诱惑贼匪头目，怎么能把重点部位给遮住？

只是很可怜，这样的胆略，如此的用心，放在一介女流身上已经不易，但形势比人强，城守府大堂上那个大魔王，已经给整座风满城的军民百姓，做下了最后的决断。

所以，当慕容雨蝶满怀期待地走出后堂时，迎接她的却是一声暴喝："什么小娘皮！既生在狗官之家，就一并砍了吧！"

听得此言，慕容雨蝶浑身一颤，强烈的惊恐下，甚至都忘了撤掉脸上那强装出来的假笑，整个人如同木雕泥塑一般，呆在了当场。

亚飒锋利的佩刀，呼啸着破空而至。

犀利的刀风中，慕容雨蝶忽然只觉得下身一热。

到这时她仅存的一点神智，让她终于知道，"灭世大魔王"的威势，岂是她区区一个小女子可以对付的？

只是本已经准备命丧黄泉，过了许久她却没等到那应有的剧痛。

"是出现幻觉了吗？"她怔怔地想道，"如果不是幻觉，为什么这个大魔王，会愣愣地盯着我的脸看呢？难道……我的美色把他迷住了？不可能……自己的姿色，自己还不懂吗？比中人之姿要强，但也绝不是什么大美人呀……”

就在慕容雨蝶的胡思乱想间,临下刀前盯了她半晌的灰发少年,忽然收起刀,转身朝瘫坐在地的慕容卓道:“好了,太守大人,你的礼,我收下了。”

亚飒是守信的人。这一晚,风满城中,许多人恐惧的血腥屠杀,真的没有到来。

看到这个结果,本来满是锥心之痛的风满城城主慕容卓,竟打心眼里生出了真正的喜悦。

没有任何痛苦,没有任何为难,他亲手把自己的女儿,送进了为亚飒安排的洞房。

如此之后,面对下属和幕僚们躲躲闪闪的古怪目光,慕容卓理直气壮地斥责道:“你们懂个啥?我这是‘大勇’!”

慕容卓这边已然大勇,但先前率先提出这样大勇计划的少女,已经完全没有了当时的气势。

被送进洞房后,她如同一只待宰的羔羊,躺在宽敞的新床上。

万花国地处南方,气候炎热,因此这张新床,便是一张巨大的竹榻,为了便于通风纳凉,四面没什么遮挡。

好在亲手布置新房的慕容卓,足够细心,体会到今晚女儿面临的尴尬,便很有心地在这间宽敞无比的新房中,挂了许多彩绸纱幔。

虽然四处都有纱幔低垂,有了遮掩,但初经人事的慕容雨蝶,依然又羞又怕。

而身份特殊的亚飒,纵然在此春宵一刻,也依然不失警惕。洞房外站立四名护卫就不说了,就连洞房里面,都由血岚统领沈红袖亲自挑选了两个精通法术格斗的姐妹,如门神一样,一左一右守在房门里面。

对这样的环境,纵然慕容雨蝶已然下了莫大决心,决定“以身饲虎”,但对这样的人员配置还是难以接受。

撇开一切家国大义,今晚对慕容雨蝶来说,还是一个纯洁姑娘的破瓜之时,本就羞怯无限,怎么床前还站俩生人?

因此,即使她对亚飒害怕到了骨子里,当亚飒站到床榻前开始宽衣解带时，她还是勇敢地开口恳求道："将军，您是大人物，还望怜惜小女子。这、这洞房之中，能否不要有其他人？"

听得此言，亚飒稍稍一愣，不过手里宽衣解带的动作，却丝毫没有停住。

见得如此，慕容雨蝶羞愤万分。

这一刻，她只觉得，今晚受此之辱，之前还不如不劝爹爹，全城一起玉石俱焚算了。

"你们都出去。"正激愤时，亚飒突然开口说话。

"是。"毫无讨价还价，门口那两位巾帼女门神，行了个礼，便推开门走了出去，然后又轻轻地带上了门。

"……"亚飒这毫无征兆的举动，对慕容雨蝶来说，就好像已经走在了地狱深渊的边缘，忽然又升上了天国。

英勇果敢的女孩儿，于此床笫之事上，单纯得就像一张白绢。当散发着阳刚气息的身躯压上来时，慕容雨蝶眼一闭，怀着一种舍身取义的心情，任人宰割。

很快，她便俯仰随人。

怀着牺牲献祭的心情，慕容雨蝶死死地咬住嘴唇，承受了一次次剧烈的冲击。

在她娇吟悲泣之时，那个一直奋力冲撞的男儿，也忽然间发出一阵低沉的咆哮！

而在这一连串沉闷低吼与清脆娇啼的交织声中，完成了最后一次冲刺的灰发男儿，俯视着身下的女孩时，眼前仿佛出现了一片熟悉的烂漫春原。原本只是依稀相似的容颜，也在登上绝顶的这一刻，重合在了一处。

这一刻，曼陀罗花开，春光满原。

于是在绝顶之巅的呐喊声中，亚飒仿佛再一次回到了那一年的春原。

春光烂漫中，他看到那个灵俏清纯的少女，正踏花而来，扑闪着秀气的大眼睛，朝自己问道："你是谁？怎么会在这里？"

"灵莺——"伴随着这一声撕心裂肺的嘶吼，本来如同山峦起伏的雄健身姿，颓然倒下。

“灵莺？是谁?”还沉醉于情欲中的少女,听得这声呼喊,忽然一愣。

“这是你该问的?”亚飒已坐起来,看着她冷冷道,“不过有个问题,你没问,我却要告诉你。嗯,你们这城,我本就不想屠。我已经决定转变策略,不再一味嗜杀了。怎么样？这个回答让你开心吗?”

“啊?!”慕容雨蝶闻言,顿时浑身战栗,颤声尖叫起来,“你、你这头恶魔!”

“恶魔？哈哈哈,你才知道。”亚飒忽地长声大笑,状若疯狂。

疯狂的笑声中,慕容雨蝶颤抖得更加厉害。

极度的悔恨和屈辱,猛然间攫住了她的整个身心。

她本来已经半支起的身子,重又颓然倒在了榻上。

这时候,她只觉得自己往日爱护有加的清白身子,就像一只粗糙的破口袋,被人用过后随便地遗弃在污秽阴暗的街头。

极度的悲屈中,她也鼓起了全部的勇气,在心中安慰自己:“雨蝶,要坚强,今晚的事,就当被毒蛇咬了一口吧!”

这时亚飒的狂笑还未消歇。

有着丝绸光泽的好看灰发的少年,仿佛要通过这样的狂妄长笑,发泄出所有的疲惫和压力。

在他的笑声中,慕容雨蝶的战栗,也在一直持续。

“呲——”就当她不知道该如何结束这样生不如死的境遇时,忽然间,一道灿烂的光芒,夹杂炽烈的血红焰色,带着犀利的啸声,从昏暗的帷幔间破空飞来!

突如其来的锋芒,矛头直指亚飒。

“哎呀!”亚飒本能地叫声不好,在床榻上飞速一挪,以一种超乎常理的平移姿态,瞬间下床,“扑通”一声扑倒在地上。

虽然姿势古怪难看,但亚飒还是堪堪逃过了这势若雷霆的一击。

现在的亚飒,因为幽玄的缘故,已经身具部分天魔之力,虽然无论质还是量都是打折版,但对比这片大陆上的大多数人,他已拥有了某种奇异的力量。

所以,他不仅逃过了这雷霆一击,甚至还有暇顺手拖过了衣物,以闪电般的速度穿上。

等他稍微安定，突然觉得一阵剧烈的疼痛从左肩上传来。

他惊奇地扭头一看，却看见自己的左肩头上，已被划出了一长条伤口，不仅汩汩地流血不停，那伤口翻起的皮肉，还似被烈火灼伤，烤得焦黑，正散发出某种诡异的烤肉香气。

一望这伤口，亚飒便知道，一时半刻它绝难愈合。

不仅如此，看见伤口的特征，他还一下子就知道了，这个突如其来的刺客究竟是谁。

“苏渐！”他大喝一声，翻身而起，双手一招，毒牙双环已经应声飞到了他的手里。

兵器在手，亚飒略略心安。但当他环顾四方，却发现在刚才那样惊天动地的一剑之后，整个宽大的新房中，只见纱幔飘摇，并不见苏渐半点身影。

“呵呵，我知道你就在这里。”亚飒冷笑道，“苏渐，别躲了。明白告诉你，我亚飒已经今非昔比，不再是当年你那个言听计从的小弟了。想取我性命？做梦吧！”

厉声说出这番话时，亚飒仔细观察房中的动静，却发现万籁俱寂，丝毫听不见第三人的呼吸。

察觉此情，亚飒不由得皱了皱眉。

经过这一番搅闹，本来已经恐惧失神的女子，也清醒了过来。

清醒过后，她便再一次陷入惊恐。

因为，她记起，先前行房前，是她极力让亚飒撤去房中守卫的。

“我、我真的不认识他！”她本能地为自己辩解。

这时她很后悔，后悔为什么要让亚飒撤掉守卫，难道那一点脸皮，就比得上自己的性命？

正极度惶恐间，她却听得亚飒说道：“我不怀疑你。”

“为什么？”慕容雨蝶脱口道。

“因为，要认识他，你也配？”亚飒冷笑道。

听得此言，雨蝶心中再次大恼。

她心中想："究竟是哪位义士？好人啊！赶紧杀了这个大魔头吧！"

不过话临出口时，却变成了："究竟是哪方贼子，敢来刺杀将军大人你？"

风满城城主之女，见识终究不一般，这时还是说了应该说的话。

"贼子？"亚飒又笑了一声道，"要来杀我的，不是什么贼子——他是我兄弟。"

"什么？！"慕容雨蝶的脑子，终于搅成了一团糨糊。

正在她惊怔间，忽听到一个声音飘忽传来："我……没有……你……这样的……兄弟。"

这一句话，断断续续，显是在不停变换方位，声音极为飘忽。但慕容雨蝶还是听出，在那飘忽的声音之下，说话人的语气十分坚定。

"哈哈！"就在这句话传来时，亚飒仰天一笑，好似毫不在意，但在倒数两三个字传来时，他却猛然挥手，毒牙双环脱手飞出，如两只迅疾的蝙蝠，朝一幅纱幔包抄着飞去！

"苍啷"一声，两只毒牙环在那幅纱幔处会合，顿时就把纱幔一截两断。

只是纱幔落处，人影皆无。

"好手段！"亚飒叫道，"苏渐，如此身手，何苦为朝廷鹰犬？你的才华见识，我亚飒比华夏国任何一个人都清楚！"

"怎么样，投入我大同光明军如何？别误会，我亚飒想建造的新世界，不仅仅是混血族的新世界，而是包括人族在内所有种族，一视同仁！"

"苏渐，你也是贫贱出身，这种不分族类的平等之国，难道不也是你期待的吗？"

"平等之国？"飘忽的声音再次传来，"无论神魔，无论好人恶人，都会把目标说得冠冕堂皇。我只看他们怎么做。亚飒，你嘛，一路屠杀，满手血腥，想必你这大同光明国，要建立在无边血海、千万白骨之上吧！"

"这又如何？"亚飒收回双环，抽出永寂之刃，一边环顾四方仔细观察，一边大声叫道，"为达目的，不择手段，不是你苏渐的信条吗？老实告诉你，我亚飒今日的不择手段，也是跟你学的！"

“更何况,你这个顾虑已经不再存在。我已想得很清楚,以后不会再动辄屠村屠城了。”

“怎么样?到我这方来吧?你我兄弟同心,刀剑合璧,一定能干成大事的!”

“只要你答应,这光明国之王,由你来当又如何!”

说到此时,亚飒的脸上神采奕奕,眼中也充满了兴奋之情。

别看说出刚才这些话,他有拖延时间、观察敌情、让部属赶来的意思,但不得不说,这番劝降的话,他说得十分真心。

撇去求贤若渴不谈,对亚飒来说,虽然已经奉了黑暗国师的化身幽玄为导师,但在他的内心里,最渴望得到其认可的那个人,还是苏渐……

所以他这一番话,甚至包括那个听起来挺不真实的让位之言,听似不可思议,却都是肺腑之言。

但他这一番真诚之言,却没有得到想要的回应。就在他说到最后,达到最兴奋之时,回应他的却是一道犀利灿耀的血色光芒。

奉命而来的苏渐,这一刻终于现出身形。此刻他正紧握光焰蒸腾的血歌剑,人剑合一地朝亚飒杀来。

苏渐这一击,势若惊雷,势在必得,是观察许久后的致命一击。那刁钻的角度、强劲的力量、迅疾的速度,若不是身处其境、直面锋芒,完全难以体会。

这一刻,亚飒深刻地体会到,自己已是难逃此劫。

幸运的是,亚飒别的才能还值得怀疑,但从绝境中不屈求生的能力,绝对当世一流。

当惊雷疾电般的一击还在半途时,他已经闪身伸手一抓,把瘫卧在床上的少女给抓到了自己的身前。

闪电般飚至的利剑,飞快地刺到少女雪白的胸口之前,就在只差一两寸距离的位置,焰芒闪耀的剑尖戛然而止。

瘫软的少女,再次觉得下身一热。

这一刻,她羞愤难当,觉得与其近乎赤裸地人前失禁,还不如被一剑刺死。

可怜的城守之女,娇柔尊贵,没想到在这一日之间,已经经历了两次失禁。

"亚飒!"这时只听苏渐喊道,"虽然已经想到,但没料到你竟堕落到如此地步!"

"嘿嘿。"亚飒冷笑一声,"堕落?我不管,只要有效!"

说话间,他把少女往旁边随手一扔,那雪白的胴体还没飞离身前,永寂之刃的诡秘刀锋,已从少女身躯后倏然劈出,不带一丝半点的风声。

攻防瞬间转换,刚硬生生停住剑锋的苏渐,身形猛地倒飞了出去。

不过倒飞之时,一道"焚心火"已经脱手而出,破空疾飞,直扑亚飒。

亚飒见状,一挥永寂刃,炫烈火焰顿时熄灭。随即,他反手一挥,一支冥系"白骨矛"应手射出,朝急速退却的苏渐电射而去,不过很快就被苏渐挥剑斩落。

二人就这般兔起鹘落地对攻了七八个回合,一时半会儿都拿对方没什么办法。

见得如此,亚飒在战斗间隙叫道:"苏渐,我知二十来个回合后,定然打不过你,可这又如何?这是我的地盘!"

听他如此说,苏渐朗声笑道:"想叫我心神不稳?哈哈!"大笑声中,他那把血歌剑犹如电蛇乱窜,朝亚飒疾风骤雨地击来。

见他攻势猛烈,亚飒不敢怠慢,赶忙专心应战。毕竟苏渐的本事他是知道的。并且更重要的是,他知道苏渐想干成的事,没有一件干不成——

这也是他刚才真心劝降的最大理由。

越是像亚飒这样经历坎坷的人,就越相信虚幻的神鬼之事。

经历了这么多事后,虽然是逆天而行,他暗地里却觉得还真不能不信邪,像苏渐这样运气爆棚的人,说不定还真应了天道。若这样的人投到自己这边来,则"大同光明国"这样无比艰难的目标,说不定还真可能做成。

所以,这一番剧斗间,与其说苏渐的武技让亚飒着忙,还不如说苏渐历年来的履历,让他打心眼儿里发慌。

一旦亚飒全力以赴地应对,苏渐一时还真拿他没什么办法。

久攻不下,苏渐心里也开始有点犯嘀咕。

他心里想："虽说外面那些岗哨，都让我拔掉，但这一番剧斗，时间久了，难免不露出马脚。现在这风满城是亚飒的地盘，外来的始终不如坐地的人多，一旦被他的部下发现，别说杀掉亚飒，连自己脱身都很难。"

想到这里，苏渐也不含糊，见一时攻不下，立即虚晃几招，就准备往外撤离。

但亚飒是何等人物？何况还曾和苏渐共事多时，苏渐刚露出点休战跑路的苗头，亚飒便看了出来。

于是，"灭世大魔王"精神一振，不仅永寂之刃挥舞如轮，那一对毒牙双环也被他祭出来，如一对暗夜的毒蝙蝠，只在苏渐的四肢关节处飞舞，显然是要将他生擒活拿。

片刻后，亚飒便听得飞蹿出去的苏渐，忽然"啊"地惊叫一声！

听得这惊呼，亚飒更是精神大振，觉得自己的努力终于要成功，便铆足了劲儿冲了上去。

只是刚一抬脚，就听得"轰"的一声巨响，霎时眼前闪过一片强光，还没等他反应过来，亚飒已经闻到一股刺鼻的气味。

"这是什么?!"亚飒有些发愣，觉得飘进鼻孔的气味，恶心难闻就不说了，还带着一股子浓烈的水腥气，其浓重醇厚的程度，好像来自热带的丛林——

"不好!"想到这里，亚飒心中顿时惊叫一声，立即屏住了所有呼吸。

"翡翠惊天雷"，到这时，无论是苏渐还是亚飒，都意识到突然爆炸的是什么。

意识到这一点后，他们两人的心中，除了恐惧，还有惊奇和疑惑。

这是因为，自上回因为"翡翠惊天雷"闯了大祸，引起了第二次人龙人战后，这个由血义盟的野心家造出的可怕兵器，就被人族王国统一封存，并异口同声地宣布为禁忌武器。

这意味着，作为一种武器，"翡翠惊天雷"以后不准再有人使用，更不准再有人制造。

像"翡翠惊天雷"这样的兵器，也确实够得上禁忌武器的名头，因为它利用十大晶海神器的翠脉手环，糅合了冰与火、光与冥、风与雷之类相克的力量，还加上了梦泽国雨林深处油碧色的万年毒瘴。一旦爆炸，其爆发出的能量冲击极其可怕，那万年毒瘴更是毒性极大。

所以无论是苏渐还是亚飒，都没想到，如此有伤天和的禁忌武器，竟然出现在这里，还被人极为熟练地引爆了！

光焰乱窜，毒瘴弥漫，亚飒也顾不得其他，使劲往外逃窜。但才跑出一点距离，又是一枚“翡翠惊天雷”被人掷入，转瞬爆炸！

手忙脚乱的闪避中，亚飒心中一动，心想道：“原来这才是他真正的杀招？”

心中动念时，他往旁边一看，却见苏渐也正在手忙脚乱地从烟雾火焰中逃窜。

见此情景，亚飒一愣，只觉得非常奇怪。

但这时候，也由不得他多想。“翡翠惊天雷”的威力极大，属性多样，若只有他一人，根本无从对抗。想到这一点，他下意识地往苏渐那边看，见他也朝自己这边看来。

根本不用言语，两人只一对望，便了解了对方的意图。

于是，刚才还在生死搏杀的两人，转眼间却联起手来。他们各自使出压箱底的招数，升起了自己最擅长的灵术光盾，将二人共同笼罩其中，一起对抗毒瘴雷的爆炸威力。

“翡翠惊天雷”，还在被什么人源源不断地扔进来。

过了一段时间，当苏渐和亚飒都觉得自己灵力就快耗尽，再也难以支撑防护光盾时，不由得对视一眼——曾在苦难中一同并肩作战，现在又因为不同理念而分道扬镳的两人，在面临死亡威胁时，都从对方的眼里看到了同样的东西：

不甘、悲愤，还有绝望。

他们的防护光盾变得越来越淡薄，转眼就要消弭无形，触目惊心的碧色毒瘴，就快突破光盾的界限，朝两人这边袭来。

这一刻，亚飒朝苏渐看了一眼。

按照当年的默契，亚飒觉得，苏渐此时应该和自己一个心思，那便是：

反正是一个“死”字，那就待光盾消失，两人一齐屏息冲出去，在爆炸和毒瘴将二人杀死之前，将那使用禁忌武器偷袭的奸贼斩于刃下。

亚飒看的这一眼，确实得到了自己想要的信息。不过就在这电光石火间，他惊讶地瞥见，苏渐的眼神中，还有些其他复杂的情绪。

但绝境之中，哪容得亚飒细细分辨？

他只是稍稍一愣，便攥紧了手中兵器，准备一等光盾消失，就拼尽最后的灵力，冲进风火交织的光焰毒气之中，在倒下之前，和苏渐一起杀死可恶的罪魁祸首。

战机的把握，对亚飒这样已经在尸山血海的沙场中趟过无数遍的人来说，并不是难事。很快他就屏气凝神，开始“甲乙丙丁戊己庚辛”地倒数。

只是，当他才数到“丙”时，他眼角的余光就看见，苏渐那边的光盾忽然破裂，一股火风毒瘴如毒蛇般蹿了进来，正击在他的胸前！

“咕咚！”在这一声重重的倒地声中，苏渐不仅摔倒在地，口中还发出了一声极其凄厉的惨叫声。

“他死了！”经验丰富的亚飒，立即判断出，苏渐已经战死。

心念动处，他脱口惊呼：“不！”

这一刻，亚飒的眼眶竟有些湿润，然后忽然觉得自己的难过有些匪夷所思，因为今天苏渐前来，就是来杀他亚飒的啊。

在此微妙时刻，亚飒努力告诫自己，危机将临，要镇静，要定神。

很快他整个人就沉静下来，发狠准备最后一击——只是恰在这时，外面忽然传来一阵喧哗。

喧天的叫骂和金铁撞击声，轰然而起，紧接着好像有什么人惊呼逃走的声音。

就在亚飒莫名其妙之时，只听“轰轰”数声响，十来股硕大晶莹的水柱，忽然破空而来，很快浇灭了眼前漫天的毒气和火光。

光气一灭，已经被呛得快撑不住的亚飒，立即贪婪地大口呼吸。这一刻的新鲜空气对他来说，就像久旱的稻子逢了甘霖。

呼吸了两口新鲜空气，他的神志也变得清醒很多。这时他才意识到，刚才叫骂声中，嚷得最响亮的，就是自己的得力干将沈克敌、沈红袖兄妹。

意识到这一点，亚飒心中大定。

死里逃生，惊魂甫定，他的第一个念头竟然不是自己逃出险地，而是转过头，去看刚才倒地身亡的苏渐。

“苏渐——”他颤抖着声音，转过脸去，想再看一眼苏渐的遗容。毕竟，刚殒命的这个人，是他当年无比敬重的兄弟。

只是，这一声颤抖着的呼唤，才叫到一半，便戛然而止——因为当亚飒转过脸去，却惊异地发现，原先苏渐遗体的躺卧处，此时竟是空空如也。

当然，严格来说，那里现在，也不是绝对的空空如也。

亚飒视线所及，一张颜色暗淡的灵符，在刚才苏渐躺卧处悠然旋起。

就在它被舔舐的火苗烧光吞没之前，亚飒分明看见，那正是自己这位前大哥，在灵鹫学院时瞎捣鼓出来的“发声晶符”。

见此情形，亚飒心中被勾起一些求学时期记忆的同时，也变得若有所思。

想起刚才两人差点一同被杀死的情景，亚飒的表情就变得十分微妙，以至于接下来沈红袖惊呼亚飒肩膀上怎么流这么多血时，亚飒只是充耳不闻，还露出一丝古怪的微笑。

“苏渐，终有一天，你会投到我这一方。大同乐土之主、光明天国之王的位置，我亚飒永远为你保留。”

想到这里，亚飒忽地心中一动，回忆起了幽玄大师那晚跟自己说的话：

“帮助你的人，会永远帮你……天生神将，将乘着燃烧火焰的战车，来投奔你这位真正的新世界之王！”

想到这里，亚飒的嘴角，爬上了一缕真心的笑容，因为对他来说，自起事后，他对做过的几乎所有事情，无论有多血腥，都不后悔，只有一件，便是和苏渐的决裂，让他始终有如骨鲠在喉……

当然此刻的亚飒，并没有太多时间悲春伤秋。先前的整军，毕竟是在败退行军途中，能做的整编也有限。现在借着攻下风满城的机会，他便在这里对麾下各部进行了细致的整编。

风满城整编后，整个亚飒军精兵简政，面貌一新，连以往桀骜不驯的魔人将领,也变得驯服了许多。

风满城乃是要隘大城,但亚飒并没有在此多做停留。

地处要隘,本就说明这里是四战之地,更何况亚飒现在的策略,便是灵活游击,好好做一回“流寇”。

所以,不到十天工夫,亚飒军便拔营起寨,离开了风满城,一路往东南方向打去。他现在的战略目标,便是要穿过万花国,往东南的神木国而去。

在那里,不仅有他的家乡故土,更重要的是,神木国的东方边境,有着好几处混血者聚居地。

只要他能打到那里,获取充足的兵源就不用说了,现在他麾下的将士中,有许多人便是从神木国离乡背井。现在打回去,让他们家人团聚,再接上妻儿老小,一起行动,没了后顾之忧后,凝聚力会强大得多。

不仅如此,只有打到神木国,才能真正考虑停下脚步,脱离流寇的范畴,建立一个真正的根据地。

毕竟,那几处混血者聚居地,正处在神木国和横断山脉间的荒野地带。地理上已是荒僻,行政上也基本是人、龙二国的两不管地带,正适合建立基地。

别看亚飒一直带着追随者转战各方,看似游刃有余,但受过灵鹫学院良好教育的亚飒,内心十分清楚,要实现所有混血者的大同梦想,便不能永远这样流窜下去。他们必须有自己的立足点。

再说苏渐,自风满城刺杀失败之后就销声匿迹,在接下来的很长时间里,都再没有出现。

对于他的消失,宰相司徒威比苏渐的亲朋好友还要着急,加派了许多人手,加班加点地四处寻访。

如此用心的搜寻,看在那些不知情的人的眼里,简直感动得想落泪。

他们心里都说,司徒宰相果然名不虚传,爱才如命到即使是政敌的手下,也关爱其生命安全到这般地步。

只有和苏渐相熟的那些人,面对司徒威这样的举动时,在挂念苏渐的下落外,还本能地祈祷,不要让司徒威找到苏渐。

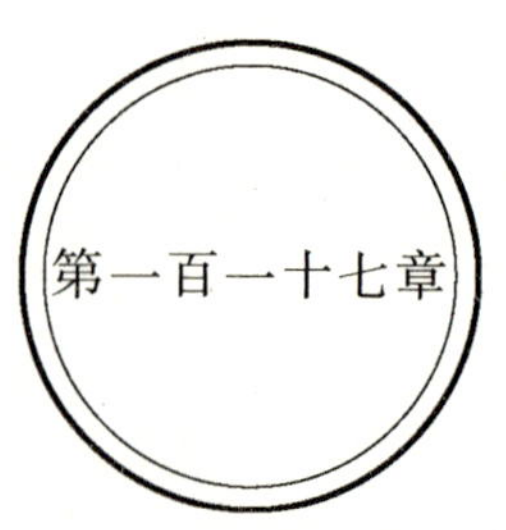

第一百一十七章

人头落地

和司徒威的大张旗鼓不同，玄武卫大统领轩辕鸿，反而没有在明面上大肆寻找。

一方面，从事刑事侦缉之事这么多年，轩辕鸿是这方面的老狐狸了；另一方面，现在他已经渐渐养成了一个习惯，那就是在“苏渐”这个人所做的一切事情上，都多想一层。

经历了这么多事，轩辕鸿已经在无形中，养成了一种莫名其妙的对苏渐的信赖。

比如风满城的噩耗传来后，轩辕鸿就不相信苏渐真的死掉了。

不仅如此，他还怀疑，这样的消息，正是苏渐为了完成大事，故布的疑阵。

不得不说，轩辕鸿这样的老江湖，直觉十分惊人，虽然猜想的事实并不完全是这样，但已经离真相并不太远。

心有疑虑之际，轩辕鸿便一边安抚端木楚、唐求这些苏渐的过命好友，一边不惜动用多年未启用的玄武卫暗桩，秘密探听苏渐的下落。

当然，除了利益情分攸关的那些人，一个小小的玄武卫，纵然有些虚名，无论身死还是失踪，也不算什么大事。

很快，华夏之都京华城的民众，就把注意力集中到新近发生的一件大事上来。

这件大事的主人公，来头十分了得，乃是前御史中丞澹台兴澹台大人。

要知道华夏国军政承袭汉唐之制，司法之事由大理寺、刑部、御史台主管。

御史中丞正是御史台的长官，统领御史监察朝政、纠弹百官。

这样的职位，自然无比重要，不仅地位尊崇，直逼翰林院，更是手握实权，人人忌惮。所以统领御史台的御史中丞，乃是当之无愧的朝廷巨擘。

这位澹台兴，现在已年逾六旬，也是名臣之后，不仅是前几任的御史中丞，还曾当过太子太傅，身份可谓极其尊贵。

如此尊贵之人，当前京华军民关注他，却只是因为，他快出狱了。

原来，澹台兴不仅家世清贵，为人也极为耿介正直，因此出任御史中丞之后，可谓六亲不认，清除奸佞，让那几年的华夏朝堂为之一清。

只可惜，且不说“水至清则无鱼”，起码这朝堂上，除圣上之外，还有尊大神，名叫“司徒威”。

澹台兴四处出击，纠察佞臣，这肯定是一件得罪人的事。

而司徒威多年经营，在朝中的势力根深叶茂，稍微一碰就是他的徒子徒孙。

所以可以想见，澹台兴如此雷厉风行地履行御史台职责，还如此的铁面无情，肯定把司徒威给得罪得死死的。

这也就罢了，如果只是些人事冲突，司徒威还有可能顾及风评，勉强宽容，但更重要的是，这位澹台兴，在对待圣龙帝国的政策上，也保持了他耿介正直的性子，乃是铁杆的“主战派”。

甚至，因为他多年清廉正义积累下的如山威名，澹台兴在主战派中的风头居然超过了军中第一人李潮风。

对他如此主张，司徒威就更难以容忍了。

他心说，什么青龙军元帅李潮风啊，白虎军团元帅皇甫怒涛啊，朱雀术士团大国师东方青玄啊，他们都是靠军功吃饭的人，主张对龙国强硬一点也就罢了，你一个御史台文官，跟着瞎起什么哄？瞎凑什么热闹啊？

如果真是瞎起哄也就罢了，但这澹台兴可不简单，名声实在太过响亮。有他在主战派里，对主和的宰相一派，形成了真正的威胁。

而宰相司徒威是什么人？论武力他连唐求都不如，但要论玩朝政，放眼人族八大古国，他若称第二，没人敢称第一！

于是，澹台兴这位世所公认的大清官、大忠臣，一夜之间，便被查实了许多罪名。

轻一点的比如酒后失德调戏民女、纵容子弟强占土地，重一点的甚至说他结党营私包庇党羽，最终当澹台兴被大理寺定罪时，罪名竟然有二十多条！

这样的结果出来，无论官员还是老百姓，全都觉得不可思议。

司徒威做事就是这样，可以隐忍很久，任人放肆；但一旦动起手来，势若雷霆，全都做实！

于是，就和先前许多宰相的政敌一样，澹台兴面对突然冒出来的许多证据，除了喊冤，无计可施。

很快，他便被褫夺一切官爵，下到刑部大狱中，最后由大理寺、刑部、御史台三堂会审，终被定罪，被判囚禁三十年。

有这样的结果，还是因为物议汹汹，才免去了死刑。

当然，这已经是二十年前的旧事了。现在京华民众瞩目，是因为澹台兴大人坐了二十年大牢，终于在门生故旧和正义之士的不懈奔走下，迎来了翻案的曙光。

就在半月前，由华夏国主李翊亲自下令，重新审查澹台兴的那些罪行。

不管司徒威再是势力强大，所谓众怒难犯，何况连圣上都有了改口的迹象，下面人还不"从善如流"？哪怕是亲近宰相一派的人，都觉得给澹台兴这样一等一的忠直名臣治罪，也太过分了一点。

舆论的力量是强大的，于是只不过半月，当年澹台兴那多达二十多条的罪名，就几乎全部被一一推翻。

什么纵容家族子弟强占土地，结党营私包庇党羽啊，仔细一查，无论人证物证，都很可疑。

这世上的事，最怕"认真"二字，一旦认了真，哪怕事情过去了二十年，什么事查不出来？

到最后，只用了半个月的时间，当年的二十多条大罪，就只剩下了一个“酒后调戏民女”的事情，恐怕确有其事。

虽然，酒后调戏民女，确属失德，也很可恶，但就因为这么一个私德之事，让一个天下公认的忠直名臣，坐三十年的牢，也实在说不过去。

最后还是由宰相司徒威自己，秉承圣意，亲自签发了释放澹台兴的命令。

澹台兴出狱的这一天，整个京华城都轰动了。

世上的事，就是这样，哪怕这些升斗小民，平时为了谋生活，会偷奸耍滑，做些上不得台面的事，但如果因此而小看他们，就大错特错了。

在老百姓的内心中，对真正的大是大非，从来都是有一杆秤的。

所以，澹台兴出狱这天，可谓震动京华，除刑部大牢附近的街道外，整个京华城的街市都为之一空。

这一天，几乎所有京华人，都拥挤到刑部大狱门前的长街两边。

他们扶老携幼，呼朋唤友，带着自家能拿出的最体面的吃食，提在篮子里，一起迎接这位坐了二十年冤狱的大忠臣。

当年下狱之时，澹台兴还在壮年，二十年之后，他已成了白发苍苍的老人。

让所有支持者感到欣慰的是，他们心目中的大忠臣，走出监牢门口时，虽然满头白发，却红光满面，显然精气神十足。

纵然有一些预感，但当澹台兴亲眼看到，满大街两旁那密密麻麻、摩肩接踵的欢迎人群时，还是惊呆了。

在他呆愣之时，于长街两边的人群中，传出来“老天有眼，沉冤得雪”的呼声。

这样的声音，刚开始只是零星出现，估计也是老大人的门生故旧在振臂呼喊，但很快，这样零星的口号声，越来越响，越来越多，转眼便如雷霆一般，席卷了所有在长街围观的人群。

当澹台兴被两个门人搀扶着，颤巍巍走上一辆披红挂彩的牛车时，这呼喊声更加响亮，并且到最后自发地变得言简意赅，就剩下“澹台大人”这四个字。

面对漫天震响的呼声，澹台大人热泪盈眶。

走上牛车后，他没有立即坐下，而是极力站起，朝四下的人群拱手为礼，鞠躬致谢。

这一下，群情更加沸腾，“澹台大人”也简化成“澹台”，如同一阵阵惊雷般席卷了京华城的大街小巷！

在震耳欲聋的欢呼声中，澹台兴满脸郑重，转过脸来，朝身旁扶持着自己的门人说道：

“百里英，你看，民心可用。”

“是，老师。”恭敬垂手应答之人，正是当年在红焰晶海之事中，对苏渐前倨后恭的御史大夫百里英。

看着他，澹台兴想起一些事，便感慨道：“百里英，不仅民心可用，现下不比当年，已有些众正盈朝的气象。”

“别的不说，你百里英在我一众门生中，算是出身和才华最浅的那几人，现在竟能在御史台威望卓著，颇有几个铁骨御史和你同声共气，不为那奸相所用。”

“你看，这不是众正盈朝的气象吗？尤其你怎么出头的，老夫已听说，都亏了那个孤胆屠龙的小苏英雄啊。你看看，这样的人，不正是朝廷可以倚重的栋梁吗？”

“是，学生惭愧，还是老师您看得深远。”百里英恭维之际，却不敢说，老师嘴里赞扬的这位小苏栋梁，已是失踪不见。

他最近还收到消息，说是苏渐在风满城刺杀匪首的行动中，已经被凶残的匪首大魔头用禁忌兵器“翡翠惊天雷”，给炸得尸骨无存。

当然，别看百里英骨子里颇为狷介，但绝对不是不懂事，这时自然不会说出这样的丧气消息来，平白扫自己老师的兴。

而澹台兴坐了二十年牢，虽然一直坚持着没有向奸相一党低头，但内心里还是十分落寞的。因此一朝出狱，他的话便稍微有点多。不过这时他也意识到了，便朝身边之人歉意地一笑，然后在百里英等人的扶持下，缓缓地坐了下来。

待他在门生们特地准备的红毡蒲团上坐定后，那驾牛车的车夫，便一抖缰绳,“驾”的一声,催促拉车的青牛前行。

不用更快的马车,而用这样慢吞吞的牛车,自然也是一众门生的体贴心意。毕竟现在老师年事已高,又坐了这么多年牢,刚出来时,自然这样缓慢的牛车更加舒适。

不仅如此,他们自然也预料到今日京华长街上有此景象。

他们也奔走了这么多年,一朝实现心愿,自然也是高兴非常,私心里也希望老师在长街之上慢慢前行,有充分的时间接受百姓军民的景仰。

这样的想法,也是人之常情。

对他们的这片孝心,澹台兴自然是感受到了。于是当年对自己门生极为严厉的老大人,这时候却对百里英等人,露出了温和亲切的笑容。

载着澹台兴的牛车,在两旁街道百姓的瞩目和欢呼声中,缓缓前行。纵然是声势名望卓著的百里英,这时候也老老实实地走在牛车旁边,护着老恩师一路前行。

走了一小会儿,澹台兴忽然想起一事,便转脸对百里英道:“你知道为师心中,现在最记挂的事情是什么吗?”

“是对付奸相一党吗?”百里英小声地说道。

“不是。”澹台兴摇摇头道,“我已出狱,正本清源之事,自然要做。但你们可能想不到,我澹台现在最想见的人,却是当年我酒醉后戏弄的那个卖酒娘。我对不起她,想跟她当面道个歉。”

“老师果然是至诚君子!”百里英赞叹一句后,却有些神色黯然地说道,“可是,老师,您已经见不到她了。当年您下狱之后,那卖酒娘子认定是她害了老师您,已经在您下狱的当晚,于家中悬梁自尽了。”

“啊?”澹台兴闻言一惊,霎时间一脸沉痛,哀声长叹。

不过很快他便振奋起来,手一挥,冲着周围护送自己牛车的弟子门人,大声说道:“二十年了,我澹台兴终于重见天日,那些奸佞小人的好日子,到头了!”

听得恩师此言,看着老师意气风发的模样,这些牛车旁围着的弟子门人,全都心情激荡。

这时澹台兴又兴奋笑道:“今晚我们便寻处酒家,咱们爷儿几个好好喝一场酒！这二十年的大牢，坐得老夫实在憋屈，今晚要不醉不——”

这个“归”字还没吐出口，他身旁的百里英，眼前忽然就被一片黑影笼罩。

百里英这时还没反应过来，心里还在想：“咦？明明是光天化日、万里无云，怎么忽然就有了云影？”

这样的念头，才想到一半，他耳中便听到“咕咚”一声——

虽然，他的眼睛此际还没来得及看见发生何事，但一种莫名其妙的悲伤感觉，瞬间如乌云般笼罩了他的心头。

不祥之念一起，他扭脸一看，正看见澹台兴那颗白发苍苍的头颅，从脖颈上脱离，落下。

直到这时，百里英才反应过来，刚才自己的目光，究竟看到了什么——

一位浑身笼罩神秘阴云的黑衣人，倏然出现在牛车的前面。

虽然他脸蒙黑纱、阴云蔽体，但百里英仿佛看到了那张面纱后的脸上，交织着高傲、不屑、凶猛的表情；然后他猛地挥出一刀，一下子就将澹台兴的头砍在了地上。

可怜这位老忠臣，受尽苦难，满以为苦日子到头，却在这最喜庆之时，人头落地。

头颅落地之时，澹台兴还满眼惊愕，刚才那来不及说完的“归”字，直等头颅落地，骨碌碌滚出许远时，才从口中蹦出了出来。

这个“归”字，仿佛是一个谶语，昭示了澹台兴的下场。

就在断头说出“归”字之时，倏然而来的黑衣人，轻轻冷笑一声，很快闪动身形，兔起鹘落间已是消失在远处。

这一切，发生得如此之快，几乎不出十个呼吸间，以至于凶手行凶逃离时，长街两旁欢迎的人群都不知道发生了什么事，还在继续欢呼。

只有惨剧现场的那几个门生和官员，看到掉在地上的那颗白发苍苍、满眼惊愕的头颅，忽然间全都哭了。

放声痛哭之时，他们在心中悲呼：

“哪有什么天理啊？”

“什么天理昭彰、天网恢恢，全都是骗人的！”

“看看这个坐了二十年冤狱的大好人，现在是什么样子？”

“果然老话没骗人，‘杀人放火金腰带，修桥补路无处埋’啊！”

刚刚出狱，长街之上，众目之下，人头落地，这样的事情，冲击力实在太大。

霎时间，舆论沸腾！

无论朝野，几乎所有华夏国人，都强烈要求朝廷查明事实真相。

华夏之主光武帝李翊得知此事后，也大为震怒，严令京华城一切侦缉力量，全力查明真相，追缉凶人。

不仅如此，当澹台兴老大人的尸体缝头下葬时，光武帝还亲自作诗祭典：

献策当年为国忧，至今浩气贯神州。
只期事业垂千古，岂料形骸付一丘。
青史有名书铁骨，锦衣无复耀麟游。
苍天不管忠良士，空使穷荒草木愁。

只是，别看明面上舆论沸腾，各种正义的言辞，皇上还亲自作御诗，但暗地里，很多正直之人，却变得恐惧心寒。

要知道，光天化日之下，就在刑部大牢外的长街上，现场还有无数欢迎的百姓，这些无论哪一个拿出来，都是最不适宜杀人的理由。

但偏偏，事情就这样发生了。不仅发生了，还发生得极其干净利落，电光石火间，就连离得最近的百里英大人，都没法说出凶手的任何细节。

可以想见，做这事的人，有多肆无忌惮。

所以，简单地说，这些站在澹台兴一方的正义之士，全都被吓坏了。

当然这些人，也不是没猜想是谁干的，毕竟很明显，澹台兴一生较劲儿的对象，就是当朝的宰相。

只可惜，猜想归猜想，没有实质证据，能怎么办？

更何况，对于大忠臣澹台兴甫一出狱就被害之事，司徒威甚至比任何人都要愤怒。

他已经明白放出话来，说众所周知，澹台老大人和他司徒威政见不合，他也不否认，但这只是君子之争、公务之争，现在有人做出这样丧心病狂的事，显然就是要嫁祸他司徒威。

所以，他司徒威也是受害者，他一定会动用自己所有的资源，揪出凶手，为澹台老大人，也是为自己讨回一个公道。

对他这样富有说服力的表态，很多人都相信了。

但这又有什么用呢？这样的事情已经发生了，无论幕后凶手是谁，客观上的震慑目的，已经达到了。

而这样的震慑效果，最大的受益者，还是那位义正词严、成功撇清关系的宰相大人。

本来因为澹台兴的出狱，不少宰相的政敌认为得到了梦寐以求的信号，开始蠢蠢欲动，但现在呢？他们又都偃旗息鼓了。

不过，他们偃旗息鼓，不等于有些人就此认输。

当澹台兴的噩耗传来时，玄武卫大统领轩辕鸿，虽然在人前依旧沉稳凝重，一板一眼地分派公务，但到了后堂时，却暴怒得如同一头狮子！

虽说澹台兴跟轩辕鸿没什么交集，甚至在澹台兴担任御史中丞时，还好几次弹劾轩辕鸿，说他残忍好杀，有失仁德。

但那些都是公事，轩辕鸿对这一点从来都分得清。甚至，正因为澹台兴敢弹劾自己，轩辕鸿当年在表面的愤怒和反击之下，内心里其实还真有几分佩服。

所以，当听到天子脚下，一代名臣竟然在光天化日之下被杀，轩辕鸿内心深处的那团火焰，终于被触动了。

这时候的玄武卫大统领，不仅愤怒，还有几分羞惭。

毕竟如此骇人听闻的事，属于“安保”范畴，是主要由城卫军、巡城军负责，但他们玄武卫身负侦察追缉之责，发生这样的事也不能说一点责任都没有。

很快，不用等圣上的谕旨下来，轩辕鸿已经发动了京华城中的所有力量，发誓挖地三尺也要找到凶犯。

但很遗憾，和其他侦缉力量一样，他们几乎将整个京华城都翻了过来，也没找到任何疑犯的踪影。

找不到疑凶，其他人都遗憾不已，但轩辕鸿在没人处，反而笑了。

“苏渐，你是对的。”轩辕鸿心里想道，“可笑我当初还反对你对付那个人。但老虎就是老虎，是要吃人的。现在想来，是我错了。”

想到这一点，不知为何，轩辕鸿的心反而定了下来。

这时正巧有银徽卫再次前来禀报，说缉凶之事没有任何进展。

和以往不同，这次轩辕鸿不再怒骂怪责，而是手一挥，随便就让他们出去了。

这时候的玄武卫大统领，心中只有一个念头：“小苏啊，你现在到底在哪里？”

轩辕鸿并不知道，被他念叨之人，此刻正狼狈无比地混在一群仆役之中，等待一伙蒙面凶人的甄别。

这里是万花国中一座大富商的庄园，离乱云山脉不远。

虽然这处庄园颇为低调，但占地极广，乃是当地一位富商的产业。这位富商名叫周元昌，也不是本地人，好像是从大漠国迁来的。

周元昌的头脑极好，借着万花国四季如春、鲜花遍地的特点，做起了鲜花生意。

他不仅种花、卖花、贩花，还提出了一种叫“百花加”的新鲜理念，就是无论日常器物还是饮食，都和花结合起来。比如竹茶杯上用丝线扎着干花，蚕丝被中填充干花瓣，至于什么百花酒、鲜花饼、香花茶，更是不在话下。

这样的先进理念，着实让周元昌给发了家。

和万花国其他张扬的暴发户不同，即使周元昌家财颇丰堪称大富，但为人极其低调，连住处都选在离乱云山不远的荒郊野外。

本来如此的低调，一般强人也不会注意到他，但不知道为何，这一天下午，竟来了一伙气势汹汹的强盗，攻进了周家庄园。

像周元昌这样的人家，家资巨富，自然把庄园建得如铁桶一样，别说一般的小蟊贼，就算是成气候的大队山匪，也很难攻得进来。

只是没想到，今日对方只是十来号人，看着兵器也不是很锋锐，但一动起手来，那展露出来的功力，简直个个如同宗师一样！

一个地方庄园来了十几个武林宗师，任你再是财大气粗，高筑院墙，也很快就被攻破了。

庄破之时，那些护院武士平时受周元昌之恩，也不肯就此罢手，一个个还在奋力抵抗，但很快他们就被一一制服，抱着脑袋灰溜溜地在墙角蹲了一地。

事情发展到这里，还不算很奇怪，接下来的事情，就让所有周家庄人感到十分奇怪了。他们看见，这些贼人竟然放着有战斗力的护院武士不管，反而逼着庄主周元昌，把丫鬟仆人全部都叫到前院里来。

当周家的丫鬟仆人站满一院，这些贼人便挨个儿检查，左看右看，十分仔细，好像是在找什么人。

就在他们检查之时，周家庄之人也注意到，虽然此时贼人们已经完全占了上风，控制了局面，但一个个好似十分紧张。

甄别检查之时，他们都握紧刀剑，有些法师一样的人物，手中还电火闪耀，显是有了不得的法术时刻蓄势待发。

这样如临大敌的检查，重复了三四遍，周家庄人看出这些贼人，应该没有找到他们想要找的人。

眼见没有结果，这些"贼人"显得极为克制，别说伤人了，他们连一针一线也不拿，领头的一挥手，所有人便鱼贯而出，很快消失在远处的乱云山中。

见此情景，众人长舒一口气的同时，却也是一脸的莫名其妙。

对这样奇怪的景象，偌大的周家庄中，只有两人知道真相。

这一晚，这两个知情人，便在周家庄的主人书房中，挑灯夜谈。

其中一人，正是周家庄的主人周元昌，与他对谈之人，竟是一身周家庄护院武士打扮。当这位武士抬起头来，开口第一句话便是：

"多谢周兄，果然是玄武卫的好兄弟！"

如果这时唐求在场，便会发现，这位说话之人，赫然便是苏渐。

不过，这时候周元昌显然还不知道苏渐的确切身份。见他感激自己，便摆了摆手，矜持地笑道："都是自家兄弟，客气什么？"

“想我周宗武，还是个后生小伙子时，就被咱玄武卫派出去做暗桩。这么多年过去了，没什么事情发生，我也辗转来到万花国，一向都过着普通人的生活。”

“我还以为玄武卫把我周宗武忘了呢，没想到，前天竟从老弟口中再次听到切口暗号，真是亲切！唉，不过再一想，又恍若隔世。”

面对自己人，大富商“周元昌”，十分自然地说出了自己的真名。

见他感慨，苏渐笑道：“周兄无须嗟叹，大统领英明神武，又怎会忘了各地的兄弟呢？不过周兄这暗桩，做得可真舒服。”

“按照卫中规矩，所有暗桩都过自己的生活，能过成啥样都是自己的本事。即使再富裕，玄武卫都不会来分润钱财。你这偌大的庄园，滔天的产业，看来周兄这些年，在万花国活得很滋润。”

“滋润是滋润，可我周宗武，还是喜欢陷阵杀敌，”周元昌叹息道，“现在窝在乱云山下，越来越像个土财主了，可惜了我一身武艺。”

“对了，”周元昌忽然想起一事，便有些好奇地问道，“苏老弟，虽然按着卫中规矩，我不能问你的身份和真名，但我看得出，老弟一身武艺，绝对高强，别的不说，居然能用些许幻术，便让他们对面不识。”

“如此一来，即使下午那些追击你的贼人，个个本事高强，老弟只要想脱身，即使不用智谋，硬打硬冲也完全没问题。可是，老弟为什么还要扮作我的护院家丁，利用他们的疏忽脱身？”

“我是故意的，”苏渐笑笑说道，“如兄所言，今日我若想逃，单凭武力，轻而易举。我却故意不用，只因知道这些人，对小弟颇为了解，便和老兄一样，都觉得我仰仗武力逃脱，会更合理。”

“但我偏不，窝窝囊囊，用智谋含混过去，这样便让他们形成盲点，觉得你这周家庄，我是绝不在的。这样一来，我就可以在这里舒舒服服地住上一段时间了。”

“啊？”听得此言，周元昌有些惊讶道，“原来老弟并不急着逃啊。”

“正是如此。”苏渐转过脸，看着窗外夜色中起伏的山峦轮廓。沉默半晌后，便沉声说道，“周兄，此行我所谋者甚大，需要一些时间，暗中做一些事。”

“事关机密,先不便跟周兄说。周兄只需按玄武卫暗桩规矩办事,接待小弟住一段时日便行。”

“明白。哎呀,苏老弟,”灯影中,周元昌有些心痒难熬地说道,“规矩是规矩,可你这么一说,老哥我心里真是痒得难受。”

“不用急,这件事,现在保密,到时候却会天下皆知。”苏渐道,“我保证,即使你这万花国的乱云山荒山脚下,到时候也必会听闻。”

“这……”一听此言,周元昌神色一惊,看着苏渐的眼色,顿时大为不同。

周元昌是何等角色? 一听苏渐这话,便知道里面蕴含的分量。

沉默了片刻,周元昌便开玩笑似的开口说道:“苏兄,抱歉,先前还仗着年长,一直‘苏老弟’‘苏老弟’地乱叫,也真是有眼不识泰山了。不过呢,作为玄武卫暗桩,这些年我在这荒郊野岭过活,养着一大家子,也颇不易,这次奋力出手,好歹苏兄给点报酬吧?”

原来,周元昌用富商身份当了这么多年的暗桩,不知不觉十分入戏。现在一看苏渐好似条“大鱼”,便立即嗅到了“商机”,本能地开口索取利益。

听他这么说,苏渐反而挺轻松,笑道:“好说好说。周兄你想要多少?”

“就按你身价给吧。”周元昌貌似慷慨地说道。

“那好。”苏渐立即掏出一串铜钱,数了五十文给他。

“啊?!”周元昌见状惊叫道,“大人何其自贬也?”

“有吗?”苏渐一本正经道,“其实我觉得已经太自恋了。”

“这……唉,五十文就五十文吧。”虽然不甘,但周大财主也不嫌少,立即接了过来。

见他神色怏怏,苏渐不由笑道:“周兄不必惆怅。知兄于钱财之事颇为看重,小弟给你指一条财路如何?”

“财路?!”一听这关键词,周元昌顿时两眼一亮。

“便是西海灵洲。”苏渐道,“不知周兄知道多少,小弟机缘巧合之下,曾去过一趟,才知那里和传闻完全不同。”

“虽是海外蛮洲,但民智已开,为妖国统治。妖国有女王在位,其下按妖族不同分为诸藩诸部,妖族族长为每部之王,制度俨然。”

“政务倒也罢了,最重要的是灵洲物产丰饶,尤其是花语草原,宛若神界仙境一样。比如当地特产之美酒‘花吟酿’,小弟曾亲口品尝,玉液琼浆一样。周兄,你做鲜花生意的,于此最懂行,这意味着什么,不必我多说,你自然懂的。”

“我懂!我懂!”周元昌眼神越来越亮,大点其头。

只是才高兴了一阵,他却苦着脸道:“老弟啊,你说的这路子不错,但传闻那灵洲海路遥远,往来颇为不便啊。”

“这是自然。”苏渐道,“我既然说了,自然有可行之法。等此间事了,你可以去京华找一个人。”

“谁?”周元昌问道。

“此人名叫常泰,惯常往来灵洲,现已是我玄武卫的弟兄。你去京华找他,见面便说,有灵洲犬村事之故人,嘱你去寻他,他自然会尽力帮你。”

“太好了!太好了!多谢老弟照顾!”周元昌喜得连连搓手,连声道谢。

对他来说,苏渐提供的这门路,真的很重要。

毕竟这乱云山地方小,人烟不多,鲜花生意很有限,如能搭上京华城玄武卫的门路,去和海外灵洲做生意,那利润收入先不说,这事儿最符合他骨子里不安分的冒险性子。

见他喜动神色,苏渐心里也十分高兴,心想:“这真是‘无心插柳柳成荫’,没想到在逃亡途中,还能把灵洲贸易之事给启动起来。”

“这件事,于我华夏,对我人族而言,意义十分重大。曾经往来龙境,又在学院中学过‘交通经济’之道,如此开放商贸、交通有无之举,不仅可增强国力,还能拉上妖族成为同盟,其意义无论如何评价都不为过。”

苏渐看着喜不自胜的周庄主,便在心中想道:“周元昌啊周元昌,真到了那一天,你一定会感激我今天给你这个机会的。”

正浮想联翩时,他忽听周元昌十分郑重地说道:“苏大人,卑职虽然僻居此地,已成铜臭商人,但此事意义如何,卑职并非不知。虽然还不知大人具体身份,但能将这样天大的机会给我,卑职万分感激。大人请放心,将来此事若成，您该有的那一份，绝对少不了的。”

“无妨。”苏渐摆摆手，十分真诚地拒绝。

见他拒绝，周元昌神色古怪，十分不信，反而还有些惶恐，只觉得苏渐这般说，是不是故意留难，有什么刁难的后手。

见他如此，苏渐摇了摇头，忽然有些感慨：“周兄，别多心，我一切之言，都语出真心。”

“其实，我挺羡慕你。别看暗桩之职，默默无闻，可生活简单，岁月安宁。你不知道，我只能在你庄中蛰伏几天，便又要出去做事了。”

“你刚才也说，我给你的机会，有天大，那你可知道，我将要做的这件事，更是惊天动地，几乎要与当今国中所有位高权重之人为敌。”

“这样一来，一则我确实无心分润，二来很可能‘今日不知明日事’，你说，我还有心情想你那一份好处吗？”

“这！”周元昌闻言，疑心倒是尽去，但很快便倒吸了一口冷气，“大人，不知您究竟要做何事——”

“唉，罢了罢了，我也不多问了。不说玄武卫规矩如此，就算我问了，您说了，又如何？大人您说得对，我周元昌，沉寂这么多年，早就是一个太平商人了，跑跑腿、泛泛舟，做点买卖还行，大人您这惊天大事，就算知道了也帮不上忙，平添心惊肉跳罢了。”

“只是，请恕卑职多嘴，听起来这事极大，还要与满朝权贵为敌，真叫‘九死一生’，那……我看大人也是机智灵活之人，不会不知道‘君子不立危墙之下’，请恕卑职直言，不看别的面上，就为了自己这条性命，这样的事，要不就别做了？”

第一百一十八章

酒奠忠魂

说到这里，他又忙补充道："大人，卑职绝对没有别的意思，万不敢干涉大人您的决定。只是说句肺腑之言，觉得和大人短短两天相处，便知大人您虽年纪不大，但气度风姿实在令卑职折服，不忍大人赴难，才多嘴建言。"

"无妨。"苏渐一摆手道，"兄之拳拳心意，我自知之。只是周兄，值此乱世，最糟的不是我们去做不智的事，而是什么都不做。这件事，我觉得必须做，那便义无反顾去做了。"

苏渐说此话时，声调平和，语气淡然，周元昌听了，却觉得内里蕴含着无比坚定的力量。

纵然只是玄武卫小吏，但作为华夏子民，周元昌也受过圣人教诲。此刻感受到少年平淡话语中，仿佛充塞着浩然之气，直可盈沛天地，他禁不住心魂震动，躬下身子，朝苏渐行了一个郑重无比的大礼。

此夜详谈之后，苏渐又在周元昌的山庄中蛰伏了几天。

搜捕的风头过去，苏渐毫不犹豫，立即离开了静谧祥和的周家庄园，又开始继续暗中查访。

为了扳倒司徒威，苏渐的思路十分清晰。也许很多事说不清道不明，但眼下有一件事，却是宰相司徒威的硬伤。

他想到，既然在灵洲之上，厉华楚和甘文光、萧龙雀一伙十分默契、公然勾结，那他们之间的关联，绝对"冰冻三尺，非一日之寒"。

判明这一点，他便准备从厉华楚和司徒威之间的关联入手查起，以达到破局之效。

事实很快证明，这样的思路，十分有效。

经过一系列或明或暗的查访，苏渐赫然发现，厉华楚和司徒威之间并非如表面上那样毫无关联。

可以想见，厉华楚要在人国、龙境之间畅行无阻，干了那么多坏事还不被上面察觉，这背后该有多大的势力为其张目。

早在北沧海岛之时，看到厉华楚明目张胆地横行，苏渐便开始怀疑。

以前他对此也百思不得其解，但现在因为灵洲之事，萧龙雀露出了马脚，便立即提醒他从宰相这一路入手——这一查，还真让他豁然开朗！

原来，为厉华楚这种可怕的双面之人大开方便之门的，正是华夏当朝宰相司徒威！

从这一点讲，天宸阁的长老、厉华楚的授业恩师应无忧，某种程度上来说也是受害者。

随着苏渐调查的深入，查出的结果让人触目惊心。

综合他在龙境岁月中得到的信息，苏渐赫然发现，自己完全有理由相信，厉华楚和自己当年潜伏龙境一个路数，只不过位置完全对调相反。

他自己当年，乃是几近纯正的龙血者，派去龙境后，便受到龙族信任，又反派回人族王国潜伏。

他怀疑，厉华楚走了一个相反的路数，很有可能不是什么人族的“龙血者”，而是本来就是个龙族人！

这样，他潜入华夏，成为“龙血者”，混入了天宸阁和无名山庄，之后又被派去龙境作为人族的潜伏者。

可以说，他和苏渐的路数惊人地巧合，只是方向恰好相反。

这也能很好地解释，为什么苏渐天赋异禀，身上龙血纯度极高，但厉华楚的龙血纯度却比他还要厉害，近乎完美——因为他就是龙族啊！

想到这样可怕的真相，饶是苏渐胆子极大，也霎时惊得冷汗直流。

惊怔片刻，他又想到，也许宰相司徒威，也被蒙在鼓里。司徒威只知道厉华楚在龙境中倒向了龙族，可资利用，成为他们和圣龙帝国间的沟通者。

司徒威很可能没想到，龙族厉华楚，正利用了他的宰相权势，得到了许多本来他不可能知道的情报，从而杀死了很多人族王国精心安插在龙境中的志士仁人。

想到这里，苏渐觉得，不管宰相知不知情，他都已经因为个人私心，为虎作伥了。

想通这一点，苏渐忽然觉得无比的讽刺和可笑。

以前他们玄武卫，根本不知道那些龙境中的人族潜伏者，是怎么出事的，为此轩辕鸿还被宰相司徒威拿住把柄，在朝堂上大肆攻讦。

每当这时，不仅玄武卫人人憋屈，作为他们首领的轩辕鸿更是面上无光。

因为这个，当年户部尚书高元博按宰相授意，克扣玄武卫粮饷补给时，轩辕鸿还觉得理亏，不太好意思在明面上反击——现在苏渐知道了，原来罪魁祸首，还是宰相司徒威！

别说司徒威也受蒙蔽，精明似鬼的他，纵然开始不知，后来双方勾结次数那么多，也早该知道厉华楚无论立场还是来历，都十分可疑。

但为了讨好龙族，更为了自己的投降求和"大业"能成功，作为堂堂一国宰相，司徒威却对厉华楚这样的危险人物，睁只眼闭只眼，假装不知。

从这一点而言，尽管司徒威在内部和同党议事时，口口声声说只有求和才能利国利民，但从苏渐这样的旁观者角度，反而看得更清晰：司徒威完全就是打着为国为民的幌子，以求完成个人的野心。

毕竟，整个八大人族古国中，他是主张求和的第一人，也和龙族在暗中勾结得最深。一旦事成，谁成为龙族统治下的人族第一人，连傻子都能看得出来。

到那时，八大古国帝皇都靠边站，所有王侯将相在他面前都不值一提。在龙族的扶持下，他司徒威可以成为整个人类的新王！

从这一点来说，司徒威的野心，超过了神州历史上任何一位卖国贼。

所以，随着调查的深入，苏渐对司徒威的憎恨，也越来越强烈。更何况，这时候还传来了华夏名臣澹台兴，在京华长街众目睽睽下人头落地的悲惨消息。

对任何忠直之士，苏渐都怀着天然的敬意。因而听到这个消息时，他也不禁心中大恸。

不过和很多人不同，对澹台兴的惨剧，苏渐没有掉一滴眼泪。

离开周家庄的这些天里，他每次黄昏之时便入山。

苏渐入山，非为看景，而是在山峦峰顶寻找大树冠头，爬上去，在枝叶的遮蔽下入睡。

这么做，已经是玄武卫中最高级别的避险了。

这一晚，当他通过玄武卫的特殊渠道，知道了某个惨案的细节时，忽然冷笑连连。

冷笑之时，他用了比平时更快的速度，飞快地爬上一座无名山丘的顶峰。

不知是否天地同哀，这一晚，正是星月无光。

漆黑的暗夜中，苏渐伫立峰头，正好看到重重的远山，被夜色掩盖成黑暗而模糊的轮廓。

这时本是山花烂漫，但星月无光，暗夜下一切花团锦簇都被掩盖了光鲜的色彩，囫囵成阴暗的颜色。

面对如此凄迷的夜景，苏渐的心情格外惆怅。

而这时暗夜的远山中，又有猿啼和狼嚎不时传来，偶尔还有几声听不太分明的惨叫，让这一片黑茫茫的广阔天地，呈现出一种诡秘的寂静。

静立片刻，忽然有一种巨大的孤独感，整个地笼罩了苏渐。

这时的他，好像重回孩提时代，面对黑沉沉的暗夜荒山，心底生出一种本能的惶恐和无助。

暗夜之前，在某一刻，他忽然口中低吟起当今皇上为遇难老忠臣作的那首诗。

“献策当年为国忧，至今浩气贯神州。
只期事业垂千古，岂料形骸付一丘？
青史有名书铁骨，锦衣无复耀麟游。
苍天不管忠良士，空使穷荒草木愁。”

念着念着，苏渐只觉得心动神摇，一股激愤之气填塞心胸，久久不得舒展。

沉闷良久，最后他忽然猛吐一口气，仰面直视苍穹，挥拳叫道："老前辈，我不会让您忠骨白埋的！"

说话间他解下腰间的酒囊，朝着远山望空一洒，高声祝道："晚辈苏渐，诚愿老大人英灵未远，泉路暂停，冥冥中亲见真凶授首，以慰忠魂。"

说罢他将酒囊凑在口边，猛喝了几口，然后便好像平息了所有怒气，一声不响地朝最近的那棵大树走去。

昏暗的夜色中，不声不响走路的少年，就如一匹蓄势待发的孤狼。

当然，天地茫茫，苏渐这么一个小人物的暗中动作，暂时根本激不起任何波澜。

而在千里之外的华夏国都京华城，政局却变得如火如荼。

当朝宰相司徒威，此刻正将多年来锻炼的权术，发挥得登峰造极。

澹台兴这件案子，在极少数知情人的眼里，根本就是他做的，现在司徒威负责查处之事，就是"贼喊捉贼"。

结果，司徒威竟然没有低调行事，反而利用这件案子大肆打击异己。

他说，经过一段时间的调查，发现这件案子，很可能是澹台兴同一阵营的官员所为。

他还说，这些人大多数是当年澹台兴的同年，担心澹台兴这回出狱，因为声威卓著，会威胁到这帮人今日的地位，故而买凶杀人。

所以整件事，经过他的调查，越来越像是一场内讧。并且真正的幕后凶手，算盘打得极精，既可除掉抢风头之人，还可嫁祸政敌——既然澹台兴一直跟宰相斗，那幕后真凶想嫁祸的"政敌"，自然就是司徒威了。

不得不说，司徒威这个所谓的调查结果极有逻辑。并且作为一般小民，根本不了解多少信息，而他们还特别喜欢反转、阴谋论一类的新鲜事情。

所以，当司徒威颁布初步结果时，他的同党们自然一致支持，连很多普通官员和老百姓，也都相信了。

司徒威的势力本就十分庞大，更何况还有中立者的支持。一下子，这个结论矛头所指的那些宰相的政敌，即使纷纷反对和抗议，声音也显得极为微弱。

当然，光武帝李翊对此案，一直强调要秉公审理，但经不住下面念经的和尚把经念歪啊。毕竟也没谁知道，什么结论就是"公"，什么结论就是"不公"啊。

所以，借着这个被大部分人接受的"合理"结论，司徒威开始了大肆搜捕。

可以说，本来朝中还勉强平衡的政治势力，被司徒威这么一搞，一下子就失衡了。

不少要害部门的主官，因为向来对司徒威不买账，这一下可倒了霉。好对付的，司徒威早就捏造证据，将他们拘押；那些不方便明目张胆陷害的，也架不住宰相命令大理寺和刑部的人，三天两头地到他们的地盘去质询主官。

对这些主官来说，即使一时没有牢狱之灾，但都是有头有脸、主政一方的人物，结果在自己的地盘上，被那些小吏当着他们下属的面，呼来喝去，反复盘问，别说官威荡然无存了，就是私人这张脸也没处搁啊。

可以说，这阵子京华城的官场中，乌烟瘴气，鸡飞狗跳，正在进行着一场大清洗。

只是，在这场大动荡中，以往这类事件中唱主角的玄武卫，反倒偃旗息鼓，毫无动静。

对这样的局面，大家都觉得十分奇怪，心说玄武卫这个华夏国当之无愧的首席朝廷鹰犬，怎么变得悄无声息？

当然，那些被宰相对付得喘不过气来的官员，是心情奇怪的，很多人在家里偷偷烧高香，祈祷玄武卫这样真正可怕的鹰犬，就不要再来凑热闹添乱了。

只不过，玄武卫之中，除了苏渐，其他人并不是都无动于衷。万马齐喑之际，京华玄武卫中，就有一人，在悄悄地调查一事。

和当下喧嚣的澹台兴被刺案不同，此人调查的，是"翡翠惊天雷"的库存问题。

这人正是唐求。

当初苏渐接下宰相谕令，前往刺杀亚飒前，曾将心中对宰相一党的怀疑，告诉过唐求。

所以当唐求听到消息，说苏渐在风满城中遭遇禁忌之雷时，他的第一反应，便是宰相派人做了手脚。

于是，在漫天风雨飘摇时，唐求怀着对兄弟受害的义愤之心，谁都没告诉，便开始悄悄追查，要弄清“翡翠惊天雷”的库存有没有问题。

唐求的思路，不可谓不巧妙。在苏渐被暗害之事中，任何人要动手脚，都不可能绕过“翡翠惊天雷”。因而从这一点入手，便可以取得事半功倍的效果。

唐求的调查，很快就被证明极为有效——因为他很快就被陷害了。

这一日，忽然有人匿名向大理寺举报，说唐求私相授受，利用玄武卫和折冲府校尉的身份，大肆受贿。

接到这样的举报，已被司徒威控制的大理寺，效率极高，立即派人去唐求家里搜查。

这一查，果然在唐求家的地砖底下起出了一箱金银！

不仅如此，他们在打开这箱金银之时，还在压箱底之处发现了一件金紫花纹的官衣。

这一下，问题立即升级！

要知道这年头的服饰样式，有着严格等级规定，若是越级穿用，颜色不对，花纹不对，立即就会被抓起来。

所以，大理寺将唐求抓去后，不仅说他贪污受贿，还指控他有僭越谋反之心。

很快，在确凿的“证据”下，唐求被投入刑部大牢中，等待最后的判决。

被人凭空陷害，遭受牢狱之灾，固然不幸，但从某种角度来看，唐求还占了点便宜。

因为现在宰相大肆抓捕异己，大理寺和刑部根本忙不过来，犯人受审还要排号，因此刑部对唐求，一时并没有来得及完成最终的审判程序。

其实这也是幕后黑手的“无奈”之处，陷害是陷害了，但不能做得太过火，否则一下子就会被人怀疑，说他们怎么会对一个小小的玄武卫，这么心急火燎地插队定罪。

而唐求这样的人物，在京华城比苏渐还不如，完全是个不起眼的马前小卒，人们对他被抓捕一事的惊讶程度，甚至还比不上对玄武卫保持沉默。

本来玄武卫的内部，有血晶徽卫负责监察，唐求这样的事，完全应该由血晶徽卫负责。按往常轩辕鸿大统领“自己的人自己杀”的霸道理论，这回他肯定不会善罢甘休，肯定要找那些伸手过界的刑部大理寺官员兴师问罪。

但这回他的反应，再次让所有人失望了。

当唐求被抓，大理寺和刑部的例行行文到他那里时，他只是淡淡回了个“知道了”，便再也没有了下文。

见他如此，陷害唐求的幕后黑手们，倒是乐得心安。更多不明真相的人，则开始暗自揣摩，心说是不是轩辕鸿这头曾经无比可怕的老虎，已经苍老了……

轩辕鸿有没有老不知道，但监察御史百里英，现在好像一下子苍老了许多。

老态龙钟的原因，十分明显，便是那一日他亲眼看见老恩师在自己身前人头落地。当时热血溅了一身，无论视觉、嗅觉还是听觉，都对他造成了巨大的心理刺激。

在人前，在朝堂上，他还能硬撑，但每次回到自己府中，他便迥然而异。

比如这一日，散朝回来，已是下午，百里英胡乱吃了点东西，便待在书房里，再也不出来。

窗外的天色，从明亮的日光，到昏黄的余晖，再到浓重的夜色，在整个过程中，百里英都枯坐在桌案前，始终都没有点灯。

显然他并不是为了省灯油。

当夜幕降临时，他甚至都无法保持案前的坐姿，而是瘫坐在地，靠在书房的一角，整个人如同一只断了脊梁的癞皮狗，失魂落魄，凄凉无比。

无边的黑暗里，百里英虽然保持着静默，内心里却心潮翻涌。

黑暗中，他反复在心中吟诵那首皇上写给老恩师的悼念诗。

念着念着，在某一刻，他忽然泪落如雨。

胆怯，害怕。

悲苦，无助。

痛楚，自责。

种种负面的情绪，攫住了他整个心魂。

他想起当年，自己还是个穷举子，没势力，没后台，很难上进，还是澹台兴慧眼识英才，唯才是举，据理力争之下，才没让自己的乡试名额被权贵子弟侵占。

想到这些，百里英满腔悲戚。

这时他固然痛恨残害老恩师的幕后黑手，但更痛恨自己的懦弱。

本来他就是一个言官，现在被残杀的还是自己的老恩师，他就更应该挺身而出，指控最可能是凶手的那些人。百里英不是傻瓜，怎么看不出宰相司徒威嫌疑最大？但可惜，他还是惧怕对方的滔天权势，只能忍气吞声。

甚至，这期间司徒威还特地派人来，暗示他，说那御史中丞已经老了，司徒威愿意不计前嫌，忘记红焰晶海之事，唯才是举，举荐他成为下一任的御史中丞。

之后，如果他百里英“政绩突出”，司徒威还会跟圣上奏请，让他担任悬空已久的御史大夫之职——要知道，御史中丞其实只是御史台的副手，官阶只是从二品；御史台的真正掌管者，还是从一品的御史大夫。

司徒威抛出的诱饵，不可谓不诱人，以至于百里英在如此仇恨和自责的情况下，居然还有些动心。

但做人的良知，终究还是阻止了他吞下这个极其美味的饵料，因为他知道，所谓的“政绩突出”，不过就是当好一条司徒威的狗。

片刻的动心，已足够让百里英更加自责。

他现在瘫坐在书房角落的姿势，更加颓废落魄。

长夜漫漫，分外难熬。

夜色一片寂静。

差不多人定时分,失魂落魄的百里英,忽然觉得自己模糊的泪眼中,好像看到什么黑影一闪而过。

刚开始他还以为是错觉,但很快就感觉到不对劲。

“谁?!”他擦了擦眼睛,尽量高声喝了一声。

“是我。”一个有点熟悉的声音在黑暗中传来。

这时候百里英根本来不及辨别,便一下子歇斯底里地叫起来:“你们来杀我了!你们来杀我了——”

状若癫狂,还待再叫时,来人随手抓起一物,顺手一抛,正巧扔在百里英的嘴里,将他张大的嘴巴牢牢塞住。

霎时间,一股浓重的徽墨香气,充斥了百里英的口鼻。

“是擦砚台的抹布?”愣神思忖,百里英终于有些镇静下来。

这时,他听到一个冷静的声音传来:“我是苏渐。”

“苏渐?”百里英心里一惊道,“原来他没死!”

这时他还没怎么反应过来,顺手扯下塞在嘴里的抹布,愣愣地问道:“苏渐,你深夜到访,是来杀我的吗?”

刚说到这儿,他忽然清醒了,便自嘲地笑道:“小苏英雄,孤胆屠龙,虽然做事不择手段,但乃正义之人,怎么会来杀我一个苟延残喘之人呢?”

没想到刚说到这里,阴影之中就传来苏渐冷冰冰的声音:“不,我是来杀你的。”

“什么?!”百里英惊得一下子从地上坐起,不敢相信地瞪着半蹲在自己面前的人。

“确切地说,如果你不答应我要你做的事情,今日就是你的死期。”苏渐盯着他道。

“要我做什么事?”百里英立即问道。

“我要你……”苏渐倾身向前,低声说了几句。

没想到还没等苏渐说完,百里英却一下子跳起来,叫道:“不行,绝对不行,我做不了!”

“做不了?”苏渐站直身,瞪着他,寒声说道,“百里大人,您在御史台中，简直是一面旗帜，任那奸相掀起漫天腥风血雨，却还没动你，足见你威望卓著。”

“方才我说的事，对你来说只不过小菜一碟，还是你的老本行，怎么做不了？相信我，这件事若做成，不仅能让你将来执掌御史台，更可能名垂青史！你不是最好名吗？怎么样，现在还做得了吗？”

“不、不……也不是做不了。”百里英支吾了半晌，才苦着脸道，“小苏大人啊，您是武夫，不知道我的苦。名垂青史我固然乐意，但、但……但我更怕死啊！”

“怕死？”苏渐脸色一寒，狠声道，“百里英！现在摆在你面前的只有两条路：一，现在就死；二，将来再死，但有可能不死，还名留青史。你选吧！”

说话之时，他已缓缓抽出血歌剑。

古剑出鞘，气自幽远，纵然屋内黑暗无光，也锋芒熠熠，令人胆寒。

“我、我还是不行……”盯着血歌剑的剑锋，百里英耍赖般叫道，“我、我还是害怕，不如大人您另找他人吧。这朝中，还是有许多奸相政敌的。”

“唉！”听他此言，苏渐长叹一声，低下头，一抚手中剑锋，满脸落寞地说道，“既如此，别无他法，晚辈也只能以死相逼了。”

“啊?！千万别呀！”百里英叫道，“你还年少，千万不要想不开，你再去找别人试试吧，说不定能成呢——”

“哈？”苏渐一抬头，瞪着他冷笑道，“百里英，你想到哪儿去了？还以为我要自杀？哈哈！以死相逼，当然是你死啊！”

说话间，他一抖手腕，血歌剑霎时抖出一朵剑花，带着莹莹冷寒剑芒，在黑暗中清晰无比地朝百里英咽喉刺来！

剑芒离咽喉还有四五寸距离时，百里英直吓得魂飞魄散，大声喊道：“答应了！答应了！别杀我啊！”

就在尖声惊叫中，那毒蛇般的剑尖却并没有停住，而是继续朝前推进，很快就到了离百里英咽喉一寸多距离的地方。

眼见如此，百里英心中大恐，拔腿想逃，但整个人好像都被定住，根本动不了；霎时间，本来就满脸泪痕的老大人，眼中“唰”的一下又流下泪来。

惊恐之泪，飞流直下，就在剑尖离咽喉还有几厘距离时，这要命的青莹锋芒终于堪堪停住。

就在此时，百里英听到了少年极不真诚的惊叫："哎呀！三天不杀人，这手也生了，差点就刺上了，老大人，对不起啊！"

假模假样的道歉声中，饱受煎熬的百里英再也支撑不住，刚刚坐起的身子一下子软瘫在地。

瘫地之际，夤夜而来的少年，可没表示丝毫的歉意。

就在百里英强烈的惊恐中，苏渐冷冰冰的声音清晰地传来："老大人，请记住今晚的恐惧。我苏渐，大义面前，是会杀人的。我'拜托'你的事，你最好尽心完成。"

一番无法无天的恐吓说完，苏渐收剑入鞘，转身便走，头也不回。

就在他快要飞身蹿出窗户时，百里英的声音从他身后传来："苏渐，谢谢你。"

"谢我？"苏渐转过身来，看着阴影中的御史大人。

"嗯，谢谢你。"百里英诚恳说道，"奸佞势大，虽是满朝金紫衣冠，却无一人敢替我恩师说话。只有你，在权重如山的奸贼面前，还敢为我老恩师出头。"

"别看你今晚凶神恶煞，我百里英可一点都不傻。不怕你笑话，我已经被恩师之死、权相之势给吓破了胆，是你给了我一个下决心的理由。所以，老夫真要谢谢你。"

说完这一番肺腑之言，百里英看着窗前的少年，一脸的感激和真诚。

在他的注视之下，英姿挺拔的少年沉默了半晌，忽而龇牙一笑，道了句"你知道就好"，便转身飞身如鸟，穿过窗棂，消失在了茫茫的夜色里。

"纸包不住火"，尤其在京华城这样的地方，哪有什么秘密？很快苏渐回京的消息，便传到了司徒威的耳朵里。

得到消息的宰相，当时就愣了好半晌，然后把当初信誓旦旦说苏渐死了的贴身影卫，叫过来臭骂了一顿。

骂完之后，司徒威又非常感慨。

他一方面觉得苏渐这家伙真像只踩不死的臭虫，另一方面，他感慨暗中做这种事，还是萧龙雀靠谱。

虽然有些惊讶和遗憾，司徒威的心情却变得很好。

他不明白，苏渐为什么会犯下这样的错误，竟然还敢回到京华城！难道他还不知道现在的京华城，已经成了他司徒威的天下了？

怀着这样的窃喜，他很快叫来了人，如此这般地做了一番安排。

第二天早上，刚在京城中露面的苏渐，便从住所出发，去玄武卫总部述职。毕竟按照流程，此次外派做事，回来后总要向上官报告此行的详情。

没想到，他才走出两三个街角，便在一个叫“甜水坊”的地方，被一群人拦住去路。

甜水坊，乃是京华城水铺的聚集处，这儿打了几口甜水井，便因此得名。

每回苏渐从家中前往玄武卫总部，这甜水坊是必经之路，对此地他熟得不能再熟。

这天清晨，当他悠悠然走到甜水坊处，冷不丁从周围的街巷中涌出四五十名官差，个个皂衣褐裤，手提雪亮快刀，气势汹汹地拦住去路。

“是刑部的兄弟?”苏渐抬头一看，不慌不忙地说道。

“晦气。”见他如此笃定，那为首之人，却是暗中不爽。他铆足了劲儿，暴喝一声道：“苏渐！你的事犯了！”

“啥?”苏渐一歪脑袋，似笑非笑道，“令狐阳，我没看错吧？你带这么多人拦我，想干吗?”

“想干吗?”这位叫令狐阳的刑部捕头大叫道，“苏渐，你的事犯了！本捕头特奉刑部尚书大人之令，来抓你这勾结匪人、刺杀澹台大人的奸贼!”

“哈哈!”苏渐闻言，不怒反笑道，“令狐阳！你是刑部总捕头，我是玄武铜徽卫，虽然你官级高，可咱井水不犯河水。就算小爷我犯事，自有玄武血晶徽卫拿人，哪轮得到你们这些红裤狗抓人?”

“哇呀!”令狐阳捕头一听，气得头顶冒烟，大叫道，“好个牙尖嘴利的小贼！别装糊涂了！澹台老大人遇刺，现在京华城正是非常之时，我家尚书大人协助司徒宰相查案，自然有权下令抓捕一切疑犯。”

“苏渐,识相的话,你就乖乖束手就擒,也省得待会儿兄弟们下手时没轻没重,弄得缺胳膊少腿的,就不好看了。”

“哈?缺胳膊少腿?哈哈哈!”苏渐听了,仰天长笑数声,然后一低头,双目如剑,紧盯着令狐阳喝道:“来吧,来吧,试试看,究竟谁会缺胳膊少腿!”

“姓苏的!”令狐阳气急败坏道,“你不要嚣张!知道你是灵鹫学院的,但老子今天带了刑部四十八好手,你逃不了的!”

“逃?我什么时候说过要逃?啧啧,”苏渐摇了摇头,啧啧两声道,“令狐捕头啊,你也是在京华城混生活的,难道不记得金运来赌坊沈高飞之事吗?来吧,别啰唆了!”

“这……”忽听他提起赌坊旧事,本来气势汹汹的令狐阳,忽然心中一凛,一时竟陷入了沉默。

令狐阳忽然沉默,是因为只要是京华人,就不会不记得,正是眼前这位小小的玄武卫,当年为了自己的兄弟血战长街,没有后退半步。

于是,本来汹汹而来的刑部总捕头,忽然间竟是迟疑了。

他的亲信捕头雷大海,本来就脾气火爆,这时见苏渐故弄玄虚,装腔作势说了几句就让自己大哥迟疑,霎时怒火冲天。

他顿时暴声高叫道:“大哥!咱跟他啰唆个什么?就算他本事上天,今天就他一个人,咱可是刑部差房好手尽出,还怕他个乳臭未干的小后生不成?大哥,咱打吧!”

雷大海这一叫唤,顿时提醒了令狐阳。

“对啊,他就一个人,虽然有那么多关于他的传言,但这种事我也见得多了,多半是编出来唬人的吧,都是混生活,谁不知道谁呢。”

“远的不说,我自个儿不还编了个外号叫‘劈破天’吗?难道还真劈得了老天?”

“不管怎么说,咱今天带了四十多号人,难道还怕他个小后生?唉,雷大海说得对,打就是了,刚才真不该迟疑,这下要是传出去,简直太丢人。”

想到这里,令狐阳的眼角余光下意识地朝街两边扫去,果然看见那些街坊小贩,正用一种古怪的目光看着他。

原来这时候,甜水坊的百姓们依旧保持了京城群众的光荣传统,根本不怕喊打喊杀之事。一旦遇上,他们就特别来劲,不仅自己抢占视野良好的位置,还会呼朋唤友来围观,无比的助人为乐。

见得如此,令狐阳顿时暗自羞惭,当即再无犹豫,暴喝一声道:“苏渐!本捕头念你年少,本想好言相劝,没想到你冥顽不灵,软硬不吃,那就怪不得本总捕头了!今日我刑部四十八差役,你就一个人,不把你抓回去,老子这总捕头也别当了!”

说着话,他把刀望空一劈,便示意部下向前攻击。

认真说起来,令狐阳和雷大海的想法,十分有道理。“双拳难敌四手,好汉架不住人多”,今日刑部高手有备而来,还来了这么多人,任你苏渐本领通天,也绝难逃得出去。

所以令狐阳这时才会有些羞惭,后悔自己居然刚才被苏渐的气势给唬住了。

所谓恼羞成怒,这时他吆喝下令时,已用上一些只有自己人才听得懂的暗语。他要大伙儿今日不必留手,苏渐自然要抓,但在抓捕过程中,该让他吃的苦头,一个都不能少。

对他这般暗示,在场的刑部差役心领神会。

虽然苏渐颇有些名声,但能当上堂堂刑部的差人,哪个是吃素的?更何况现在他还只是一个人。

“一个人,怕他怎的?早点抓了,早点回去吃饭喝茶!”心里不约而同地这么想着,四十多个如狼似虎的刑部差役,一拥而上,狞笑着朝苏渐扑去。

只是正在这时,就好像有人是他们肚里的蛔虫,纷乱的长街中有一个响亮的声音倏然传来:“谁说他只是一个人?”

话音刚落,从长街四处蜂拥而出二十来人。

和刑部差人刚才逡巡停顿不同,这二十来人毫不迟疑,身形如电,一番眼花缭乱地穿插后,已经紧紧地将苏渐护在了中间。

“玄武卫!”看清来的是什么人之后,刑部官差们顿时倒吸了一口凉气。

第一百一十九章

谣满京华

“端木楚！”看清为首之人是谁后，令狐总捕头更是大吃一惊。

“端木大人，您这是何意？”别看刚才令狐阳嚣张跋扈，但面对端木楚，他顿时如同矮了一截，十分客气地问道。

对他忽然变脸，不少知道端木楚来历的刑部官差，并不以为意。因为任何人面对当今圣上的小舅子，这种客气程度已经算是极有风骨了。

这时只有愣头愣脑的雷大海，一脸莫名其妙，不知大哥为什么忽然变得这么客气。

“我是何意？令狐大人，这话应该我问你才是吧！”端木楚冲着令狐阳毫不客气地叫道，“我兄弟外出做事，今日回卫所述职听差，你带着一帮闲汉把我兄弟围住，究竟何意？”

“端木大人，您误会了。是这样，”令狐阳赔着笑，十分耐心地解释道，“不是卑职故意为难苏渐，而是我家尚书大人接到司徒宰相的命令，说苏渐不仅和匪首亚飒有勾结，还有参与刺杀澹台大人的嫌疑，故此吩咐卑职抓他回去审问。”

“这样啊，那，令狐大人，”端木楚道，“今天能不能卖兄弟一个面子，有什么事，我玄武卫自己审判，不劳你们刑部了，如何？”

“这个……”令狐阳闻言，为难道，“端木大人的面子，自然是要给的，但这一回真的不行，因为那位……逼得急，尚书大人就给咱下了必须完成的飞签火令。”

"端木大人,您也知道的,飞签火令一下,这就是死命令了。如果我不抓他回去,就得替他坐大牢了。所以今天这人,咱必须得抓回去啊。"

"呸!"端木楚一听,喝道,"令狐阳,你还真是给脸不要脸! 告诉你,你抓谁都行,抓他就是不行!"

话说到这份上,气氛就变得很僵了。

这时倒是被晾在一旁的苏渐,见双方剑拔弩张,连忙走上前来,对端木楚说道:"端木大哥,今天这事儿,小弟我自会应付,不想给大哥添麻烦。"

"这是哪里话!"端木楚转脸朝他瞪了一眼,不高兴道,"小苏啊,你这话老哥就不爱听。这京城谁不知道,你是我端木楚最敬重的知交好友? 你今日要是被这些红裤狗给抓了,老哥这脸还要不要了? 今后在这京华城里还怎么做人?"

说到这里,端木楚的纨绔脾气也上来了,脸一黑,朝令狐阳破口大骂道:"令狐阳,你个破落户,这些日子为虎作伥,抓了那么多忠臣良将,也就罢了。今日竟敢动到老子头上来! 识相的,就带你的人快滚! 要是迟了半步,小心让你见血!"

"哈?"听他这么一骂,令狐阳的倔脾气也上来了。

当然也不仅是他的脾气大,最重要的还是今天这任务,是尚书大人委实下了死命令,在没人处已经跟他直说了,说是宰相亲自来布置,言明这苏渐是他死敌,不管如何今天一定要将他带回去。

从这一点也可以看出,司徒威掌权的华夏朝廷,风气已是这样不正。明面上的官家律法,还不如权臣私下交代的话管用。

因此,尽管对面的端木楚来头极大,但在现实的利益威胁面前,令狐阳没有其他选择。

面对气势汹汹的端木楚,他也脖子一梗,怒道:"端木大人,别怪兄弟不给你面子,实在是上命难违!"

"唉! 这算什么事儿?"然后他又话锋一转,抱怨道,"你说得没错,我等刑部官差,说难听点,就是一条狗。这些天我们四处抓人,得罪多方,不知被多少人臭骂,我们都知道,可又有什么办法?"

“又不是我等想跟这些人作对，这年头谁比谁容易啊？实在是职责在身，上命难违。结果现在两边不是人，被人贼娘老子地痛骂，我们又能找谁说理去？真把老子逼急了，大不了不要这身狗皮，回家行镖种地去！”

令狐阳连珠炮般说出这番话，一方面是跟端木楚顶牛，但更大程度上，倒像他好不容易找到个机会发泄，把这些天来积累胸中的郁积之情给一吐为快。

听到他这一番话，现场那些刑部官差，都感同身受，竟忽然笼罩在一种悲壮的气氛中。

那雷大海，更是怒冲脑门，大叫道：“大哥！跟他们废什么话？这些泄气话咱回去关起门来说，外面不丢这个人！今天这人咱们是抓定了，一句话，打吧！”

“说得好！”令狐阳脖子一扬，大喝一声道，“兄弟们，上！给我办事拿人！”

随着他一声令下，早就战意勃发的刑部官差们，发一声喊，便朝对面的玄武卫杀去。

见他们如此，端木楚怪笑一声，叫了声“早就等着你们”，便也呼喝下令，让同来的玄武卫兄弟们向前攻击。

说实在的，在场这些玄武卫，就算是顶头上司下的命令，都没这么拼命过，但端木楚这样的皇后亲弟，一声令下，便各个生龙活虎，泼了命地向前攻击。

相比之下，刑部官差们固然怀着悲愤，士气比平时壮了许多，但和面前的玄武卫相比，还差得太远。

毕竟玄武卫现在同仇敌忾，不仅要人人争先地在皇帝小舅子面前表现，更重要的是，苏渐是他们玄武卫最出名的人，是公认的玄武卫模范。可以说，苏渐就是他们所有玄武卫共同的骄傲。

既然如此，那今日要是让苏渐被这些刑部走狗带走，那今后大伙儿还怎么做人？甚至要是有谁去相亲，那对方姑娘要是知道此事，铁定扭头就走……

这还了得?!

于是两相比较下，玄武卫的战意完全不输对方，更何况对这种街头混战，玄武卫相比刑部官差，简直就像老祖宗。

这年头玄武卫执行的任务，几乎件件凶险异常。刑部官差就是负责抓抓人、抄抄家，和要么深入敌后暗中行刺，要么在战场第一线侦缉刺探的玄武卫相比，简直是地下和天上的差别。

所以，别看平时他们一样穿着官衣，看不出谁弱谁强，但现在真的两相对攻，孰强孰弱一目了然。

于是打了还没片刻工夫，人数还少一半的玄武卫，竟然完全占了上风，刑部官差被打得丢盔弃甲，溃不成军。

见此情景，刑部官差中脾气最火爆的二捕头雷大海，顿时急了，挥舞着朴刀拼死向前，想从人缝中冲到端木楚附近，来个“擒贼先擒王”。

就在这时，他忽然觉得自己的皂衣下摆，不知被谁死死拉住。

他吃了一惊，回头一看，却见是自己最要好的兄弟正将自己一把拉住。

“你干吗?!”雷大海又气又急。

“还干吗?”纷乱中他那要好的兄弟往旁边努努嘴，示意他看。

雷大海满腹狐疑，带着火气，转脸一看，只见刚才气势逼人、情绪悲壮的总捕头令狐阳，这时却在人群中不住后退。

一边后退，令狐阳一边还捂住手臂，也没见流血，嘴里却响亮地哼哼着，说胳膊受伤了，好疼，好疼。

“看到没有?”雷大海的好友低声道，“令狐大人都这样，咱还拼命干啥? 今天这人是抓不成了，撤吧!”

“这……”雷大海一时沉吟。

其实别看雷大海脾气火爆，但能在刑部中混到二捕头，绝不是傻蛋。现在他见老大这样，心里顿时凉了半截。

很快，他感激地朝自己的好兄弟看了一眼，以示谢意。

一旦想通，雷大海做得比令狐阳还彻底，转过身倒拖着朴刀，一声不吭地就跑了。

眼见两位上官都认怂了，下面的人还有什么理由继续支撑?

很快，这支接近五十人的庞大刑部队伍，瞬间作鸟兽散，狼狈不堪地逃进附近胡同里。

当然，这只是一次失败的抓捕行动，若刑部或是宰相府，真想抓一个人，一次不行还有第二次，直到抓住为止。

但这一日，当苏渐在玄武卫所点了卯，若无其事地回到自己的住所后，却再没有人敢做第二次尝试。

这不是因为宰相手软，尚书仁慈，而是轩辕鸿已经放出话来，说："想来抓苏渐，可以，来试试。"

他这么一说，蠢蠢欲动的各方，全都偃旗息鼓。

对轩辕鸿为什么突然发威，不同的势力自然有不同的解读。不过此刻京华城中，风起云涌，各方势力激烈博弈，一个小小的苏渐暂时没抓着，在明面上最多让下令者损些颜面，其实并没有多少实际损失。

因此，轩辕鸿放出话来后，司徒威一方无论有意还是无意，都把抓苏渐这件事给搁下了。

就在玄武卫和刑部官差长街对峙的第二天，总捕头令狐阳下值回家时，却在途中碰见一位名叫孟彬的至交好友。孟彬当街拦住他，说有一位中枢贵人想见他。

一听是中枢贵人，令狐阳立即动了心。

身为总捕头，他也不是没有怀疑这个突如其来的邀约，但毕竟传讯的这个人，是他认识十来年的老友。

他和孟彬识于微时，孟彬对他还有救命之恩。

现在令狐阳当了总捕头，孟彬则成了京城中有数的大布商，他们财势相当，依然还保持着非常好的友谊。

如果这时候换了其他任何一个人，忽然来跟他说这个，令狐阳肯定要疑神疑鬼，但见是孟彬情辞恳切地邀约，令狐阳便没有任何怀疑。他立即随着孟彬的指引，在街道中七拐八绕，来到一处不起眼的酒铺里。

"太白居?"抬头一看这酒铺的招牌，兴冲冲赶来的令狐阳，却是心中一动。

本来哪怕是三天前，他都不知道这家酒铺，但正是因为要抓捕苏渐，他对此人进行了详细的调查，便知道这太白居正是苏渐常去的酒铺。

现在他见孟彬领自己来到这个地方，不由得一愣。

“怎么了，老哥？”看着他发愣，孟彬奇怪地看着他。

“没什么。”令狐阳摇了摇头，自嘲地一笑，心说自己也太多疑了。

“那就好。”孟彬关心道，“令狐老哥，别怪我多嘴，今日自打我碰见你，就看你魂不守舍，哪有往日的英姿风采。既然如此，今日这位中枢贵人，你一定要见了。”

“为啥？”令狐阳明知故问地看着他。

“还有啥？因为看了你这样子，我心疼，中枢贵人正好能解你的忧烦。”孟彬笑嘻嘻地说道。

“去你的！”令狐阳打了他肩膀一拳，笑骂道，“老孟，胡咧咧啥？只知道你最近布匹生意做得越来越大，还不知你竟有了龙阳之癖，愚兄失察，失察啊。”

“哈哈！老哥这张嘴啊，还是和身手一般犀利。快别说了，别让贵人久等。”孟彬说着话，便一推令狐阳，催他赶紧进去。

听他这么一说，令狐阳也不敢怠慢，连忙快手快脚地走进太白居。

“喏，就在那里。”令狐阳往前走时，孟彬在他身后指点道。

“多谢。”令狐阳谢了一声，便加快了脚步，往里面走去。

只是，才走了几步，令狐阳忽然觉得有些不对劲。

这太白居……偏僻是偏僻，可这会儿正是掌灯旺时，怎么偌大的前厅里，几乎没什么人，油灯也只点了寥寥数盏？看着眼前的情景，令狐阳只觉气氛不太对劲。

当然，他贵为刑部总捕头，怎可能被区区一点异常给吓倒？毕竟这是在京华城，难不成还怕有人在这里要对他这个刑部总捕头下手？

心中笃定，令狐阳甚至丝毫都没想到去摸腰刀的刀柄。

他继续往里面走，便看见有一个身躯健壮的中年人，正坐在最里面的那张桌子旁，背对着他，一口一口地喝着酒。

一见如此，令狐阳更加不怕了。

他经验多丰富啊？别看那人体格健壮，但无论是坐姿还是喝酒的姿势,都属于"形不散而神散"的级别,别说武力高低了,看样子根本就不是个习武之人。

这一下,令狐阳彻底放下心来。

警惕心一去,他想到对方乃是中枢权贵,便把刚生出的鄙视之心给收了一收,替之以一副毕恭毕敬的样子,轻手轻脚地朝那人走去。

就在他快走近那人时,对方好像终于听到了脚步声,慢慢地转过头来。

"反应真慢。"令狐阳一边腹诽着,一边赔着笑,恭恭敬敬地看着那人转头。

其实平时令狐阳的骨子里,也是个挺骄傲的人,今日他如此屈膝卑颜,实在是昨天刚得罪了玄武卫,还惊动了他们的大统领,便让他一下子没了谱。

别看令狐阳也是堂堂的刑部总捕头,但这种分量,在一般的小民小吏心目中还行,碰上轩辕鸿这样的大神,他知道自己的位置在哪里。

所以,昨天轩辕鸿只是淡淡地传出一句话来,便让他惶惶不可终日。

正因如此,今日他才会一听孟彬的传话,便动了心。这会儿他把总捕头的骄傲收了收,一切的目的,就是希望能搭上个中枢贵人,庇护自己渡过难关。

怀着尊敬而激动的心情,他注视着那人转头,还在心里猜测,究竟是哪方尊神,分量够不够庇护自己。

就在他患得患失的注目中,那人终于转过头来。

小店昏暗的灯光里,这人转过头来时,脸上还带着无比亲切的笑容。

只是这样的友好笑容对令狐阳来说,却没有丝毫意义。一见此人样貌,令狐阳顿时吓得魂飞魄散!

"轩辕鸿!"一个他根本意想不到的人物,活生生地出现在他的眼前!

令狐阳这一惊可非同小可!

他立即本能地转头,看看有无埋伏,没想到回头一看,什么人都没有,甚至连给自己传讯的孟彬,也从门口消失了。

一瞬间,令狐阳那颗心跌到了谷底。

连他自己都觉得不可思议的是，就在这样凶险异常的时刻，他心里竟然鬼使神差地只想到一件事：

“果然是我失察了！孟彬这小子最近买卖突然变红火，听说是他接到朝廷的一笔大生意。而玄武卫的人，最近在街头碰到，好像都换了新战衣……哎呀！孟彬，你小子出卖我！看我回去怎么收拾你——如、如果今天还回得去的话。”

想到这里，令狐阳满腔的火气，瞬间只化作一个“怕”字。

“轩、轩辕大人！”输人不输阵，纵然令狐阳内心恐惧，却强撑着抢先开口，“虽然您地位尊贵，但卑职却非您统属，若今日您要以势压人，或是收买我，卑职只有两个字，‘不行’！”

“好好好，有气节。”轩辕鸿随意地拍了拍手，然后朝旁边一指道，“坐下说。”

鬼使神差一般，刚刚还一脸大义凛然的令狐阳一听这话，自然而然地便在旁边长条凳上坐下。

轩辕鸿看着他坐下，慢条斯理地说道：“令狐捕头昨日在长街上那一番话，本座听懂了。”

“听……懂？”令狐阳一惊，忙道，“卑职说了啥？啊！那些只是一时气话，万望大统领不要误解，卑职其实——”

“不用多说了，”轩辕鸿一摆手，不客气地打断他道，“令狐捕头，本座时间宝贵，今日特别约你，可不是来跟你绕圈子的。”

“这……大统领请说。”纵然心不甘情不愿，但轩辕鸿的气势实在惊人，竟令令狐阳毫无反抗的余地。

“聪明！”轩辕鸿击掌赞叹一声道，“令狐阳，你是个识时务的，否则本座哪有时间在这里。你放心，本座不是要你去上刀山下火海，只是想请你帮个小忙。”

“大人请说，只要卑职办得到，万死不辞！”令狐阳刚说完这句话，心里就对自己充满了鄙视和自责。

“嗯。”轩辕鸿点了点头，“是这样，因为澹台兴一案，你最近不是在帮刑部到处抓人嘛，本座只要你做一件事，便是给我通传每件抓捕之事的细节。”

“你若做得好，等这阵风头过后，来我玄武卫做事吧，本座直接保举你一个‘金徽卫’。”

“啊？？什么？！”一瞬间，令狐阳只觉得自己脑袋嗡嗡作响！他甚至怀疑，自己是不是听错了？

玄武金徽卫！

同在华夏侦缉系统混，令狐阳怎么可能不知道这个职务意味着什么。

在玄武卫中，金徽卫基本就是常规体系的最高指挥者，下属无数银徽卫、铜徽卫、铁徽卫、锡徽卫，个个都是精兵强将，和他一个刑部总捕头的实权完全不可同日而语。

别看刑部总捕头听起来威风，但在当今的华夏国，只是一个帮刑部捉拿犯人的附庸，别说玄武金徽卫了，某种程度上，连银徽卫都不如。

这一点，也完全可以从那苏渐的官职上看出来。

这少年现在也算名动京华，声势极大，连爵位都有封赏，但在玄武卫中，到今天还只是个铜徽卫。很明显，玄武卫中这些实权头衔的含金量，不是一个刑部附庸的总捕快能够相提并论的。

所以，根本不是接不接受的问题，这个问题的答案根本都不用想。

片刻之间，令狐阳原先那些不满、恐惧、怨恨通通消失，惊喜激动之下甚至连说话都变得结结巴巴。

“大、大人，”他失态地说道，“您、您想知道些什么？属、属下一定知无不言。”

这会儿，他都以下属自居了。

本来令狐阳以为，轩辕鸿大统领费了这么大劲，要问自己最近抓捕罪臣的细节，肯定是想知道那些被捕官员的冤屈，毕竟从昨天轩辕鸿的表态来看，他肯定是和宰相较着劲的。

让他没想到的是，轩辕鸿接下来一开口问的却是，当他带人去抓捕罪臣时，在抓捕过程中，对这些官员的家产有无劫掠，以及，那些官员有没有当场通过他令狐阳，向宰相大人行贿。

对这两个问题的答案，毫无疑问是“有”，而且很多。

面对落水狗，刑部官差们顺手牵羊，简直是行规。而被抓的官员一方，现场通过刑部官差向宰相大人行贿，也是顺理成章、十分自然的事情。

毕竟"闭门家中坐，祸从天上来"，突然面对如狼似虎的官差闯入家中，抓捕一家之主的情形，任何高官显贵家都是极慌的，任何救命稻草都要抓。

这些道理，令狐阳非常懂。但他不懂的是，为什么轩辕鸿不关心那些官员的冤屈，反而纠缠这些细节。

所以，在他知无不言地禀报这类情况时，心里一直在嘀咕，想这到底是为什么。

等他一五一十地禀报完后，他抬头想看看轩辕鸿的反应，没想到此时的大统领依旧面无表情，让人看不出他有什么心理波动。

"玄武卫的大统领，果然深不可测。"令狐阳心中盛赞道。

正赞叹时，那轩辕鸿忽然又开口问他道："令狐阳，你再想想，有没有刑部抓捕的朝廷命官，还未查明罪证，尚在待审之时宰相之人便迫不及待将他们的女儿送入乐坊，充为官伎的？"

"呃？"令狐阳一愣，立即顺口答道，"有，有不少。"

接下来，他又把自己所知道的这类情况，一五一十地跟轩辕鸿禀报起来。

和刚才不同，这时禀报时，他心里忽地豁然开朗了。

"我明白了！我明白了！"他心中惊叹道，"高啊！大统领此意，不纠结那些善恶正邪，毕竟那些东西说不清道不明，有得扯皮；他现在问的这些，和'抓贼拿赃''捉奸在床'差不多，就是要抓你个'铁定有问题'，这样才一抓一个准，让人不好辩驳！"

想到这里，令狐阳心服口服 。

这时候，他心中忽然冒出一个奇怪的念头："莫非呼风唤雨这么多年的司徒宰相，要倒了？"

不过很快他就觉得自己这想法很可笑，因为轩辕鸿大统领做这些，主要还只是为了'以攻为守'地自保吧。

那司徒威宰相是什么样的人物？屹立华夏政坛几十年不倒，经历了无数风雨，至今安然无恙，连皇上都让他三分，怎么可能因为这点事就被扳倒呢？

“不管这些了！”令狐阳在心里跟自己说道，“管他们这些大人物的钩心斗角、沉沉浮浮，我令狐阳今日且得抱牢玄武卫大统领这条大腿，以后升官发财指日可待，这才是最重要的！”

于是他抛开杂念，一心一意地将自己知道的所有事情，甚至连轩辕鸿没问的，都竹筒倒豆般倾诉个干干净净。

这一番密谈，几近一个时辰。此后令狐阳先告辞而去，轩辕鸿又坐了一会儿。

“这酒，也一般嘛。”大统领咂了咂杯中残酒，摇摇头道，“那小子经常来，还以为这里的酒有多好喝；没想到也不过如此。也罢也罢，他不识酒，本座可不能坐视不理，等回头有空，送几坛好酒给他吧。”

说着话，他便站起身，在桌上随手搁下一锭银子，悄无声息地走出门，消失在京城凄迷的夜色里。

连轩辕鸿都有动作了，那位昨日引起两方势力第一次公开对峙的焦点人物，却从这一天开始，没有了任何动作。

苏渐回到家里后，便一直闭门不出，过着十分平静的生活。

当然无论他怎么平静，司徒威那些人可绝对不会放松警惕。虽然有轩辕鸿的威胁，但他们依旧在苏渐住所的四周，密布了暗桩和眼线。

长期的朝堂生涯让他养成了惊人的直觉，他觉得，苏渐这家伙绝对有问题。

只是接下来的发展，有些出乎他的意料。每天密探传来的消息都表明，苏渐极其安分守己，甚至都有些安分得过了头。

比如，他在家中院子里，常常一坐就是小半天，还经常吟诵什么“宠辱不惊，看庭前花开花落；去留无意，望天外云卷云舒”。

要是司徒威不知道吟诵之人是谁，乍听这样的诗句，还以为是哪位八十致仕、退隐林泉的老大人。

“宠辱不惊？真这样才有鬼！”司徒威根本不相信，继续加强了对苏渐的监视。

但苏渐的恬淡宁静，越发令人震惊。

他该吃吃，该喝喝，不时吟诗作赋，还喜欢串门和邻居聊天扯闲篇。什么谁家寡妇偷了汉，哪位儒生做了贼，各种小道消息聊得不亦乐乎。

每回听到密探发回这类报告，司徒威就哭笑不得，几乎要忍不住当面呵斥苏渐，说他好歹也是朝廷命官，还有爵位在身，怎么可以这样趣味低俗？

这样正常的隐居日子，大概持续了七八天。忽然有一天，苏渐竟是出了院门，骑了他那匹神骏的白马，直往京华西门而行。

一见他终于有了动作，所有宰相暗中布置的眼线，顿时就像见了血的苍蝇，蜂拥跟随。

他们跟在苏渐后面，穿过了西城门“文昌门”，又随行了一阵，来到了郊野开阔之地，此处再也难以掩藏这么多人的行迹，为首的人让大部分人散去，只留一小部分精干人员继续跟随。

这些人本来以为今天能立个大功劳，没想到吃灰啃土老半天，最后发现，苏渐竟然只是去西山脚下打了一整天的猎。

自打这一天起，苏渐便好像开了窍，不再整天和坊间大妈大婶扯闲篇，而是时不时出门打猎。

在接下来的日子里，他经常从京华外城的四个城门洞穿城而出，去郊野的山林原野中骑马射箭，玩得不亦乐乎。

而让这些宰相的密探暗桩极不高兴的是，这苏渐竟然箭术极佳，每次出猎都带回来一大堆猎物。什么野兔松鸡，麂子狍子，每一只都肥美非常。

带回来也就带回来吧，没想到苏渐这厮竟是厨艺极佳，将猎物简单处理后，就在小院中直接刷油开烤，那焦香的滋味，简直香死个人，顺风飘得方圆数里都能闻见。

这让只能啃面饼喝凉水的密探眼线情何以堪？往往第一缕香味儿钻进鼻子里时，他们便立即饿得前胸贴后背。

嗅着小院中飘来的浓郁烤肉焦香味，他们恨不得马上卸下职责，找家酒食铺子狠狠吃一顿。

饥肠辘辘下，痛苦难受时，他们不得不怀疑，是不是自己已经暴露，那少年便想出这样可恶的办法，对他们进行疯狂的报复。

而在苏渐出门的日子里，有一天他还去了城东郊的灵鹫学院。

当时宰相的眼线们也是如获至宝，再次费心费力地跟了过去，只是很可惜，无论怎么悉心观察，他们还是没能看出苏渐的举止有任何异常。

渐渐的，即使安排这项盯梢任务的人，依旧十分重视和警惕，但这些下面具体执行的眼线暗桩，已经不可避免地越来越松懈了。

事实上，这些天来，苏渐已不是京华城的焦点了。

宰相一党，依然在大肆打击异己，紧张局面已成蔓延之势。

不仅是京华城中更加乌烟瘴气，很多其他华夏国的重镇城池，也受到波及。

很快，京城中的监狱已经塞不下越来越多的罪囚，不少官阶并不高的嫌犯，已经被发往邻城的监狱。

京华城监狱中那些小偷小摸的罪犯，也都被提前释放，只为腾出更多的空位。

而早在苏渐“闭门隐居”的第三天，京华城中忽然出现了一个新局面：

不知发源何处，几乎一夜之间，京华城中谣言四起，矛头直指宰相。

这样的局面，可以说是前所未有。之前只有宰相压制政敌的份儿，从来就没有过针对他的反击。

但一夜之间出现的谣言，做到了这一点。

当然有许多谣言并不靠谱，类似“司徒威强奸八十老妇，拐卖三岁孩童”，一看便是荒诞不经之言。但就是在这些经不起推敲的荒唐谣言中，有相当一部分，却并不像谣言，而更像是掌握了真相后的血泪指控。

别的不说，有一个闹得最凶的谣言，便是杀害澹台兴的幕后黑手，就是当朝宰相司徒威。

甚至，这则谣言精确到，明确指出当日刑部大狱外的长街上，在众目睽睽之下杀死老忠臣的凶手，正是司徒威的义子萧龙雀。

毫无疑问，诸多谣言中，就数这个谣言闹得最凶，传得最广。

如果说听到其他荒唐谣言时，司徒威还能一笑置之，但这则“谣言”，就让他如坐针毡了。

但他并没有真的害怕。因为民间谣言即使接近真相，要真正产生作用，还需要一定时间的发酵，特别是需要御史台的御史们风闻奏事，才可能真正呈入庙堂。

而现在政坛大乱，人人自危，御史言官们自保不暇，哪还有心情去采纳这样的谣言？何况其指控的，还是一手遮天的司徒宰相。

所以虽然老于政事的官员们心里想法都很多，但没人会觉得，宰相司徒威会受到这些谣言的影响。

但很快，局势的发展就大大超出了他们的预料。

没有人能想到，那个监察御史百里英，竟然在一天上朝时，突然发难，言辞激烈地弹劾宰相司徒威滥用权势、陷害忠良！

一石激起千层浪！

而百里英在奏折中还提到，根据最近京华民间的传闻，司徒威很可能就是杀害澹台兴的幕后真凶，他最近的所作所为，都是“贼喊抓贼”！

这一下，整个华夏朝堂如同发生了一场剧烈的大地震！

所有人都被震得眼冒金星，带着不可思议的目光，重新审视这个叫“百里英”的监察御史。

其实按道理说，百里英出面进行这样的弹劾，也不是完全不可思议，因为他就是受害人最得意的弟子。

老恩师惨死，他跳出来进行责难，甚至指责当今圣上，都非常合情合理，没什么奇怪。

但这也只是理论上。身在局中，真的有迂腐到螳臂当车的人吗？

宰相司徒威权势熏天，又借着澹台兴的案子缇骑四出，人人自危之际，百里英最明智的做法，就是闭嘴不说一个字。

别看百里英平时表现得像个刚正不阿的强势御史，但谁不知道谁？那只是为了追求功名利禄所做的包装罢了，能在官场上混到今天，有哪个是真正迂腐死板的主？

所以，正因为这些原因，百里英此举，真把所有人都震惊了。

而人心所向，司徒威这段时间的所作所为，很多人都是敢怒而不敢言,生怕引火烧身,现在有百里英这么一闹,这些人在暗自嘲笑百里英是疯子、傻子的同时,心情也确实变得好多了。

他们心情好,司徒威的心情就很不好了。

按照他的性子,这会儿就该明里暗里使用手段,好生折磨报复这个不识时务、不知死活的百里英。

但让司徒威有些郁闷的是,现在还不能对他动手。毕竟百里英亲眼看见老恩师遇害,而且人人知道他对澹台兴的感情,就算怀疑这世上任何人是凶手,都没办法怀疑这个人。

所以,气急败坏的司徒威,最终无奈地发现,就算他气得七窍生烟,也不能拿百里英怎样。不仅不能拿百里英怎样,还得在朝堂上装得十分大度,当着圣上和百官的面,称赞百里英正直敢言,真乃言官表率。

见他如此反应,所有人都有些愕然,但很快也就明白了他的心思,那位站在风口浪尖的强硬御史,更是在暗地里松了一口气。

只是,当司徒威皮笑肉不笑地盯着自己时,百里英的冷汗,还是瞬间湿透了整个里衣。他感觉,自己就像被虎豹盯上的猎物,冷汗直冒,汗毛倒竖。

这样的时刻,他只能在心里疯狂地叫道:"苏渐!苏渐!我已经按你说的办了。你可千万要成事!否则纵算眼前不死,将来老夫所受的报复,将会比死还惨十倍!"

到这时,百里英才发现那些留名青史的言官前辈,是多么值得尊敬。因为直到这时,他才知道,那些不畏强权、以死抗争的御史言官,曾经经受过怎样的折磨和煎熬。

第一百二十章 一骑倾城

百里英上书弹劾，闹出滔天波澜，但光武帝李翊，只回复了个“知道了”，便暂时不提此事。

但是，光武帝回答时的表情，在场所有人都看得非常清楚，光武帝看向百里英的眼神，满含同情。

看来，连光武帝都明白百里英的处境，便宅心仁厚，觉得暂时按下这件事，对各方都好。

虽然这一次对宰相的弹劾，暂时被各方冷处理，但这并不算一件小事。

当然，也许司徒威自始至终都觉得，在整件事上，自己并没有被百里英这次出人意料的弹劾给打乱阵脚，但事实上，他已经无法避免地受到了影响。

被弹劾的当天，回到宰相府后，他就把自己关在书房里，任何人都不见，仔细思索这件事可能的影响和后果。

司徒威不愧为政坛老手，他从不会忽视任何一件看起来微小的事。

“千里之堤，毁于蚁穴”，这么多年下来，他知道轻敌的危害性。

就在闭门思索了大半夜后，他忽然心里一动，觉得找到了问题的关键所在。

他想到，之所以谣言四起，百里英还有了贼胆，全是因为自己这一方，在苏渐这件事上失了锐气。

当初长街抓人之事，毫无疑问是出自自己的授意，还下了死命令。

结果呢？

不仅人没抓着，迄今为止这么长的时间里，自己这一方，只因为轩辕鸿轻描淡写的一句“试试看”，就再也没敢对苏渐动手。

司徒威越想越觉得这个推测合理。

“苏渐！”司徒威咬牙切齿，恨不得立即将他撕碎咬碎。

当然，以他的手腕，自然不可能直接去对付苏渐，毕竟轩辕鸿的威胁，可不是随便说说的。但司徒威觉得，现在对付另一个人，同样能达到报复苏渐、震慑中间派的作用。

这人便是唐求。

本来司徒威已经忘了这么个人，毕竟唐求的身份和那些同样倒霉的高官显贵一比，根本不值一提。

但现在，因为苏渐，他想起了唐求。

本来蹲在刑部大牢中快被遗忘的唐求，很快就被宰相责令刑部亲自提审，审他收受贿赂、意图僭越谋反之罪的同时，还多审了一条，便是指控他有可能介入了刺杀澹台兴之案。

对这样的指控，不少参与审理的刑部官员，都已经麻木了。但让他们惊奇的是，刑部中宰相一派的官员，竟然揪住这一点，十分认真地审起了唐求。

他们认真的模样，看在不知情人的眼里，还以为刑部真的得到了新的证据，证明唐求确实参与了刺杀。

但真相是并没有。

真相是这一次审判，是司徒威的专门授意。

装模作样的审问，很快落下帷幕。面对满口否认的唐求，刑部连该有的核查程序都没走，便直接对他动了大刑。

“动刑”，也只有真正遭受过大刑的人，才知道它究竟意味着什么。

更何况，这是闻名遐迩的“刑部大刑”。

刑部大刑之下，即使唐求多年打熬的强壮身体，也吃不住。

很快，他便进入一种“求生不得，求死不能”的悲惨状态。

一身的细皮嫩肉，不出半天，就被打得血肉模糊。遍体青紫就不用说了，当他被板车拉回牢房时，浑身浴血，如同血人。

这样的痛苦，其实唐求基本可以随口认了罪，反正即使要斩首，华夏国也有严格的规定，需要等大半年到秋后才问斩。

但他即使在最痛楚的时刻，也咬着舌头，提醒自己要清醒、要坚持住，绝对不能认罪招供。

唐求并不是心性坚韧的人，也不是不怕痛苦，他这么坚持，只有一个原因：

刑部审理人员要他指认的，是苏渐勾结亚飒匪军，发起了对老忠臣澹台兴的谋杀。

“没办法了，”一开始听到这样的诱供时，唐求便已然惨笑一声，在心中对自己道，“这次的坎儿，终于迈不过去了。苏渐，我们只有来世再做兄弟了……”

唐求的惨状，很快就传到了苏渐的耳中。

这件事，根本不用他打听，便在有心人的刻意安排下，第一时间传到了他的耳中。

奇怪的是，听到这消息时，苏渐竟然毫不动容，依旧躲在自己那个小院子里。

同样的，玄武卫那边也没有任何动作。

见得如此，许多宰相的追随者，一下子又嚣张了起来。

从这一点来说，司徒威振奋士气的目的，算是达到了。

只是，很多知道苏渐往事的人，就觉得十分奇怪。在他们印象中，那个肯为兄弟舍生忘死、寸步不退的血性男儿，究竟去哪儿了？

而少数十分了解苏渐的人，对他的缄默，有了不一样的解读。

当然这些人，并不全是站在苏渐这边的人。毕竟这年头，敌人往往比你的朋友还了解你。

但不论友好还是敌对，这少数人，全都屏住呼吸，在等待一件大事的发生。

虽然，他们还不知道这件大事是什么，但经验和直觉告诉他们，一定会发生，而且一旦发生，就会惊天动地。

这些人，并没有等太久。

就在传出唐求被重刑拷打消息的第三天，一直闭门不出的苏渐，这天一大早，忽然再次一个人骑马出门。

“牵一发动全身”，霎时间所有密布在他家周围的密探暗桩，全都动了起来。

“他今天要去哪儿？”一边跟踪，这些人一边揣测苏渐的行踪。

正当所有人都以为今天他还是要出城打猎时，没想到苏渐快马加鞭，竟一路沿着长街只在城中奔行。

“他究竟要去哪儿？”一下子，所有跟踪少年的眼线，全都紧张起来。

就在无数双眼睛的密切注视下，苏渐身骑白马，袖卷西风，长街驰马，哪儿都没去，竟一路往皇城而行！

“他要去皇城干什么?!”见他如此，许多人顿时一惊，继而变得既紧张，又好奇。

这一路长街奔马、快马急行，很快苏渐便来到了朱雀坊。

朱雀坊乃是京华城四灵大街之一，四灵大街环绕皇城四方，东侧是青龙集，西边是白虎市，北面是玄武街，南方是朱雀坊。

与之相对，华夏皇城四座城门，也相应叫作青龙门、白虎门、玄武门、朱雀门。整座京华城的东西南北四门，则分别称为宣威门、文昌门、永宁门、安远门。

当然，皇城南门朱雀门，按民间惯例，又称为“午门”；虽然城门洞上的匾额写成“朱雀门”，但是金钉朱漆的大门口旁边，皇家内府还特地立了个石牌，上面书着“午门”二字。

这么做，是省得外地来的小老百姓，在皇家解除宵禁、与民同乐之日，找不到众口相传的午门。

一年之中，小民能接近皇城的日子，毕竟少之又少，今日苏渐只身来到皇城时，午门前那一大片青砖铺就的朱雀广场上，正是空无一人。

此时正是百官上朝之时，偌大的朱雀广场上，除了偶尔往来巡逻的禁军士兵，空无一人。

苏渐乘白马而来，到了朱雀广场东侧的下马石，便飞身下马，将马匹系在拴马桩上，一个人稳步走向了皇城午门。

上午的阳光，灿烂明耀，从天宇泼洒而下，金金灿灿，满城明透。

沐浴在金色的阳光里，苏渐整个人好像都发着金光。

朱雀广场，占地上百亩，庄严而辽阔。当苏渐走入时，原本高大的身形，相比整座广场，一下子显得渺小孤独。

但就是这样微不足道的身影，迈向午门时，步伐异常沉稳而坚定。

没多久，他就接近了皇城南大门。

到这时，刚才仿佛视若无睹的华夏皇家四灵禁军，忽然间从四面八方冲来，将他团团围住。

“苏渐，你要干什么?!”为首的禁军统领，名叫秦力夫，这时冲苏渐暴喝一声。

这位秦力夫，原是白虎军中悍将，现被封为羽林中郎将，负责镇守皇城南大门，统领四灵禁军的南皇城朱雀部。

作为老行伍，秦力夫行事十分沉稳，从五年前被调来担任禁军朱雀部统领至今，从无出过差错。

既然镇守皇城，高屋建瓴，别说京华城了，就算天下事，也是要了然于胸的。从秦力夫刚才叫出了苏渐的名字，便看得出，他是知道苏渐这个人的。

正因为知道，所以这时候老将秦力夫虽然高声暴喝，但神色并不凶恶。

听他朝自己高声呼喝，苏渐却好似充耳不闻。

他只是仰起脸，看了看碧蓝如洗的苍穹，在心中苦笑：“老天啊，你为什么不能再多给我点时间?”

虽心里抱怨，但他知道，他已经不能再等了，唐求已经被打得不成人形了，再不行动，恐怕撑不到秋后问斩了。

其实，苏渐故布疑阵，是给自己正在谋划的某一件大事，争取着尽可能充足的时间。

若按他往常做事的脾性，实施如此大事时，就算天王老子来干扰他，他也会心硬不理。

但现在，他没办法了，唐求快死了。

司徒威歪打正着，击中了他的软肋。

站在午门前，一想到唐求的惨状，苏渐不再有任何迟疑，转过身，朝着秦力夫恭声说道："启禀老将军，在下有冤情要诉。"

"有冤情要诉？"秦力夫一愣，立即板起脸，一捋颔下长髯，不高兴道，"苏渐，你也是为朝廷当差做事的，这点规矩都不懂吗？有什么冤情，你们玄武卫自己有血晶徽卫。要是还不行，自可去大理寺、刑部衙门鸣冤，你跑咱这皇城来干吗？再说了，你？冤情？"

说最后这句时，秦力夫看着苏渐，一脸古怪的表情，好像在说："你小子还有啥冤情？前些天刑部动那么大阵仗，结果玄武卫为了回护你一人，居然出动二三十人跟刑部街头火拼，几乎被老百姓传为笑谈。现在你跟我说'冤情'？依我看刑部差人才冤哩！"

秦力夫因为公务在身，这些话没法说出口，但他一脸鄙夷的表情，已经完全表露了他的心声。

面对这样的鄙视神情，苏渐视而不见，拱了拱手道："秦将军有所不知，实在是在下的冤情比天高、比海深，区区玄武卫、大理寺和刑部，已经盛不下我的冤情，因此才想到来皇城鸣冤。"

"而这午门左右两边，不是正有登闻、鸣冤二鼓吗？现在我不仅有重大冤情，还有重大案情想直达天听，这两面鼓正好我都要敲一敲。"

"苏渐！"秦力夫再也按捺不住了，厉声喝道，"你以为你是谁？民间愚民莽夫吹捧你为'孤胆屠龙'，你还当了真，敢这么无法无天？"

"难道你不知，我皇朝虽设登闻、鸣冤二鼓，但自吾皇登基，国泰民安，海晏河清，多少年来都没人敲过这两面鼓！"

"苏渐，咱都别装模作样了，说直接点，这两面鼓就是摆设，也必须是摆设，你今天要敲，绝不行！"

"哈哈哈！"本来一直半弓着腰，态度很是恭敬的苏渐，听闻此言，猛地直起了腰，双目直视秦力夫。

郎朗天日下，众目睽睽中，苏渐一扬脖子，冲着秦力夫高声骂道："姓秦的，你个老匹夫！可笑你一个堂堂中郎将，竟说出这种狗屁话来！”

“小爷倒要问问，究竟是谁‘无法无天’？好！好好好！本来想好言相求，既然遇上你这等没心没肺之人，小爷也只好动手了！”

话音刚落，便听得“苍”的一声龙吟，血歌剑已应手飞出，在苏渐身周飞绕如龙。

“嘿嘿！”剑光绕身之际，苏渐冷笑叫道，“老匹夫，既然你狗眼看人低，小爷今天就让你知道知道，小爷这‘孤胆屠龙’的名号，是不是只是吹嘘！”

“吹嘘”二字话音刚落，那柄飞绕的血歌剑忽然烈焰蒸腾，宛似一条赤焰神龙，在周围的禁军人群中飞绕一圈。

所有围困苏渐的朱雀禁军，还没怎么反应过来，便已觉得手中一轻，紧接着便是一阵“丁零当啷”之声。

“呀！”等他们反应过来，低头一看，发现自己手中所持的皇家御赐上等刀剑，全都被从中截断，断剑残刀落得一地。

惊惶之际，他们抬起头，一齐看向自己的主心骨秦力夫。这不看不要紧，一看他们更加愕然！

原来，别说秦力夫手中那柄金刀同样刀头落地，更惨的是，他一向自比汉寿亭侯关云长的颔下美髯，这时候也全都飘然落地，只剩下一点胡茬。

可怜公认的“美髯金刀客”，这时候的颔下却光溜溜的，就跟个剥了壳的白鸭蛋似的，再配上那张鸭蛋脸，在他下属眼里，显得既陌生又可笑。

“秦力夫！”众人正愣怔间，却又听苏渐大叫道，“割你胡须，是为小惩；好狗不挡路，你再不识相，小心割你颈上人头！”

“你、你你你——”听得苏渐这样无法无天的威胁，秦老中郎将气得一佛出世，二佛升天，身躯四肢剧烈颤抖，差点就此气死。

正要发狠以命相拼时，他忽又听苏渐说道：“老匹夫，你也别觉得小爷落了你的面子。别看你曾有军功，三军阵前夸耀武力，可这五年来，你在这朱雀广场上巡来游去，一身搏命的功夫还剩几成？小爷十分怀疑。”

“再说了，你可以说‘孤胆屠龙’的名号是小民吹嘘出来的，但你难道忘了吗？我可是朝廷登记在册的‘神焰朱雀’星流武士！难道星流武士来敲个鸣冤鼓，还不行了？真要闹开来，你看看圣上会治谁的罪！”

苏渐这一番话，就像一瓢三冬的冰雪寒水，从秦力夫顶梁门兜头浇下。一瞬间，他满腔的怒火和戾气全都熄灭，刚才还怒气冲天，这时却毕恭毕敬。

带着万分的小心和一脸的无奈，秦力夫带头从苏渐面前退后，闪开。

有他做榜样，刚才还剑拔弩张的朱雀禁军，这时都一脸木然地目送苏渐，看着他步履沉稳地走向午门旁边的鸣冤鼓。

目送之时，禁军士卒们也是心思各异。

他们中大多数人想的是：“苏渐到底有什么重大冤情，闹到要击鼓鸣冤？”

不过也有少数人思路比较特别，心想道：“太好了！手中宝剑早就陈旧不称手了，这次被苏渐砍断，正好可以去内府武库领新的了！”

就在他们胡思乱想之际，数十年来从无人敲响的皇城午门二鼓，忽然间“隆隆隆”鸣动如雷。

其实登闻、鸣冤二鼓，按律例是有专人看守的，官职名为“午门鼓吏”。

但就像秦力夫刚才所说，皇城鸣冤、登闻鼓基本就是个摆设，所以现在午门鼓吏有是有，却是由皇城南门守卫兼任的。

当苏渐奋力敲响二鼓时，今日当差的南门守卫邵贵直等隆隆的鼓声持续不断，如雷鸣般越来越响时，他才反应过来。

“什么?!”邵贵猛然睁大了双眼，“有人敲响了鸣冤鼓?！不对……不止是鸣冤鼓，登闻鼓也被敲响了！”

“难道有人鸣冤?”这念头刚一冒出，就被邵贵给掐掉了。

他很快便嘀咕抱怨道：“怎么搞的？朱雀禁军这般懈怠了吗？不好好巡逻，让谁家的惫懒孩子跑过来，敲这午门鼓玩。”

嘴里嘟囔着，邵贵从午门后转出。刚走出门来，他循声扭头一看，便看见苏渐正在奋力地敲鼓。

“啊?！居然真有人敲鸣冤鼓啊！等我看看是谁……哎呀！是苏渐！”邵贵一眼就看出敲鼓之人是谁。

虽然对于京城的权贵来说，苏渐根本排不上号、入不了眼，但对邵贵这样的小吏来说，苏渐的名声简直如雷贯耳。

因此当他一见是苏渐在敲鼓，立即脱口叫道："小苏大人，您敲这鼓，又要欺负谁啊？"

"啥？"见有人来，正收住鼓槌的苏渐一听他这么说，顿时哭笑不得。

"咳咳！"这时邵贵也意识到自己说错话了，连忙道，"小苏大人别介意，今儿日头毒，这头脑也被晒得有点不清楚。我是邵贵，乃是南门守卫，兼任午门鼓吏。不知小苏大人是不是也和我一样，是被太阳晒得头晕脑涨，因此敲错了鼓？"

"邵大人这是什么话？"苏渐脸一板道，"在下有重大冤情，要上达天听，绝非儿戏，你快给我通传！"

"好吧……"邵贵一脸的不相信，转身便跑去百官正在上朝的光华殿，按苏渐所说的跟殿前武士通传。

邵贵还在一路疾跑时，光华殿中的文武百官已经听到鼓声，正面面相觑，不知道发生了什么事。

御座上的光武帝李翊，同样也听到了鼓声。

登闻、鸣冤二鼓的鼓声，对所有人来说都是很陌生的，因此无论百官还是李翊，开始都以为是天上打雷了。

当大家都反应过来后，惊讶之余，也十分好奇，想看看究竟谁的胆子这么大，敢敲这两面鼓，破坏华夏国政通人和的形象。

"是苏渐！"光华殿外的侍卫很快上殿通传。这时许多听说过苏渐名头的官员，竟有几分"果然如此"的感觉。

"是苏渐啊。"同样的，光武帝李翊对这个玄武卫少年，印象颇深刻。当他听到是苏渐时，和很多人一样，也有种释然的感觉。

"传他进来吧。"不仅毫无任何刁难，光武帝李翊内心甚至还怀着几分期待，便在宰相司徒威还未来得及谏言阻止之前，已是大手一挥，宣苏渐进殿面圣。

从李翊同意苏渐进殿的那一刻起，一种不祥的预感，便如乌云般笼罩在司徒威的心头。

苏渐尽管行事大胆，但被李翊宣进光华殿后，也小心谨慎，不敢有丝毫造次。

迈过大殿高高的门槛,他便毕恭毕敬,快步向前,走到黄门官指示的地点,向御座上的华夏之主行跪拜大礼。

当他行完大礼,依例要站起来时,忽听御座之侧人开口说道:“巡街小吏,也敢进殿,真是不知天高地厚!”

此刻金殿之上,无人说话,因此即使话语极轻,也已十分清晰地传到了每个人的耳朵里。

听到这样明显挑衅的话语,苏渐却并没有什么反应。

等站定后,他抬起头,用从容的姿态,朝声音来源处一看,却见说话之人乃是一个清瘦的老者。

这位老者,身穿紫袍,峨冠博带,正坐在一方绣墩之上。

看得出他虽然年事已高,但五官端正,年轻时也应该眉清目秀。不过多年位高权重的生涯,已让他养成一种渊深的气度,以至于相貌都发生了改变:

本来清癯的脸型,已变得不怒自威,宛如虎豹;双目犹若山潭,平时神光内蕴,但偶尔注目看人时,目光锐利如鹰隼。

除了相貌不凡,在整个金殿中,除皇上外,他也是唯一能坐下来的人。

不用说,此人正是一人之下、万人之上的华夏国宰相司徒威。

“原来司徒威长这样啊……我还是第一次这么近看他呢。”看着闻名遐迩的帝国宰相,苏渐心中有些感慨。

感慨之时,苏渐似乎忘了司徒威刚才对他的侮辱言辞。而对司徒威来说,他这种从容无视的态度,反而比怒骂反驳更为伤人。

“陛下!”司徒威脸现怒容,霍然从绣墩上站起,来到御座正前,向上方的李翊拱手说道,“老臣恳请陛下,治老臣怠慢迁延之罪!”

“咦?”听得他突然请罪,无论李翊还是文武百官,全都莫名其妙。

“司徒爱卿,有什么话只管说来,为何毫无来由,便自行请罪?”李翊看着他,蔼声说道。

“陛下宽宏,老臣感激不尽。但老臣真个有罪!”司徒威一脸自责的表情,悲声说道,“本来臣已查出,这苏渐和匪首亚飒勾结,并很可能参与了行刺澹台大人之事。正是老臣一时心软，想着徐徐查案，待查证确实之后，再通传有司，禀告圣上。"

"如此拖延迟误，结果便让苏渐这等大罪在身之人，敲响了数十年来从无响动的登闻、鸣冤二鼓，还借着陛下宽宏仁爱之心，来到这大殿之上。"

平日说话慢条斯理的司徒威，这会儿说话却有些急切，甚至到最后都有些手舞足蹈，急急说道："陛下，此人能参与刺杀澹台大人，便说明他极度危险；虽然进殿已除兵器，但难保他不会施展法术，刺杀陛下和群臣。微臣恳请陛下赶紧下令，让金吾将军将他当场拿下！"

"哈哈！"还不等李翊有什么反应，刚才毕恭毕敬的苏渐，却是猛地昂起头，哈哈哈大笑起来。

见他大笑，御座之上的光武帝李翊，不禁皱了皱眉，不悦道："苏渐，你笑什么？"

"启禀陛下，"苏渐连忙拱手禀道，"我是笑宰相大人，身为一国之相，理应维护国法律条，没想到却目无王法，一个实证都没有，便敢妄言我犯下滔天大罪。"

说到这里，他提高声音道："圣人有言，'上行下效'，既然司徒大人他能以宰相之尊如此，那我苏渐区区一介'巡街小吏'，是不是更可以胡乱妄言？好，那我就要说了！"

听到这里，御座之上的光武帝，直觉有些不对劲。他下意识地伸了伸手，想阻止苏渐继续说，没想到听到苏渐说出的第一句话，他又悄悄地把手缩了回来。

只听苏渐大声说道："司徒大人说我是凶手，我还要说，司徒威你不仅是凶手，还叛族卖国呢！"

苏渐这一句话，就如同在这金殿上扔下一颗"翡翠惊天雷"，霎时间把所有官员震得七荤八素！

"妄人！妄人！"很多官员都在心里喊，"宰相说得没错，这个苏渐就是个疯子，就是条疯狗！"

怀着这样的想法，他们不约而同地看向了武官前列，在那里，正站着个紫袍武官。

看向这人时，众朝臣的目光中饱含着同情，心中想："轩辕鸿啊轩辕鸿，你狡猾一世，霸道一世，没想到临了也被个疯子下属给坑了。别的不说，一个御下不严之罪你是跑不掉了。"

他们这般想时，轩辕鸿身边那个身穿黄金战袍的老将军，就面含微笑，朝他低低说道："老轩辕，你今天特地叫本帅来参加朝会，说有好戏看。哎呀，没想到你变得这么舍己为人，原来找我来，就为了看你自己的笑话啊。"

"李老头，你闭嘴！"面对万众景仰的青龙军大元帅，轩辕鸿却是毫不客气地低声道，"叫你看戏就看戏，这才哪到哪儿？你等着，一会儿你定会感激我，让你没错过这场热闹。"

"好啊。"李潮风道，"就冲你这个好意，待会儿你这个好贤侄被拉出去杀头时，本帅定会出头求个情，别当场杀头了，判个千里流放就可以了。"

"哼。"面对他的挖苦，轩辕鸿冷哼一声，不再搭理他。

就在他俩窃窃私语时，有许多站在他们身后的文武官员，正用幸灾乐祸的表情看着他俩。

这些官员，基本都是宰相司徒威的人。

见他二人还若无其事地说悄悄话，这些人便幸灾乐祸地想："现在还有心情，待会儿别说笑了，连话都没心情说了吧。嗯，今日苏渐竟敢闹这一出，惹咱的宰相大人，待会儿我等不仅要齐声奏他一个当场格杀之罪，还要追究轩辕鸿的连坐罪行。"

心中转着凶狠的念头，宰相一党的官员挤眉弄眼，互相示意，准备过会儿一齐发声攻讦。

到这时，宰相一党的人，除了刚开始有点震惊，现在已经不把苏渐的狂言放在心上了。

他们想："叛族卖国？笑话，司徒大人什么风浪没见过？当年澹台兴那死鬼狠咬司徒大人时，简直如同饿狼猛虎，指控的罪行要比现在可怕十倍，还有不少实证，但最后呢？还不是自己丢了官坐了牢？"

"苏渐啊苏渐，你现在这个顶多叫'大言唬人'，想跟咱家大人斗？等下辈子吧!”

这么一想,还有什么可怕的呢?于是宰相一党的官员便怀着看笑话的轻松心思,静观事态的发展。

这时司徒威的想法,也和他的徒子徒孙们差不多,甚至都不稀罕开口辩驳。他看向苏渐的眼神,蔑视之余,饱含杀气。

身为华夏宰相的气势,着实非同小可。以前有不少人,都不用司徒威开口说话,就在他这样内涵丰富的盯视之中,自己败下阵来,甚至还尿了裤子。

但现在,苏渐浑然不惧。

说出那句惊天动地的话后,他便眼神宁静地和司徒威凶悍的目光静静对视。

见他俩如此,光武帝李翊皱了皱眉,开口道:“苏渐,你莫仗着自己曾有些功劳,便妄敲宫鼓,妄议大臣。”

“叛族?卖国?你可知道你在说什么?”

“嗯,念你年少,轻狂在所难免,朕宽宏大量,免你死罪,只罚你俸禄一年,禁闭三月。退下吧。”

李翊此言一出,顿时让许多看热闹的人大失所望。

“什么啊!”他们心想道,“居然没当场廷杖打死,陛下今天也变得太仁慈了吧。”

在他们觉得苏渐占了天大便宜之际,没想到苏渐却叫道:“陛下!臣闻‘苟利社稷,生死以之’,区区死罪活罪,何以言之!”

“既然小臣敢击鼓鸣冤,对质金殿,这条命早已置之度外。若臣的指控有半句虚言,这条性命圣上随时拿去便可。”

“哦?”李翊看着他的目光,渐转凝重。

停了片刻,他忽然笑了,对着座下群臣说道:“好,好,无论如何,对一个不顾生死的人,我们还是应该听他把话说完。”

“陛下!”司徒威无比憋屈地叫道,“臣斗胆进言,刚才是微臣先控苏渐之罪的啊。”

“噢!”李翊闻言,对他歉意地一笑,道,“司徒爱卿,见谅,那就你先说。”

“多谢陛下。”司徒威朝御座上拱了拱手，便霍然转身，指着苏渐的鼻子骂道：“苏贼！你个无君无父、缺乏管教的妄人，还敢恶人先告状？老夫先前传陛下圣旨，叫你去刺杀亚飒，没想到一转头你竟和他勾结，不仅刺杀之事虚与委蛇，甚至在老夫派去第二批刺客行动时，你竟伙同匪首魔头一齐杀死他们。”

“这些都有人亲眼可证！本来待你一露面之时，便要将你捉拿归案，只是老夫恰巧正在追查澹台大人遇刺之事，发现老大人遇刺，很可能是亚飒指使你和同伙所为，便一时容忍，不想打草惊蛇。”

“没想到，真是‘子系中山之狼’，你竟敢恶人先告状，敲响登闻、鸣冤鼓，来光华殿搅浑水。你明面上诽谤老夫，实则是为了自己脱身吧！”

司徒威这一番责难，如同雷霆火炮，声势极为吓人。

一国宰相之威，可非同小可，现在站在当场的一些文臣武将，都觉得司徒威好像是在冲自己发难，一时两股战战，惶恐不已。

“哈哈哈！”众人气沮神丧之时，司徒威矛头所指的苏渐，竟然鼓了鼓掌，还哈哈笑了起来。

“说得好，说得好。”苏渐面不改色地拍手叫道，“宰相大人啊，您可真是厉害，晚辈察知您的罪行，还花了好几年，没想到你立在殿上这一小会儿，就把我编派出滔天大罪，还一五一十、有鼻子有眼。要不是我确定自己没做过，光听你这么说，都差点信以为真了。只是，我有一事不明，还要请教大人。”

“说！”司徒威鼻孔朝天，不屑叫道，“随便你问什么，总教你心服口服！”

“是这样，”苏渐不卑不亢道，“小人苏渐，虽然地位卑微，乃是玄武卫小吏，但一腔忠君爱国的热忱，却是众人皆知。若不是如此，也不会奋死杀死凶猛龙兵，还得了‘红绶银龙银星徽’。市井坊间都说我是‘孤胆屠龙’，许是假语村言，但红绶银龙银星徽乃陛下亲手所赐，如何有假？”

“所以我想问大人一个问题：我苏渐为国出生入死，还多有封赏，那有什么理由，要和那流窜贼匪勾结？就算我和匪首亚飒曾经是同窗，那是不是所有在灵鹫学院求学之人，都要治他们个勾结匪首之罪？如果我没记错，这殿上至少有四分之一的朝廷大员，都出身于灵鹫学院。”

“哼！巧言令色！”司徒威重重地哼了一声，盯着苏渐叱道，“好一张利嘴！真是胡说八道！好，本相就来告诉你，你为什么要和亚飒勾结？自然是你自觉屡立大功，朝廷却没有真正厚赏，便心生怨恨。”

“而那魔匪之首亚飒，不仅是你旧同窗，还是你好兄弟、旧部下。老夫已听说，那亚飒甚至曾愿将‘伪王’之位相让，两相对比之下，你还不倒向匪军？”

“更何况，澹台兴老大人，一向主战，态度强硬，一旦他复出，对魔匪叛军极为不利。因此亚飒才指使你，利用你对京华极为熟悉，又擅长刺杀的优势——你刚才自己都说，连凶猛龙兵都杀得死，那区区一个不会法术武功的文官老人，你更是手到擒来。”

说到这里，司徒威猛地提高声音，大喝一声道：“苏渐！别再狡辩了。你也看到了，吾皇宽宏仁厚，你若识相，现在就自己坦承了罪名，这样，不仅陛下宽容，老夫也看在你坦荡认罪的份上，拼得相爷脸面，替你求情，若得侥幸，免个死罪，也未可知。”

听了他这一番话，大多数旁观者都觉得，司徒威说得还真对。审时度势，这时候对苏渐来说最佳的应对办法，便是借坡下驴，赶紧借着这个台阶，举手投降。

难不成，他还真觉得能斗得过宰相？司徒威可是屹立华夏政坛数十年不倒的老手啊。

这时候，许多人心中，并不怪苏渐，而是觉得那个玄武卫大统领轩辕鸿，极不厚道。

刚才这一番雷霆火炮，不少事情发生在电光石火间，大家还没反应过来，这会儿满朝文武，却都回过味来了。

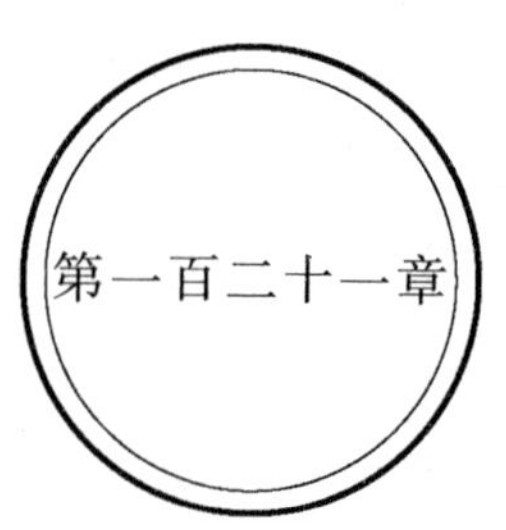

三日死期

什么苏渐击鼓鸣冤闯进金殿胡说八道，还真以为只是一个愣头小后生的狂言妄行？借他一百个胆子都不敢吧！

瞧这样子，定然是轩辕鸿早就对宰相心怀不满，终于按捺不住，便指使下属来攻讦。

这念头一起，众朝臣便越想越觉得对。尤其是司徒威和苏渐都交锋了两三回了，那轩辕鸿还袖手旁观，跟个瞌睡菩萨似的沉默不语。如果不是他指使的，这会儿早就该喝骂苏渐，让他赶紧滚出金殿去了吧。

"一定是这样了。"众人都想道，"最近司徒威利用澹台兴案，到处伸手，肯定让轩辕鸿不快了，这下终于忍不了了。"

有了这个看法，满朝文武本来还觉得苏渐既狂妄又可笑，但这会儿，都用可怜同情的目光看着他。有些向来就和轩辕鸿不对付的人，更是用不屑的眼神看向了他。

众人这样的目光变化，轩辕鸿立即便感觉到了。

于是表面继续保持沉默之余，轩辕鸿心里却暗自苦笑道："小苏啊，你闯上金殿这一番慷慨陈词，痛快倒是痛快，但这些家伙都以为本座不厚道，指使你送死啊。"

正这么想时，轩辕鸿抬头往御座上一看，却见皇帝陛下的目光也正朝自己看来。

和李翊目光一对，轩辕鸿心里便更加叫屈，因为他看到皇帝陛下看过来的眼神，包含的意味和他的臣子们是一样的。

“好吧。”暗自叫苦之际，轩辕鸿忽然心念一动，立即摆出一副高深莫测的模样。

渊渟岳峙之时，轩辕鸿心里暗道：“小苏贤侄啊，既然你都不顾生死挺身而出了，那老夫别的帮不上你，就帮你好好背这个黑锅吧。”

还别说，轩辕鸿暗中一背这黑锅，李翊看向苏渐的眼神，不由自主地就柔和了许多。

此时，苏渐在司徒威一番极其严重的指控之后，还在沉思应对之言。

看着他郑重的模样，御座上的光武帝，便催道：“苏渐，你有什么话说？”

“我？”苏渐仿佛如梦初醒，用一种恍恍惚惚的平淡语调说道，“禀陛下，司徒大人的话，卑职听到了。可这又如何？今日我冒死来到金殿，个人生死已置之度外。刚才司徒大人所说的罪行，就都安在我头上好了，要杀要剐请随便。只是他说完了我的罪行，我也要将他的叛族卖国的罪行好好说一说。”

平淡的话语，听在不相干的臣子耳里，波澜不惊，甚至还想睡，但司徒威一听，顿时不啻在耳边响起惊雷。

他立即便想阻止苏渐说话，因为双方地位悬殊，无论他说苏渐什么，跳起来最多就是千刀万剐了一个小官吏，又能如何？

但苏渐这人绝不简单，跟条毒蛇似的，被他咬上一口，他司徒威家大业大的，恐怕会承受不住。

这么想时，他连忙大声喝止，想着今日不管怎样，哪怕撒泼耍横，只要让苏渐在皇帝陛下和文武百官面前开不了口，就算成功。

没想到，无论司徒威接下来怎么狂呼乱喝，苏渐看似平淡的话语，还是从口中源源不断地说出，一字一句无比清晰地传到了金殿上每个人的耳中，根本不受影响。

刚开始，司徒威还想不明白是怎么回事，但很快他就意识到，哎呀，还别忘了，苏渐是一位稀有的星流术高手啊！这时候他要聚音成线，把话传到每个人的耳里，还不是手到擒来？

想通这一点，再听到苏渐源源不断输送来的指控，在这金殿上从来渊渟岳峙、控制一切的司徒威，第一次好像变成了热锅上的蚂蚁。

苏渐的话语，如万里苍云滚滚而来：

“臣确认，当年落魂渊寂灭林之惨案，乃司徒威指使萧龙雀造成的。此惨案对兽龙国最有利，双方有无勾结，宜速深查。”

“臣确认，当年红焰晶海一事，红焰晶海行营大总管阮天择，种种倒行逆施，乃受司徒威指使。他在红焰晶海绥靖火妖王，致使火妖族在行营将士眼皮子底下，掘成穿越横断山脉的地道，并且即将连通龙境。上古恶魔烈日炎魔王，受此影响也几乎破印而出，若不是我方将士联合红晶族义士，奋勇杀敌，后果不堪设想。”

“臣确认，某龙血者——事关机密，在此大殿上恕卑职不能透露姓名——他其实早已反叛，甚至其本身便为龙族人。其在龙境中杀死我方潜伏勇士无数，数年来其恶行不仅未被昭彰，反而变本加厉。此人能如此横行，即为受司徒威庇护。”

“臣确认……”“臣确认……”“臣确认……”

苏渐一连串说出十来条“臣确认”，一桩桩一件件，都是骇人听闻！

最后一条，他说道：“臣确认，此次臣受密令前往海外灵洲阻止龙族阴谋，亲见司徒威亲信甘文光、萧龙雀，与那叛变龙血者勾结，明修栈道，暗度陈仓，与龙族夺宝者互相配合，以至于我等阻止夺宝之事功败垂成。”

“宝物一失，固然后果难料。而甘萧二人作为华夏朝廷命官，于异域如此倒行逆施，则我华夏神州在蛮州妖族眼中，国体何存？”

“以上种种，皆臣与一干志士仁人，冒死查得。为何司徒威以一国之宰相，却行如此令人发指之事，其原因实非卑职可知。但如是种种滔天大罪，卑职以为已是‘罪不容诛’，就算千刀万剐、满门抄斩，也不足以平民愤、服人心。”

这时他再次朝御座上的人躬身叩拜，然后又转身朝四周团团一拜，口中诚恳说道：“臣苏渐，再拜君王、再拜诸位公卿。臣以卑微之身，言此滔天之事，则个人之安危，实已置之度外。还请皇帝陛下和各位老大人明察。”

说完这句话，苏渐抿着嘴，立于金殿之上、百官之前，再也不说话。

这时候，离刚才也不过过了一刻工夫，但一众腰金拖紫的华夏高官重臣，再次看着这位一身青衫劲装的少年时，眼神已和刚才大大不同。

苏渐话音落定之后，很长一段时间，没有任何人说话。

光华殿上，一时间陷入死一般的沉寂。

没过多久，这样令人窒息的静寂，就被一声刺耳的尖叫声给打破。

“苏渐！你、你你你、你满口喷粪！你污蔑大臣、污蔑国相，来人，来人——请陛下为老臣做主，斩了这满口谎言的妄人吧！”

毫无疑问，爆发出这样狂呼乱喝的，正是刚才被苏渐一条条指控的司徒宰相。

这时候司徒威哪还有什么沉稳气象？他一边跳脚大骂，一边用凶狠无比的眼神瞪着苏渐，那表情如同要将苏渐一口吞下！

奇怪的是，以往只要有人稍微刺了宰相一下，他朝堂上的那帮徒子徒孙，便会跳出来对发难者群起而攻之。

但很奇怪，今日一个小小的苏渐，说出这样惊天动地的指控，除了司徒威本人，没有一个人跳出来。

察知此情，轩辕鸿心情略安，李潮风表情古怪，苏渐更是心中松了一口气，暗想道：“侥幸，果然邪不胜正。”

这时候，那御座上的光武帝李翊，且不说对苏渐刚才所言有何想法，现在见司徒威在金殿上跳脚撒泼，心中便有些不快。

不过虽然心里对司徒威不满，他却看向苏渐，语气严厉地说道：“苏渐！你可知控告朝廷大员，若无三公九卿之爵，无论对错，先打控告者一顿板子吗？”

“臣知道，”苏渐躬身说道，“但臣也说过，早已将生死置之度外了。敢问陛下，不知今日我需承受多少大板？”

“却不急打你。”见他一副踊跃挨打的模样，李翊有些无语，话锋一转道，“苏渐，你刚才一顿诘难，倒似疯犬狂吠，朕心中着实不愉。你也是玄武卫之人，定知口说无凭，凡事要讲证据。那今日，你有没有给朕带来证据？”

"臣都有证据。"在文武百官的屏息凝神中，苏渐恭敬说道，"无证据的事，今日殿上卑职全没说。否则，依卑职详察澹台老大人受难时，刺客之状实类萧龙雀，我本该说出来，但此事暂无凭据，微臣便没说。"

"什么?!"本来刚才他那一堆指控，就已经骇人听闻，这会儿随便说的一句话，更如晴天一声霹雳，再次震得满朝文武头晕目眩。

晕头转向间，众人只听得李翊冷静地问道："那，你的证据呢?"

一听此言，众人的好奇心顿时达到了顶点。无论多么位高权重的文臣武将，这时全都把热切的目光，投向了苏渐。

众目睽睽中，苏渐深吸了一口气，停了一下道："证据嘛，其实今日并没有。"

"什么?!"金殿之上顿时一片哗然。

"苏渐!"李翊大怒道，"莫非你今日上殿，只为辱骂宰相、戏弄君王?"

"微臣不敢。"苏渐躬身道，"臣请吾皇以三日为限。如果前两日卑职还没给出证据，那第三日时，陛下可请众臣工齐聚金殿之上。时辰一过，我若还未拿出证据，则人头落地，不敢惜命。"

"皇上!"司徒威猛然叫了一声，涕泪横流道，"他分明是戏弄陛下和众同僚，切不可由他胡闹。此例不可开，依老臣之见，应当场格杀!"

这么一说，他那些徒子徒孙也终于醒悟过来，纷纷出列，跟在他后面叫道："司徒大人所言极是，臣附议，请将此妄人当场格杀!"

喊打喊杀的言辞，霎时间如浪潮般席卷大殿，但苏渐依旧傲立如松，充耳不闻。

一边倒的攻击言辞中，苏渐的顶头上司轩辕鸿还没动，而御史台诸公中，却有一人挺身而出。

只听他大声叫道："一派胡言！什么当场格杀？陛下还没说话，你们就众口一词，本御史要奏你们一个结党营私!"

不用说，这个一开口就要定人罪的，自然是最近风头颇劲的御史言官百里英。

宰相一党之人，都没想到这时候还有人敢出来替苏渐出头，顿时群情汹汹，分出一批人来，和百里英对骂上了。

骂人这件事，很容易失控，很容易扩大化。宰相党羽骂百里英，难免连御史这官职一起骂。这一下，百里英那些御史台的同僚可不干了。

他们本来对这件事没太多想法，现在一见这些宰相一派的人，连他们都捎上一起骂了，甚至言语间还玷污监察御史这样无比崇高的职业，便顿时怒从心头起，也纷纷出列和宰相党羽对骂上了。

本来御史这一方，相比宰相党羽，人数少太多，但架不住御史言官的职业技能，便是在朝堂上和文武百官较劲，因此这时和宰相党羽对骂时，他们个个声音响亮，吐字清晰，各种欲加之罪张口就来，宛如长江之水滔滔不绝，竟然和数倍于己之敌打了个平手。

本来光武帝李翊还想观望一阵，看看苏渐怎么应对，没想到百里英一出战，便让整个口头战斗力极强的御史台卷入战团，结果弄得金殿上群情汹涌，剑拔弩张，几乎都听不到大家在说什么。

见此情景，他有些无奈，摇了摇头，便举起双手，往下虚按一下，示意众人噤声。

旁边侍立的小黄门，见状会意，立即一摇手中雪毫拂尘，尖声叫道：“众臣工，噤——声——”

刹那间，刚刚还纷乱如菜市场的光华殿，鸦雀无声。

当光华殿重归平静，光武帝李翊便看向司徒威，蔼声说道：“司徒爱卿，朕知道——”

说到这里，他停了一下，保持着和蔼可亲的面色。

见他如此，众朝臣都以为，他要同以往一样，按司徒威的提议处理。没想到，接下来圣上的一句话，让所有人都吓了一跳：

“是这样，既然有不要命的浑人，说了这么多司徒爱卿的坏话，若是当场格杀，传了出去，天下人还以为司徒爱卿理屈呢。既然这样，为了司徒爱卿的名誉清白，朕就大度点，留他多活三天，如何？”

“苏渐——”还不等司徒威有什么表示，李翊已转向了苏渐，语气一变，厉声喝道，“刚才朕的话，你听清了吗？朕就等你三天。”

“只是三日之后，你若还没拿出真凭实据，你人头落地自不必说，朕还会亲自盘查，追根究底，把你的所有同党一网打尽！”

“啥?”听得光武帝此言,众朝臣面面相觑。

这时只有苏渐,反应极快,连礼都来不及敬,直接响亮答道:“臣遵旨!”

光华殿一场剑拔弩张的纷争,到此暂时平息。

没有人能想到,几乎将天捅破的苏渐,居然全须全尾地走出了光华殿,走出了午门,夆过了宽阔的朱雀广场,最后动作平静地解开缰绳,飞身上马,回家去也。

本来,所有人都以为,苏渐侥幸得了一线生机之后,肯定要风风火火各种大动作,但没想到,他回到自己小院后,接下来的状态,和先前完全一样。

见他这样,不少官员都在自己知交好友面前大叫,说苏渐这小子真的疯了。

不过,苏渐如此作为,作为直接当事人,司徒威心里却开始打鼓了。

一下朝,他立即召萧龙雀到自己府中议事。

“那苏渐,便是条疯狗!”书房中,司徒宰相当着心腹义子的面,直截了当地骂道。

停了停,他又一挥手,一脸从容道:“不过没关系,我司徒威什么大风大浪没见过?还会在这黄口小儿处翻船?龙雀,你放心,等此事平息后,我总教他死无葬身之地!”

“义父大人所言极是。”萧龙雀恭敬道,“只是,既是疯狗,若被咬伤,一口入骨,也是晦气,不可不防。”

“对对!”司徒威立即接话道,“行大事者愈小心,苏贼金殿之上言之凿凿,说三日之后必见分晓,确实不可不防。龙雀,你怎么看?”

“我?”萧龙雀一愣,心道,“义父他从来智珠在握,怎么今日却先向我问计?”

心里疑惑,但他丝毫没表现出来。

想了想,他便道:“义父大人,孩儿不比苏渐那奸猾之徒,只是一介武夫,不懂那许多弯弯绕的心肠。既蒙义父大人相问,孩儿虽然想不出苏贼想干吗,但快刀斩乱麻,斩草除根,总是没错的。”

“斩草除根？”司徒威眼睛一亮，立时振奋道，“龙雀！你真是吾家虎子，还说自己只是一介武夫？这话真个说到了点子上。”

“不过……斩草除根，你说的是苏贼吧？”司徒威看着萧龙雀问道。

“正是。”萧龙雀眼泛凶光地说道，“一不做二不休，杀！”

“不妥。”司徒威摇了摇头。

“为何？请义父大人示下。”萧龙雀疑惑问道。

“苏渐这小贼，老夫也恨不得他立刻去死。只是，要他死，已不难。”司徒威老谋深算道，“龙雀，他不是在金殿之上、君臣面前，立下军令状了吗？若我等做得好，熬得这三天。我们无事，他自然人头落地，还会株连轩辕老贼。”

“若是他现在就死了，老夫反倒说不清道不明了。所以这三天，不仅不能杀他，还得护着他，提防有人杀了他陷害老夫。”

“那……”萧龙雀更加疑惑了，“既如此，那孩儿便不知，方才为何您赞孩儿此言是说到了点子上。”

“是说到了点子上，”司徒威笑道，“只是，具体做时，还需略改一下。龙雀，与其说‘斩草除根’，不如说‘断枝弱干’。”

“断枝弱干？”萧龙雀一脸莫名。

“正是如此！”司徒威面泛红光地说道，“不就是三天时间吗？刚才有人来报，苏渐竟然依旧待在小院中‘自成一统’，悠然无事，龙雀你知道这意味着什么吗？”

“这……”萧龙雀稍一思忖，便道，“一定是外面有他的帮手。”

“对了！”司徒威大手一挥道，“先前老夫就在想，这些天苏渐这厮什么都不做，即使出门不是打猎就是访友，看不出有任何勾当。今日金殿上他这一番厮闹，倒是让老夫茅塞顿开了。”

“你猜得对，这厮在外面一定有得力帮手，正在暗中替他行事。他那些作为，不过是障眼法而已。所以，龙雀，你现在知道什么是‘断枝弱干’之策了？”

“义父明鉴，龙雀明白了。”萧龙雀垂手说道。

“明白就好。”司徒威转头看向窗外，面对着沉沉的夜色，目露凶光道，

“苏渐，你这次在金殿上大大落我面子，我不仅要叫你人头落地，你那些挚友亲朋，也一个个跑不掉！”

这时的司徒威，沉浸在一种古怪的兴奋之情中，萧龙雀从旁观看，心中却有些别样的感觉。

他发现，上回义父来找自己议事，安排怎么对付苏渐时，整个过程中，最多有些感慨，感慨世人不明他的良苦用心；但这一回，虽然表面并无流露，但司徒威各种举止言辞，竟显得有点慌张。

往日那个沉稳大气的一国之相不见了，今天站在萧龙雀面前的，更像一个面对危险张牙舞爪的普通人。

萧龙雀虽自谦为武夫，实则心思细腻，绝不是一般莽人。

现在他不仅看出了司徒威的异常，甚至还十分细心地留意到，目露凶光的义父宰相，仔细看其眼角，竟渗出点点的晶莹。

“义父流泪而不自知！”

这一个发现，不亚于一个九霄惊雷，猛然震动了神戟将的心神。

“此为不祥。”萧龙雀在心中默默地下了结论。

“好了，龙雀，”这时司徒威情绪平静了一些，便转过头来对萧龙雀道，“你放心，这等事情老夫见得多了，对付起来不在话下。现在时候也不早了，你去看看莲儿吧，她这几天可经常念叨你呢。”

“好，龙雀这就去找她。”萧龙雀闻言会意，躬身一礼后，便出门去找司徒威的爱女司徒莲了。

等他见到司徒莲，两人相互间依然恭敬有礼。

只是，当二人同登引凤阁时，萧龙雀却一反常态，不似以前那般沉默。

凄迷的夜色里，凭栏观景，萧龙雀看着远近星星点点的灯火，沉默了一会儿，便转脸对司徒莲道：“莲妹，若有闲暇，还请多尽一尽孝道，你爹爹他不容易。”

“啊？”见他一反常态，竟然主动说话，司徒莲先是一讶，然后便有些紧张起来。

“怎么啦？”她问道，“是不是我爹爹他有大麻烦了？”

“大麻烦吗……”萧龙雀沉吟半晌，想否认，但最终还是说道，“不算大，但确实有些麻烦。唉，环顾国中，光武帝是为真龙，你爹爹有如猛虎；本来龙虎相谐，但朝中始终群狼环伺。”

“李潮风、皇甫怒涛、东方青玄、轩辕鸿，这四灵军团之首就不用说，各自拥兵自重，即使你爹爹是百官之首，他们也从来面服心不服。”

“你爹爹对他们也曾百般拉拢，但始终未能成功。这其中尤其要数玄武卫大统领轩辕鸿，和你爹爹一直不对付，有时连表面文章都懒得做。”

“这些人也就罢了，位高权重，拥兵自重，自有其分庭抗礼的本钱。但现在，在这些群狼之外，竟还有像苏渐这样的恶狗，突然在朝堂上血口喷人，所说之事，简直欲置你爹爹于死地！”

“啊？！”听到这里，司徒莲大为吃惊。

要知道以前这些政事，无论司徒威还是萧龙雀，一丁半点都不会讲给她听；现在她忽然听到义兄跟自己说起这些血淋淋的朝堂争斗，便受到极大的冲击。

当然，她最吃惊的，还是萧龙雀最后提到的那个名字。

“苏渐？！”她惊叫起来，“萧兄，你没说错吧？是苏渐？玄武卫那个苏渐？”

“就是他！”萧龙雀咬牙切齿道。

“啊！”这一下，司徒莲真是大吃一惊。

“萧兄，怎么会？！”她叫道，“苏渐不是万民景仰的孤胆屠龙大英雄吗？他出生入死、智斗奸臣、勇救红颜、扬威异域、笑傲龙魔，好多事迹呢！”

“不怕萧兄笑话，我们京城贵家闺阁之中，那些小姐妹们还经常调笑说，若不虑及苏渐的门阀出身，她们最想嫁的人，除了……除了你、轩辕承天，就是这苏渐了。他、他怎么会这么坏，想陷害爹爹呢？爹爹他辅佐君王，忧国忧民，可是一等一的大忠臣啊！”

“哼！苏渐就是这么坏！”萧龙雀怒气冲冲道，“什么大英雄？什么孤胆屠龙？他就是个真小人！你们姑娘家，就是容易轻信。哈！还智斗奸臣、笑傲龙魔呢，他也不怕风大闪了舌头！”

“这些一看就是花钱收买无知小民，替他在坊间编故事传播，往自己脸上贴金来哄骗无知妇孺而已。”

“就算有些事是真的，也只会显得他大奸大恶。”

“就算最广为传扬的那些所谓好事，仔细推敲起来，不是搅浑水，就是坏人事，纵然有点小功绩，那也是时运使然，是他走了狗屎运。还英雄呢，狗屁！小人！小人！”

萧龙雀这一连番怒骂，可谓痛快淋漓，也确实一抒萧龙雀郁积在胸的怒气。

毕竟，他已经听说，那苏渐小贼，今日在朝堂上，竟公然指称他是杀澹台兴的凶手。

当然了，也就只是一点怒气罢了。

他觉得自己对这件事，毫不在意。毕竟在灵洲之时，他和苏渐两人之间就已经揭开了盖子，如果苏渐不这么闹，他还觉得奇怪呢。

但这又能把他怎么样？他对自己做的事从来都十分有信心，哪一件不是手尾干净？想抓他的把柄，下辈子吧！

所以萧龙雀认为，自己这连珠火炮般一通怒骂，只是面对司徒莲这样毫无干系的亲近之人，一泻心中的怒气而已。

这么做之后，他也确实觉得自己的心情好多了。这时候恰巧又有一阵风吹来，吹得他浑身清爽干凉，简直酣畅淋漓，沁人心脾。

只是虽然他觉得这只是正常的倾诉发泄，但在旁观者的眼里，未必如此。

此刻的司徒莲，心情是五味杂陈。

作为宰相千金，又和萧龙雀时常接触，她还从来没见过这位京华第二杰，像今晚这般失态。

在她心目中，她的萧大哥，从来都是优雅、自信、冷静、深邃，永远焕发着一种神秘的迷人光彩。

但今晚，他却对着夜空，极其失态地破口大骂，说了不少从来没听他说过的粗话。

女人的心思，宛如眼前的夜空，幽沉如水，蕴含着许多奥秘。

比如，让萧龙雀没想到的是，正因为他自己亲口说苏渐是“狗屁的英雄”，所以司徒莲反而没有对苏渐那些事迹，产生真正的怀疑。

不是吗？能让著名的美男子、神戟将、京华第二杰，如此失态，还能是一般人吗？

如果萧龙雀知道司徒莲现在的真实想法，他不仅会震惊于女孩儿家奇特的思维方式，估计还会吐血。

萧龙雀更没能想到的是，半晌之前，他看着自己的义父举止失常，暗觉不祥，现在司徒莲看他失态的模样，竟是同样忧心，在心中同样以为不祥……

当两人从引凤阁上下来，萧龙雀便告别了司徒莲。出了宰相府的大门，他便走到了宽敞的朱雀大街上。

夜晚的凉风，顺着长街吹来，带着料峭的春寒。

深夜之风的寒凉，让萧龙雀恢复了清醒。他默默走了数步之后，忽然心中一动，便停下脚步，回望了一眼刚离开的地方。

华夏宰相府，高大轩敞，楼屋连绵，在夜色中犹如一只默默蹲踞的巨兽，即使在深夜里，也流露出一种巍巍在上的强大压迫感。

看着这样巍然连绵的楼台，萧龙雀以前都是无比的欣慰和景仰，但在此刻，却不可自抑地升起一个念头：

曾几何时，自己觉得那苏渐，只不过是只小臭虫，别说跟义父大人比，就算跟自己相比较，也完全不在一个层级。如果不是因为幽小眉，他甚至连注意到这人的兴趣都没有。

但现在，不仅是他，连位高权重的义父宰相，都不得不慎重应对苏渐。

这种转变的过程，就像，本来悠然卧于床榻，躺着就能赢。

后来，要坐起来了。

再后来……要下地了。

监察御史百里英，作为御史言官，最近着实出了一把风头。

当然这风头，是好是坏很难说。无论是他出面弹劾司徒威，还是昨日在金殿上发声支持苏渐，许多和他相善的同僚看在眼里，都觉得后脊骨直发凉。

他们也在暗地里劝过百里英不止一回，但不知道百里英着了什么魔，就是不听劝。

见他如此执迷不悟，有多年同窗好友，最后甚至负气道："百里兄！你再这样一意孤行，小心也跟澹台大人一样，人头落地！"

这样的气话自然很吓人，百里英也并非无动于衷，但他表面还是依然故我，一副"举世皆浊我独清"的样子。

见他这样，真心相劝的老友，只得叹息一声，摇头而去。

他们不知道的是，看着他们离去的背影，百里英却在心里不住苦笑："唉，说我着魔？说我不要命？笑话！我百里英岂是不听劝的死硬妄人？但老友啊老友，你们不知道的是，如果我不这么做，那个姓苏的家伙，现在就要我人头落地啊！"

"不过，也罢，昨日苏老弟在金殿上，舌战宰相，一腔忠心日月可鉴。就冲他敢做到这样的分上，我百里英，就继续陪他走一程吧！"

这么想时，正是苏渐金殿立誓的第二日散朝。

又被好友同僚劝诫一番的百里英，带着这样的想法，在朱雀广场边坐上二人抬的轿子，沿着京华城的街道，往自己的住处而行。

百里英被轿子摇摇晃晃地抬着，穿街过巷，走了一会儿，他心里忽然一愣，想道："哎呀！我刚还说陪苏老弟继续走一程，这一程大抵就是黄泉路吧？唉，真是晦气、晦气！"

这么想时，他下意识地抬眼往周边道路看去，没想到这一看，他忽然一愣。

迟疑了片刻，他朝前面那个轿夫叫道："张大，怎么今日走这条路？"

原来他偶尔一抬头，却发现周边环境陌生，道路狭窄，还是小巷，根本不是平日所行之路。

世上事就是这样，没有亲身经历过，哪怕事先从旁人处听说，从书上看来，好似很懂，但根本不算真懂。

百里英现在就是这样。

作为敢捋虎须的监察御史，他不是没有想过会遭人伏击暗害，但真正临到自己头上时，却一时反应迟缓，还没意识到是怎么回事。

就在他问出这句话时，多年的亲信家人张大，却把二人抬的轿子往地下一扔，转过身来弯腰一拱手，道："大人，您待小人不薄，可是小人也要养家糊口，还要保妻子儿女性命，便对不住了。”

他说这话时，百里英正从摔落的软轿里滚出来，摔了个七荤八素，一时没怎么听清他说什么。

等他反应过来时，无论前面的张大还是后边的刘二，都已经转身飞快跑掉，瞬间没了人影。

“坏了！”百里英终于反应过来。

他慌忙爬起来，想跑，却见胡同深处的阴影里猛地冲出一个黑纱蒙面之人，手里正提了一把雪亮的钢刀。

让百里英觉得恐惧的是，现在还是光天化日，倏然出现之人，却好像从黑夜中突然出现的魔鬼，自然而然带一股黑暗气势，如一团阴影，朝自己逼来。

更让他觉得恐惧的是，这人走得并不快，好似闲庭信步，却如同鬼魅一般，很快就将自己和他的距离拉近了一半。

这时候，百里英如同能看到此人面纱后狰狞的脸色和轻蔑的嘲笑。

别说来人身法诡异，肯定武力高强。即使不高强又怎么样？他百里英只是一介书生文官啊。

刹那间，百里英忽然有些后悔，觉得苏渐还算个正人君子，虽然当时舞刀弄剑地威胁自己，但若自己死活不答应，他还真未必会杀自己。但宰相司徒威……可真会啊！

生出这个念头时，他突然意识到自己的蠢笨，那司徒威敢在万众瞩目之下杀死澹台兴，其凶残放肆程度，世间没有第二人可比；他百里英聪明一世，怎么被苏渐轻轻一吓，就和司徒威做了对头呢？现在好了，报应到了吧？

自怨自艾间，百里英转身想跑，还没跑几步，就已经感觉到脑后一阵风声。

“完了。”百里英心里想，“下辈子，别当官了。”

临终之念，刚刚升起，却忽然觉得身后一阵大乱。

“怎么回事？不是凶徒只有一个人吗？”百里英心里奇怪，本能地转身一看，却听“嗖嗖”两声，从旁边屋脊围墙上，又蹿下两人。

百里英果然只是一个文官,虽然这会儿出奇勇敢地、简直自暴自弃地放弃了逃生的宝贵机会,专心致志地观看,却还是没来得及看清战斗过程,就发现眼前的打斗已经结束了。

原来那蒙脸的刺客武艺的确高强,百里英确实没有误判。刚才刺客举刀要砍百里英时,突然从两边高墙上蹿下两人向他突袭,这刺客也在第一时间就反应了过来。

当时他把钢刀望空一抛,竟化作一条鳞爪锋锐的乌黑恶龙,在空中急速飞旋狂舞,要在瞬间撕裂割断两人的脖颈和胸膛。

不仅如此,这刺客还迅速从怀里掏出两张晶符,一左一右朝两个不速之客扔去。

刹那间,晶符应声激化,锋利冰凌横空狂舞,明耀烈火吞吐飞腾,一左一右朝二人飞扑。

这一团乱糟,百里英根本看不清细节,但只观大体,也知道两位拔刀相助的义士情况不妙。

但没想到,在如此神乎其技的攻击下,眨眼的工夫,也不知道发生了什么,百里英就目睹狂舞的钢刀之龙碎成无数碎片,叮叮当当落了一地。

冰凌瞬间化成清水,反过来朝飞扑的烈火笼罩如雨,瞬间就将汹汹的火焰浇熄,还顺便把街坊百姓晒在围墙边的衣服被子,淋了个透湿。

而刚才举重若轻的刺客,则被那个满脸络腮胡子的青年义士,挥出一根金光灿烂的棒子,“砰”的一声打翻在地!

第一百二十二章

死到临头

见刺客落败，百里英自然欣喜万分，他正想朝前跟两位义士言谢，没想到另一个义士继续上前，“嘭”的重重一拳，打碎了刺客的满嘴牙齿，紧接着又拿一柄小铜锤，三下五除二，暴风骤雨般砸断了刺客的四肢！

本来，百里英还满脸喜色地上前道谢，一看到这样的情景，霎时脸色大变，道谢的话儿还来不及说出口，便一转头，“哇”的一声吐了出来。

“百里大人受惊了。”在他呕吐声中，络腮胡子的青年亲切慰问道。

见他宽慰，百里英又连呕了几口，这才转过头来，冲着两人连连拜谢。

“敢问两位义士，究竟是哪方英雄？”百里英诚挚地问道。

“不是哪方英雄。”络腮胡青年道，“其实我等也是同僚。”

“同僚？”百里英一愣。

“正是。”络腮胡青年笑道，“在下是玄武银徽卫端木楚，他是玄武金徽卫霍修诚。”

“哎呀！”百里英闻听，大吃一惊，忙再次躬身行了个大礼，叫道，“下官有眼无珠，不知是玄武卫两位大人。两位大人之名，下官如雷贯耳，没想到今日见面之时，竟是蒙二位拯救于水火之中。”

别看百里英在朝堂之上，纵横捭阖，指点江山，但没人处，他还是十分懂道理的。

监察御史一向出风头不错，但他很清楚，若论真正实权，别说玄武金徽卫、银徽卫了，就连苏渐那个铜徽卫，可能都在他之上。

更何况，在京城官场厮混，他还不眼观六路耳听八方？真人没什么机会见到，但皇上小舅子“端木楚”的大名，他可是如雷贯耳的，哪还会不把臭脾气收一收？

见他客气非常，端木楚也心生好感，挥挥手笑道：“百里大人客气了。其实都是自己人，不用如此多礼。”

“自己人？”百里英又是一愣，但很快就反应过来。

他的脑海里，顿时浮现出那个时而凶神恶煞，时而嬉笑怒骂的少年来。

“原来是他……”百里英的心里，一时五味杂陈。

“百里大人，”这时金徽卫霍修诚道，“你这三天，最好深居简出。明日朝会，可告病假。不过后日朝会，乃是‘三日之期’的最后一天，还望大人风雨无阻，必定参加。”

相比端木楚，霍修诚说话的语气，便有些冷冰冰的，不太客气。

但百里英丝毫不以为意，因为以金徽卫之尊，现在跟他这样正常说话，已经是非常给面子了。于是他忙不迭地点头保证道：“霍大人请放心，下官一定照办！”

恭顺答应时，百里英的心情，终于有些安定下来。

他忽然意识到，苏渐策动的整件事，还真可能不是他一人所为。看眼前这架势，只为了保护他一个小小御史，就一下子出动了一位金徽卫、一位银徽卫，这待遇绝对不是苏渐一个铜徽卫所能策动的。

心中安定，思维也变得灵活起来。百里英眼角余光瞥见倒在地上挣扎的刺客，便壮了壮胆道：“刚才两位大人英明神武，举手抬足就将他打翻在地，那为何还要打落牙齿、打断四肢呢？这血肉模糊，怪吓人的。”

听他相问，那霍修诚往旁边望望，似是不屑回答。端木楚却亲切地解释道：“百里大人，这位凶人不会无缘无故行刺大人，我等定要抓他个活口回去讯问。而这等凶人，最是蛮悍，打碎他满口尖牙，震断他四肢经脉，正是防他自杀啊。”

“这……我懂了。”百里英额头冒汗，口中称是，心里却在想：“唉，他们玄武卫行事，还真是果断狠辣。这么一看，前些天苏渐对我的威胁，简直太温柔啦。”

这一天，注定不平静。

入夜之后，京华城的刑部大牢中，灯火昏暗。

将近三更，夜色深暗，此时大牢中除了狱卒巡逻的脚步声，还有罪囚睡梦中偶尔意义不明的惨叫，整座大狱中一片寂静。

刑部大牢，可以说是整个华夏国中防守最严密的牢狱。

这一晚，将近三更天时，却流露出一些不寻常的迹象。

这一晚过道中用来照明的油灯，不知道是这一批灯油品质低劣，还是过堂风太大，总之将近三更时，大牢通道墙壁上点燃的数十盏灯火，灭了将近一半，而且还没人管。

灯火昏黑暗淡，但平时容易犯困偷懒的深夜当值狱卒，今夜却格外的勤快。

他们按着腰刀，定时从大牢通道中走过，查看各个牢房里犯人有没有异动。

除了灯火昏黑、狱卒勤快这两点异常，本应统领全局的刑部大牢巡狱使，也在入夜刚来时，才来得及点了个卯，便听说家里出了事。

当时有人来报，说他家所在的街坊有人家着了火，因为风大没控制住火势，很快就要蔓延到他家了。

家有“回禄之灾”，这还了得？巡狱使只好告了个假，急匆匆回家救火去。

这些异常，其实认真说起来，也不算什么特别之处，只有出事后再回想起来，才觉得事有蹊跷。但事情发生前，根本没人在意这些事。

很快，喻示三更天的梆了声，“咄、咄、咄”地从京华长街上传来。

这时候，巡逻的狱卒小队，正走到靠里面的一间牢房旁。

三更梆响，就似一个信号，这四五个狱卒，互相递了个眼色，顿时各自抽出腰刀。

特别是为首那人，那腰刀纵使光影昏暗，也烁烁放着光芒，显然不是配置式腰刀，而是一把罕见的锋利宝刀。

为首之人抽出这宝刀后，盯着眼前这间牢房的铁链门锁，屏气凝神，忽地低吼一声，倏然出刀——

没听到任何响亮动静，在“噗”的一声闷响声中，指头粗的铁锁链便如同豆腐一样，被切成两段，向下坠落。

几乎同时，另一位“狱卒”飞身上前，手一捞，便将那断裂下落的铁锁链，接在了自己手里，没发出一丝响声。

粗木绑成的牢门栅栏，被缓缓地打开。除了一个人仍留在门口，其他几人悄无声息地走进了牢房。

他们进来后，都眯起眼睛，朝这牢房里环顾一周。

很显然，虽然这是间犯官囚牢，但条件并不太好，没什么竹榻木床，只有一大堆干草堆在墙角，看样子想让囚犯把它当床，睡在上面。

这间牢房里关的囚犯，显然没领这份情，只是倚墙而睡。

看起来，倚墙而睡，不太利于睡眠，以至于只是他们这几人的轻微脚步声，也立即把这位睡梦中的囚犯给惊醒了。

对这位囚犯来说，暗夜之中，本来没其他人的牢房中，忽然走进来几个提刀之人，这一番惊吓可非同小可。

他这惊吓，不仅仅是乍见有人潜入，还因为他以为是自己的兄弟找人来劫狱了。

“这可太糊涂了！”他心想，“这是哪里？刑部大牢啊！若是不明不白地被救出去，即使将来侥幸不被抓回，但这一辈子也就是个越狱逃犯，始终没办法光明正大做人啊。”

心里正这么想着，他忽然觉得有些不对起来。

毕竟他也是星流武士，一身功法不容小觑，即便因为动过大刑，身受重伤，但察觉危机的敏锐劲儿还在。

他先是发现，这三四人走路的样子，便不友好，一般人看不出来，但他一眼便看出，这几人走路的轻重和姿势，倒似不是在提防外面的人，而是在提防他这个罪囚。

当这几人再走近些，他一身功法养成的锐利视线便起了作用。

虽然过道里光线昏暗，他这牢房里更是黑暗无光，但随着这几人走近，他还是看出这几位的眼神表情，全都透着杀气。

“不好！”他心里惊呼一声，想道，“定是大哥惹了奸相，奸相想拿我开刀，挫动大哥的锐气。”

不用说，这位被不速之客盯上的囚犯，正是唐求。

不过还不等唐求有什么反应，为首提着宝刀那人，便开口阴恻恻道：“唐求，唐大人！你运气不好，惹得有人不开心，他就叫哥几个来，拿你的项上人头回去，放在他眼前给他消消气。”

“啊？”唐求一惊，强作欢颜答道，“呵，这人爱好还真奇怪啊，看着头都能开心——那请问几个大哥，猪头行吗？我觉得应该可以吧，大伙儿酬神拜佛都用猪头呢，显然比人头好。那就麻烦几位大哥，去帮小弟买只猪头送给那人吧，所有花费等将来小弟出狱后，十倍奉还。”

“哈？”为首刺客一愣，笑骂道，“真是死到临头，还不忘胡说八道！”

“大哥，”这时他旁边一个同伙笑道，“您没觉得，临死不忘说笑，说明这胖子心态好吗？既然这样，死胖子——”

他看着唐求，皮笑肉不笑道：“既然你心态这么好，等一会儿咱兄弟割你项上人头时，你也心态好点，少给我大吵大叫。”

“记住，只要你答应安静点，就用咱大哥的宝刀割。不是兄弟吹，这宝刀削铁如泥，更不用说你那把软骨头了。”

“不过要是你杀猪般瞎叫唤的话，那说不得，只好用兄弟我这把钝刀割了——不过你也不用担心，半个时辰怎么也就割断了。”

“哈哈，我兄弟这话怎么样？”为首刺客乐道，“唐胖子，我劝你好好想想，今日我哥儿几个能顺顺当当地走进你这牢房，你就该知道，就算你喊破喉咙，也不可能有任何活命机会的。”

“我知道，我知道。”唐求额角冒汗地答道。

“此贼所言不虚，”他心里想道，“如果不是买通了所有关节，别的不说，他和他那位兄弟，也不会有心情在这里跟自己扯七扯八。”

想通这一点，唐求万念俱灰。

这几年他也在刀头舔血，不是畏战的人，但转眼朝四下看看，这牢房一点大的地方，现在被四个高手围住，怎么反抗都难以逃出生天。

不过即使绝望，唐求也没打算彻底放弃。

他觉得自己即使要死,也要等后天苏渐在金殿上见个分晓后,才能死。

在这种强烈的求生欲望支配下,他开始慢慢挪动脚步,往旁边那堆干草靠近。

他想着,等挪到了干草堆边,猛地一扬干草,弄得秸秆草屑漫天飞舞,也许能迷住几个刺客的眼,到那时自己就趁乱奋死往外冲,应该不会一点机会都没有。

想得很好,做得也很好。他轻轻挪动时,竟没让脚链发出半点声音。

只可惜,他面对的,是几位经验极为老到的杀手。唐求脚下才挪了两三步,离干草堆还有四五步距离,却已经被发现了。

"小子,敢耍花样?!"首领瞬间大怒,挥起宝刀便朝唐求劈去。

一见意图败露,唐求也拼了!

他极力往干草堆那边一蹿,堪堪避开了宝刀的锋芒。现在那干草堆是他唯一的希望,他即使拼了命也要试一试。

唐求的身手,着实不凡。他不仅躲过了刺客首领的刀锋,还在电光石火间,蹿近了干草堆。

他心中一阵大喜,立即弯腰伸手,捞起一把干草就往身后扬去。

"哈哈!"看到他这举动,刺客首领狂笑一声,手腕一扬,手中那把宝刀脱手飞出,一道寒光朝唐求倏然扑去。

牢房狭小。

刺客离唐求很近。

刺客还是用刀老手。

唐求还胖,目标颇大。

以上种种,都意味着刺客首领这奋力一掷,不可能失手。

没想到,昏暗的光线里,没听到预期的金铁入肉之音,反而听得"当"的一声,那把宝刀已经打横飞出,撞在对面墙壁上,然后无力地落下。

"怎么回事?!"见此情形,刺客们大吃一惊!

还没等他们反应过来,那干草堆里,已倏然伸出一柄乌黑锃亮的长柄精铁刀来,如同一条出水的蛟龙,呼啸着朝刺客横扫而去!

"哇呀!"刺客首领离得最近,又没心理准备,一瞬间吓得浑身都凉了。惨叫声中,他已被这长铁刃横扫而中,一条腿瞬间便被砍断。

猎手瞬间变成猎物,不可一世的刺客首领,眨眼间便断了一条腿,摔倒在地,退出了战斗。

这时其他几个刺客离得较远,又比较警惕,虽然长铁刃横扫而来,他们也吃了惊吓,但还是及时跳荡躲开了。

等他们定下神来一看,正见一个矫健的身影从干草堆中蹿出,手持一把加长的铁流刃,威风凛凛地朝他们砍来!

不用说,用这种加长铁流刃的,正是玄武卫的盖英卫。

本来盖英卫因为跟苏渐作对,已经被贬成锡徽卫,但后来痛改前非,又在二次人龙大战中奋勇向前,立下军功,现在已经恢复了铜徽卫之职。

不过,虽说他现在在玄武卫中重新和苏渐平级,但盖英卫对苏渐的心态,已经今非昔比。现在他对苏渐,已经是心服口服。

当他收到苏渐命令,潜伏到刑部大牢保护唐求时,完全不顾自己的生死,孤身一人藏在干草堆里,于万分危急之际,救了唐求一命——就从这个恰到好处的出手时机,也看得出,盖英卫是真有才能的人。

不过这时,得救的唐求却还懵懵懂懂。他完全不知道盖英卫啥时候潜入牢房,还躲在了这堆干草里。

眼见他还有些发愣,盖英卫忙大叫一声道:"唐兄,且躲在我身后,看我怎么将这几个不法凶徒捉拿归案!"

话音未落之时,他已眼泛凶光,一挥长柄铁游刃,朝对面三个刺客凶猛杀去!

盖英卫突然出现,牢房内余下的三个刺客,刚开始还有些慌。不过这会儿他们已经反应过来,心说,好小子,原来就你一个人啊!

这几个刺客,能在今晚承担这个任务,绝不是泛泛之辈。别看盖英卫出其不意,又来势汹汹,但他们反应过来后,可一点都不怕。

面对虎扑而来的盖英卫,他们立即恢复了沉着,那气势放到外面,只有威震一方的宗师身上才能见到。

于是狭小的牢房内很快刀光乱舞,金铁之声不绝于耳。

和刺杀百里英不同，这时大牢中的战斗，没有出现任何一系法术的光芒，只有最纯粹的刀光剑影。

这并不是说，这几位不会法术，而是这场战斗限于空间狭小，双方又都很快发现对方力量凶猛、经验丰富，便立即判明，此时用兵器快攻，是唯一正确的选择。

还没打几个回合，盖英卫就发现自己轻敌了。

对面这几位，无论哪一个单独拿出来，都是玄武卫中银徽卫以上的水平。

今日如果不是玄武铜徽卫翘楚的盖英卫，别说几个回合了，就连一个回合都难撑得过。这还是他出其不意突然蹿出攻击的结果。

本来就已经很吃力，没想到外面那个望风的刺客见势不对，很快也冲了进来，加入了战团之中。

这一下，盖英卫就更加不妙了。

这样的窘状，唐求也看在眼里。

他有心上前帮忙，但自家人知自家事，现在他冲过去，除了添乱和白白送死，没有任何意义。现在这狭小牢房内，正是刀光乱窜，锋芒轮舞，别说帮忙了，能上蹿下跳地躲开刀芒避免误伤，就已经谢天谢地了。

察知此情，唐求心里非常难过。本来自己死了也就罢了，何苦再拉上旁人？

心念及此，唐求立即大叫道："盖兄，好意心领，今日事情是不成了，你快跑吧！"

"跑?！你说的哪里话！"盖英卫大吼一声道，"今日不救唐兄回去，我盖英卫死不瞑目！"

发狠之时，他好似平添了一股气力，将长柄铁游刃挥得更急，一时将那几个刺客好手逼退了好几步。

稍得喘息，盖英卫便骂道："这帮混蛋，什么时候来啊?！我叫你们瞅好机会，可没叫你们拖延战机啊！"

听他这么一说，几个刺客一愣，下意识地扭头朝门口一看——

却见那里空空如也，半个人影也无。

“哈！还会玩空城计啊！”冲在最前面的刺客桀桀怪笑道，“老子玩这一手时，你还穿开裆裤撒尿和泥巴呢！”

大声嘲笑着，这群凶徒复又飞身上前，对盖英卫展开新一轮猛攻！

对这一次攻击，他们十分有信心，因为刚才事出突然，对手的长柄武器又有优势，猝不及防下一时才没攻下。

但现在他们已经缓过神来，还是四人合击，只需两三个回合，就能将此人当场格杀。

更何况，这时候还有那个首领刺客，虽然断了腿，但口里还能说话，于是现在他便靠在墙边，凭着十分敏锐的眼光，开口大声指点部下。

见他指挥，唐求很想过去让他闭嘴，但这刺客首领心思极贼，当时腿被砍断，如此剧痛之时，他还能凭着本能，连滚带爬地冲到自己同伙的身后——那里正是敌人攻不到的死角。

这样一来，盖英卫顿时陷入险境。

这样的情况，即使他有适合沙场的“百炼长刀法”，也完全失去用武之地。

事实上，这一轮攻击才开始，面对铺天盖地的刀光，盖英卫已经左支右绌。第一个回合中，他挡得了左边来的那一刀，却冷不防右边另一把钢刀犹如毒蛇一般，倏然一探，便朝他的肋下腰眼捣来。

这还是盖英卫战斗经验极其丰富，眼角余光扫到刀光，顿觉不妙，身子硬生生往旁边一挪——

只可惜剧斗之中，面对四个人的围攻，哪有那么多可以腾挪的空间？他只是堪堪地躲过要害腰眼，那刀“噗”的一声，硬生生地捣在了他的大腿根。

“哇呀！”纵然盖英卫极为勇悍，但被钢刀重重戳入大腿，剧痛何止入骨？他顿时惨叫一声，眼泪都差点流出来。

霎时间，纵然他死战不退，也已经摇晃欲倒，遇难身死只是片刻之事。

见此情形，唐求惊诧难过之余，也觉得再难翻盘。

“怎么办？！”正当他还不想放弃，急速开动脑筋，想怎么做才能死中求活时，那盖英卫已经踉跄倒地。

有两个刺客顿时一喜，眼见大局已定，便舍下盖英卫，提着刀直奔唐求而来！

“完了！”这一下，唐求彻底绝望了。

“轰隆！”就在这时，牢房的木栅栏门轰然倒塌！

包括唐求在内，众人齐齐一惊，不约而同朝门口看去，却见七八个黑衣人持刀仗剑，蜂拥而入！

虽然也穿黑衣，但这几人的黑衣和鸡鸣狗盗的小贼夜行衣不同，全是织工极其精良的玄武卫轻甲战衣。

一见到他们，盖英卫很是欣慰，唐求更是如同见了亲人一样，一刹那间几乎泪流满面！

七八个玄武卫生力军入场，那几个刺客的下场可想而知。

但这几个凶徒，显然极其凶悍。眼见敌方强援赶来，他们没想着逃跑，那两个奔唐求而来的刺客，根本不返身对抗，而是继续冲向了唐求。

虽然很快玄武卫武士就将这几个刺客砍翻在地，但混乱之中，光线又暗，根本没人知道唐求现在什么情况。

这时盖英卫的下属，见盖英卫腿上被剜了一刀，正汩汩流血，惊得连忙上前要给他包扎。

见得如此，盖英卫一把将他们推开，急得大叫道：“别管我！快，快去看看唐兄弟有没有事。若是受伤，这些绷带、金创药给他先用！”

他这般举动，倒不是说，他对唐求的感情有多深。而是对他现在来说，唯一的恐惧，便是没办好苏渐交代的事，失去他的信任。

像盖英卫这样的聪明人，一旦服膺，便知道把自己的野心安放在什么范围，从而对超过自己的强者，死心塌地。

刑部大牢这一场诡异的行刺，至此有惊无险地落幕。

京华城北的那座城隍庙，这一晚也颇不平静。

京华城有好几座城隍庙，相对而言这座城北的城隍庙，因为地方太偏，并不太受人重视，香火稀少，人迹冷清。但整座城隍庙的建筑，又高大坚固，便成了不少京华城乞丐的落脚地。

有了乞丐出没，这座城隍庙的香火便更加稀少，现在别说达官贵人了，就连普通老百姓都不愿意到这里来。

但这一日夜晚，却有一位身穿华贵袍服的贵公子，悄然出现在北城隍庙南边不远的树林里。

无论风姿气度，还是那一身华光灿然的袍服，都显示这位贵公子绝不是一般人。

如果这时有乞丐路过，瞅见贵公子的这张脸，便会惊叫起来："啊呀！这人是男是女？脸蛋儿也生得太美了吧！"

不用说，这位貌如好女的贵公子，正是神戟将萧龙雀。

"就是这里吗？"萧龙雀隐身于树林中，眺望着北城隍庙中隐隐约约的灯火。

城隍庙中的灯火，并不明亮。相比昏黄隐约的灯火，反而是庙中传来的人语声，更加嘈杂响亮。

萧龙雀侧耳倾听，那些乞丐喝酒划拳、斗嘴吹牛的吵嚷声，正顺着夜风传来。

随着夜风吹来的，不仅有嘈杂的话语，还有发馊难闻的食物酸气，让萧龙雀忍不住伸手捂住了口鼻。

强自忍耐，听了一阵，萧龙雀反复地听到，有几个乞丐谄媚地说"李老大"如何如何，然后应该是这位李老大，得意扬扬地接过他们的话开始了自吹自擂。

"是了。"萧龙雀心想道，"这位城北丐帮之主李老大，就在这里了。"

萧龙雀俊美无俦的脸上，忽然浮现出狠厉的表情。

树木暗影里，他心中冷笑道："呵，不过就是个臭乞丐！有几个小乞丐奉承，就觉得自己是大人物，敢趟这样的浑水？!"

"真想知道，苏澌那小贼，究竟给了你多少钱，就敢帮他散布义父大人的谣言？"

"好，今夜我萧龙雀就做件好事，你们这些臭乞丐这辈子来到世上也是受罪，今夜我就让你们一刀超度，早登极乐，早日投胎转世去吧。"

这般想着，他便信步走出树林，要往城隍庙大门而行。

和刺杀百里英、唐求的那两路人马不同，萧龙雀今夜并没戴任何面纱面罩。

如果此刻北城隍庙中的乞丐，知道萧龙雀不做任何掩饰的原因，定会吓得屁滚尿流。

因为今夜，萧龙雀要大开杀戒，这城隍庙中落脚的乞丐，将一个不留！

其实要解决问题，并非一定要来一场血腥屠杀，但萧龙雀骨子里，就是个杀性很重的人。

因为前天苏渐在朝堂上，也明确指控了他，所以萧龙雀今晚，被派来执行这个相对不太惹眼的刺杀任务。

这样一来，却激起了他的怒火！

本来司徒威交代，只需把那个罪魁祸首的丐帮老大杀掉，杀一儆百即可，但萧龙雀自行决定，要把这里的乞丐通通杀光！

他信步走出树林，不远处那城隍庙中，乞丐们喧嚣依旧。

这些可怜的人儿还不知道，一个可怕的死神，已经悄悄地向他们逼近。

和其他几路不同，萧龙雀逼近城隍庙时，闲庭信步，如同在自家后花园里散步，根本不把今晚的事儿放在心上。

今晚这事儿，对他来说，本来不就是像“雷公打豆腐”一样吗？

只是，当他意态闲闲地走出小树林，还没走出几步，原本松懈的面容，却骤然一紧！

“怎么会是他?!”还没走出树林阴影的萧龙雀，隐身黑暗中，看着远处城隍庙门廊中忽然闪现的那人，心中惊骇无比。

也难怪他吃惊。

他竟然在这乞丐聚集的城隍庙里，看见了号称“光明战神”的轩辕承天！

他不仅看见了轩辕承天，还看到他在这样荒僻污秽之地，郑重无比地提着那把电光闪烁的晶海神器——“怒雷之剑”！

夜色之中，怒雷神剑电光流窜，不仅映亮了轩辕承天身边那方天地，也映亮了这边萧龙雀的理智。

“事已不可为。”

萧龙雀毫不迟疑，悄悄地向后退却。

他悄无声息地退到小树林里，很快便消失在犹如深水幽潭的凄迷夜色里……

这一两日里，除百里英、唐求、丐帮老大之外，那灵鹫学院的古玉妃、火枫林中的幽小眉，也都是宰相的目标。

当然，司徒威何等老谋深算？别看萧龙雀和幽小眉私下那点交往十分隐秘，但司徒威依旧得到了消息。

所以，当他也把幽小眉当成苏渐羽翼意欲剪除时，这个命令，并没有让萧龙雀知道。

事实上，萧龙雀和幽小眉那一点微妙的关系，也是司徒威对这位义子唯一不满的地方。

或者确切地说，司徒威只觉得十分奇怪。

他怎么都想不通，自己这位心腹义子，实际是此际华夏国中，最心狠手辣的凶徒，暗中已不知为自己屠杀了多少人，说五百都已是极保守的数字。但这么一位血手屠夫，怎么会对区区一个小女娃，大生爱怜留恋之心？

更何况萧龙雀不是不知，幽小眉是苏渐这对头豢养的小“外宅”啊！

这一点司徒威实在无法理解。

幽小眉的存在，已成萧龙雀的一个心魔。

所以司徒威这一次悄悄派狠人去杀幽小眉，一举两得，不仅能铲除苏渐的一个有力同伙，还能让萧龙雀彻底死了这条心。

他相信，一个彻底绝情的萧龙雀，对他谋划的求和共荣大业，更有帮助。

想得很好，但他等来的，却是垂头丧气的下属。

这些人都是司徒威秘密豢养的影卫，强大而又忠诚。

这种见不得光的事情，司徒威从来都是假手影卫。

以一国宰相的财力势力，养起来的影卫非同小可。司徒威一般不派他们出去，但一旦派出去，可谓势若惊雷，几乎从无失手的时候。

但这一回，派出去对付幽小眉和古玉妃的影卫，却回报说，他们失手了。

当然这个失手，根本怪不得他们，因为他们连对付的对象都没见到。

他们跟司徒威报告说，那古玉妃早些天便已跟灵鹫学院请假，说要去寻找一只关注多年的神兽“碧眼金麒麟”；幽小眉则没有任何理由，没有人知道她在什么时候，就从火枫林心碧湖畔的小木屋中消失了。

一般来说，就算对付的对象藏到海角天涯，这些宰相府的影卫也能找到。

但这一回不一样，一来任务时间极短，司徒威严令他们要在一天内杀死二人；二来这两位目标对象都不是一般人，这一次的失踪显然刻意而为，根本没留下任何可以追溯的蛛丝马迹。

影卫失手，再加上刺杀百里英、唐求、丐帮老大那几路，也都宣告失败，所有这些消息传来时，司徒威暴跳如雷，萧龙雀也十分忧心。

不用义父召唤，萧龙雀就在苏渐金殿立誓后的第二天晚上，主动拜见了司徒威。

宰相府的书房里，收到这些失败消息的司徒威，此刻固然脸色铁青，但当萧龙雀出言安慰他时，他却哈哈大笑起来。

“义父大人，您……”萧龙雀见状，神色古怪地看着他。

“哈哈！为什么不开怀？”司徒威盯着他道，“前日金殿上，苏小贼大放厥词，还立下三日之期的军令状，不瞒你说，老夫总觉得心惊肉跳。现在好了，原来就这么回事啊！”

“怎么回事？”萧龙雀还是一头雾水。

“还不明白吗？”司徒威兴奋道，“总想不出，老夫有什么真正的把柄被他知道。原来金殿立誓，只是他的奸计！”

“他故意立起靶子，诱老夫派人对付他。然后他有备而来，抓住我们派出的人，利用他们的口供，反过来指控我等。”

“这招儿，还真毒，三十六计里便有‘无中生有’这一计，真被这厮给活学活用了。但他没想到，龙雀，除了你，其他我指派的人，不是辗转雇来的江湖黑道巨擘，便是完全没有来历、没有关联的秘密影卫，就算他们被抓着，也根本查不到我身上。甚至，老夫还有后招。”

说到这里，他用奇怪的眼神看着萧龙雀道："龙雀啊，你告诉我，老夫也是刚刚才想通，怎么你却先知机，在城隍庙外忍住没出手？"

"也不是我知机。"萧龙雀面带惭色道，"苏贼这奸计，果然奸诈毒辣，孩儿一时并没想到。当时孩儿只是看见了轩辕承天。"

"轩辕承天？"司徒威闻言一愣，沉吟半晌才道，"没想到，没想到。本以为轩辕老儿只是暗中指使，不准备出面，但他还是护短，竟出手帮了苏贼的忙。"

"不过他竟舍得派他宝贝儿子保护一个臭乞丐，这点倒是大大出人意料。"

"只是就算如此，也救不了苏小贼的命了。"司徒威话锋一转，恶狠狠道，"龙雀，你有没有想到，通过金殿立誓，苏小贼争取了三天的时间来设计陷害老夫。但他没想到的是，这同时也为老夫争取了时间。"

"这两三日里，为父已派人快马加鞭，多方搜集证据，找到许多苏贼的罪证。发现这厮果然不是好人，当年为了给匪首亚飒横死的母亲报仇，竟然杀了神木国宁谷县的捕头罗腾！"

"还有种种不法之事，令人发指，老夫已找了许多苦主，他们都愿意出面指控作证。"

"这……"不知道为什么，听到司徒威神采奕奕说出的制胜之道时，萧龙雀却有些迟疑。

沉默了一阵，他忍不住道："义父大人，这些事情，都是真的吗？"

"真的，假的，很重要吗？"司徒威用奇怪的眼神看着萧龙雀。

"是孩儿幼稚了。只是，"萧龙雀欲言又止道，"只是现在事情闹大了，要指证苏贼的罪行，已不是刑部、大理寺的事情，需要在金殿上，经陛下亲自过问了……"

"原来你担心这个！"司徒威哈哈笑道，"完全不用担心。老夫办事，你还不知道吗？都用了些手段，保证没问题。"

"那就好！"看着义父信心十足的样子，萧龙雀也安下心来。

当然，安心之余，萧龙雀倒也清楚，义父所说的有关苏渐的不法之事，很多并不真实。

第一百二十三章

杀人无血

按理说，从司徒威口中听到这些信息后，萧龙雀应该完全安心才是，毕竟这可是算无遗策、从来立于不败之地的司徒宰相啊！

但不知道为什么，萧龙雀只是安心了片刻，便觉得有些心惊肉跳。

有这样的感觉，他自己都觉得奇怪，因为无论从过往经历，还是眼前事情的发展，他都不应该担心才是。

这次应该还会和以往一样，他的义父大人攻无不克，战无不胜，那个不自量力的小小玄武卫，结局只有一个，那就是“死定了”。

但无论理智上怎么认为，萧龙雀仍然难以抑制地觉得不安。

这种感觉，就好像被一根木刺扎入了皮肉中，之后已经拔掉了，但让人还有种错觉，觉得木刺还在那里，还让人觉得又痒又疼，浑身都不自在。

在这种奇怪的情绪里，沉默了片刻的萧龙雀，连自己也觉得很突兀地忽然开口：“义父大人，您不必担忧。实在不行，也就是澹台兴一事，孩儿自己担了就行，不会坏义父大事。”

“嗯？”听他忽然这么说，司徒威也有些惊讶，抬起头盯着他。

凝视半晌，司徒威忽然笑了。

“傻孩子，你怎么会这么说？我早已视你为家人了啊。如果家人都保不住，还要做什么大事？就算做成了又有什么意义？你糊涂了。此事以后不准再提！”在外人面前老谋深算的老宰相，这时却是一脸慈祥，语调柔和。

“是，是孩儿糊涂了，多谢义父的恩情……”萧龙雀回答时，声调已有些哽咽了。

虽然说不再提，不过萧龙雀的内心里，已经做了一个决定。

一时间，两人都陷入了沉默。

此时已是春夏之交，新京华城的夜晚渐渐多雾。

当司徒威和萧龙雀都陷入沉默之时，书房窗外的花园中，恰好宿雾升腾，水汽弥漫。

茫茫大雾，隔绝了视线。

院子中点着的琉璃灯，这时都成了隐隐约约的光斑，在弥漫的夜雾中闪烁跳荡，有如鬼火。

本来心情便不太好，现在目睹如此大雾之夜，更是平添几分凄苦悲凉。

沉默半晌后，司徒威走到窗边，看着凄迷的雾气。

注目移时，仿佛那雾气中有司徒威最痛恨的仇敌，他忽然张牙舞爪，破口大骂：“奸贼，奸贼！小崽子！小杂种！你算什么东西？连让本相多看一眼的资格也没有，却在金殿上当着皇上和众朝臣，信口雌黄，血口喷人！”

“好好好！贱贼自有天收，我现在还不要你死，否则太便宜你！明天，就明天了，我要你在金殿上拿不出证据，我要你身败名裂，我要把你打翻在地，再踩一万脚，让你永世不得翻身！”

“老天，老天啊，您就开开眼吧！您没看见，好人不长命，祸害遗千年呐！”

司徒威指天骂地、发泄怒火时，苏渐正在自家小院中，逗一只邻家偶尔跑来觅食的大黑狗。

“嘿！黑子，真不赖，”苏渐蹲在地上，冲着大黑狗道，“这么大雾，还记得我家院子里这烤肉架——喂，犬兄犬兄，也别白吃我家烤肉啊，你先回答我个问题再吃。”

还别说，苏渐这番话说得劲头十足，那黑狗感觉到了这股子气势，仿佛想着还是要给烤鹿肉的主人一个面子，便真的暂时放下香喷喷的鹿肋肉，转过狗头来。

夜雾中，小黑子咻咻地喘着气，一双绿莹莹的狗眼，死死地盯着苏渐。

“哈！真听话，那看来问你问对了。”苏渐煞有介事地道，“犬兄，你听好了啊，你觉得，明日我进皇城上金殿，跟那奸相对质时，运气旺不旺啊？”

“汪！汪汪汪！”大黑狗冲着他猛吠了几声，然后便不耐烦地转过头，继续撕扯那块鹿肋排肉。

“啊？真的啊！”苏渐一副又惊又喜的样子，嘿嘿笑道，“嘿嘿，连你都说‘旺’，那没错了，明天上金殿我定是无往不利了！”

见他如此，此刻站在旁边的一位青年武士，一脸无奈地摇了摇头。

这位青年武士，器宇轩昂，一脸的络腮胡，不用说，正是苏渐在玄武卫中的好兄弟端木楚。

和苏渐一脸轻松不同，端木楚这会儿却是忧心忡忡。

“我说苏渐，”看着还想逗狗的少年，端木楚无奈道，“你可真有心情。难道你忘了，明天便是你立下的三日之期的最后一天？我看你这三天什么动静都没有，那你明天到底拿什么跟那老贼斗？你可别指望那些凶徒的口供，就连咱们玄武卫，也没问出一丝一毫的口风。”

“没事，我不需要他们的口风。山人自有妙计。”苏渐给黑狗丢了块肉，心不在焉地说道。

“到底什么妙计？”端木楚好奇地问道，“能告诉老哥吗？”

“说了就不灵了。”苏渐随意道。

“别骗我了！”端木楚忽然恼道，“你根本就没什么招儿！你就是想拼得一身剐，在皇上和朝臣面前，把司徒威干的坏事都说出来，大大地落他的面子。苏渐，这可是死罪，你这么做，值得吗？”

“值得，值得。”听得此言，苏渐弹身站起，看着端木楚笑嘻嘻道，“当然值得。再说了，我怕什么啊？不是还有你这个好兄弟吗？你可是当今圣上的小舅子，明天就算我要杀要剐，你央你姐姐求求情，我不就能免罪了吗？”

“原来你是打的这个主意！”端木楚猛地吼了一声，表情十分愤怒。

不过很快，他便满脸悲伤。

“苏渐，你该早跟我说。否则，还来得及。”端木楚难过地说道。

“啥?”这会儿，换了苏渐一头雾水了。

“你以为，我没跟我姐姐求过情?”端木楚看着苏渐道，“一听说你独闯午门，大闹金殿，我便立即去宫里找我姐姐了。可我姐姐说，你这事，太大，就算她以皇后之尊，也没办法讨这个人情。而且，而且……”

端木楚忽然欲言又止。

“你说吧。”苏渐道。

“而且，我姐姐后来确实去找皇上了。”端木楚痛苦地道，“都怪我！不问还好，一问，彻底把路给堵死了。”

“姐姐回来跟我说了，皇上以前从来不跟她生气的，但这一回，她才一开口，没说几句，就被皇上一下子给堵了回来，还警告她，让她一个妇道人家，不要干政，不要牝鸡司晨。”

“苏渐，皇上这话可重，如果咱这会儿不求情，等明天出了事，还有个念想，说不定还有机会，但现在，却让我给浪费了。都怪我，都怪我!”

说到这里时，端木楚用拳头狠命地砸自己的脑袋，满脸的自责。

见他如此，苏渐连忙抓住他的手，不让他再打自己。

“端木大哥，不怪你，应该怪我。”苏渐看着他的眼睛，真诚地说道，“有件事，你不知道，我也不能告诉你。但是你只要相信，如果这件事，明天让我做成，那奸相这辈子做下的所有孽，便终于有报应!”

“真的?”端木楚怀疑地看着他。

“真的。”苏渐郑重地点了点头。

“不行!”愣了一下，端木楚还是立即往院子外面跑，边跑边自言自语道，“我还是赶紧去找找门路，明天一个不对，你就逃吧!”

“呃?”苏渐闻言一愣，正想喊他回来，但端木楚健硕的身影，已经没入无边的夜雾里，转眼便失去了踪影。

第二天，本来是这个乱世中平淡无奇的一天，但正因三天前一个少年在皇城金殿上的一番狂言，立即变得不普通、不平凡起来。

事实上，这一天，后来是记入华夏国史册的。

对于普通人来说，虽然没有先知先觉的能力，但这一天里，不仅文武百官精神振奋，就连皇城里的宫女内监们，都显得格外兴奋。

当午门鞭响三通之后，华夏国的重臣们从朱雀门鱼贯而入，在宏伟瑰丽的皇城中一路迤逦，最后悉数进入光华殿，站在了金殿之上，成为帝国朝会的一分子。

能够参加朝会，本身便是身份的象征，在旁人眼里总归是件光耀无比的好事。

但人就是这样，求之不得时倍加想要，一旦天天如此，再光明堂皇的荣誉，也会心生厌倦，变成了应付差事。

但这一天就不同了，连最老油条的大臣都穿戴整齐，精神抖擞地上殿站立。

今天对苏渐来说，显然不用再敲登闻、鸣冤二鼓才能进殿。

作为今天的主角，他受到鸿胪寺的特别安排，今日和这些朝廷大员，一起在朱雀门集合，然后在鸿胪寺侍臣的引导下，进入光华殿内。

今天额外前来之人，除了苏渐，还有一人，那便是神戟将萧龙雀。

本来即使他是大名鼎鼎的京华第二杰，又是宰相的义子和心腹，但规矩就是规矩，他在白虎骑军团挂名的那个散号将军，完全没有资格进光华殿，更不用说和诸位朝廷重臣一起参与御前议事。

但今天不一样，作为上回苏渐严重指控的主要对象，他今天也被光武帝特地点名，一起参加朝会，和苏渐当面对质。

于是从朱雀门进入皇城后，苏渐和萧龙雀这两个生死难解的仇敌，就这样肩并肩地行进在同一支队伍的末端，这场面不仅富有戏剧性，还讽刺意味十足。

而对他们两人的底细，在场朝臣谁不知道？于是现场有不少朝廷大员，表面老成持重，但瞅着这两人时，心里却在促狭地呐喊道：“快打起来，快打起来！年轻人千万别忍着啊！”

他们看热闹的心思，自然是出于某种恶趣味，这一点他们自己也知道。

但他们欠考虑的是，他们起哄架秧子的两人，可都是顶级星流术高手，一旦真的大打出手，他们这些人真的不会被殃及池鱼？

“看热闹不嫌事大”，这个在很多场合颠扑不破的真理，对今天这个场合其实并不适合。

但他们这些看客，今天还是挺走运的，在队伍末尾并肩而行的那两人，显然十分克制。

萧龙雀依然如一只骄傲的孔雀，目不斜视，面无表情，一步一步沉稳前行；苏渐则相对没那么庄重，时不时打量两边的皇城景物不说，还经常趋步向前，跟一些官员热情地打招呼。

也不知是不是有意而为，苏渐这时挑着问候的官员，全是宰相一党中的铁杆。于是他这样看似无知无畏的热情，倒弄得这些人好一番尴尬。

回话呢，不合适；不回话呢，又好像不懂礼貌，还可能被人误认为他们怕了苏渐。

因此面对这样两难的境地，所有这类官员手忙脚乱之时，全都在心中咒骂苏渐。他们不约而同地加快脚步，只想离苏渐远远的。

看着他们的窘状，苏渐好似乐在其中，一直笑意盈盈。

见他如此，所有宰相一党的官员，全都只在暗中咒骂，表面并没有显露出厌恶之情。

他们现在心思一同，都想着苏渐你个小贼，且得意吧，反正蹦跶不了多久，就会在宰相大人的强大攻势下，当场人头落地！

当众人鱼贯进入金殿，华夏国多年未见的特别朝会，便这样开始了。

本来，基于人性中锄强扶弱的特点，今日朝会上，还是有不少中间派的官员，希望苏渐能奋起精神，和几天前一样，落一落权臣司徒威的面子。

他们觉得自己这样的期望，并不过分，因为他们已经见识过了苏渐的战斗力。

没想到，满怀期望来参加朝会，这些人却很快发现，从一开始，整个朝会的局面，就被司徒威牢牢把控。

“陛下！”朝会刚一开始，司徒威便先声夺人，出列拱手叫道，“三日之前，便有人信口雌黄，说了老臣一大堆不是。今日正是三日之期，此人立誓，固然要郑重校验；不过老臣想在此之前，恳请陛下容禀一事。”

一听此言，金殿上不少官员，面带惊讶之色，尽皆朝他看去。

“何事？司徒爱卿尽管讲来。”御座上的光武帝，和蔼说道。

感觉到帝王的态度，司徒威信心更足，便用更大的声音说道：“启禀陛下，这三日间，京华城中并不太平。本相得到通传，说是不仅监察御史百里英百里大人，遭到凶徒袭击，甚至羁押在刑部大牢中一位名叫唐求的玄武卫，也被混入的凶徒意图刺杀。”

“呃？”听他提起这个，无论苏渐还是轩辕鸿、百里英等知情人，全都心中一愣。

“奸相怎么会自己主动提起这个？”百里英心中最是困惑，便不顾别人朝他看来的惊讶目光，朝最前方的司徒威看去。

只见司徒威义正词严地说道：“臣恳请陛下，彻查此事，以安众心，也还老臣一个清白。”

“哦？爱卿何出此言？”光武帝李翊有些奇怪地问道。

“启禀陛下，”司徒威拱手道，“恕臣直言，百里大人在朝堂之上对在下多有龃龉之言，那唐求涉嫌贪污僭越之事，也被我下令收监。”

“据此，臣有充分理由怀疑，正有老臣的死对头，重演刺杀澹台老大人之故事，故意栽赃陷害微臣。”

“哦，原来如此。”李翊沉吟一下，便问道，“那司徒爱卿，你觉得，是什么人做下了这等事？”

“禀陛下，微臣不敢断言，但两件事中，有凶徒活口被抓着，一问便知。”司徒威格外恭敬地说道。

“有活口，那便好。”李翊目光一紧，看向阶下另一人道，“丁尚书，这两件案子的凶犯审得如何？有何口供？”

随着李翊的话语，阶下群臣中靠前的位置，闪出一位身穿紫红官袍的文官，朝上方拱手道：“臣刑部尚书丁光祖，启禀吾皇，其实并未审问，也无口供。”

“嗯？哼！”光武帝李翊重重哼了一声，目光顿时变得不善起来。

“不怪丁尚书。”人群中忽然有人排众而出，朝上拱手道，“启禀陛下，这几个凶徒活口，都落在我玄武卫手中。”

“哦？”李翊看向阶下之人，讶异道，“轩辕统领，你的动作蛮快啊。那不知你的审问，有没有这么快呢？那几个凶徒有何口供？”

听得此言，殿中所有人都看向了玄武卫大统领轩辕鸿。

不少宰相的同党，此时心中冷笑道：“轩辕老儿啊，饶你平日精似鬼、狠如虎，这下子也吃瘪了吧？司徒大人敢这么问，就知那凶徒口供肯定对苏渐不利。我们倒要看看，你要怎么包庇。”

这些人显然都怀着幸灾乐祸的心思，因为他们不仅了解轩辕鸿护短的性格，还了解宝座上那位当今圣上。

光武帝李翊，自比中兴之主，何其聪明睿智？他轩辕鸿根本糊弄不了。因此这些人便怀着笃定看笑话的心思，紧盯着轩辕鸿，要听他如何回答。

就在众人瞩目之中，轩辕鸿稳步出列，慢条斯理说道：“据刺客初步口供，说是本卫之苏渐指使，陷害司徒大人。”

此言一出，朝堂上一片哗然，几乎所有人的目光，都朝苏渐看去。

这时萧龙雀更是心中想到，原来昨晚宰相府中议事时，义父大人说的后招，正是这个。

“陛下，您听清楚了吗？”司徒威眼中闪过一丝得意的神情，恭声朝李翊说道。

“朕听清楚了。”李翊转向轩辕鸿，神色已经有些严厉，“轩辕统领，既然刺客有此口供，为何还不将疑犯苏渐收监？”

“陛下容禀，这只是刺客初步口供。”轩辕鸿不慌不忙道，“依微臣经验，这等奸人，第一番口供，往往并不真实，所以还需细细审问，不急一时。”

“哈？”司徒威立即冷笑道，“轩辕大人，你这细细审问，意思是，一定要审出个刺客诬陷苏渐的结果来吗？”

“呀！司徒大人，”轩辕鸿转过脸来看着他，一脸又惊又喜的样子说道，“其实本来并无头绪，没想到司徒大人一句话便提醒了本座！诬陷苏渐……哈！还真有这种可能，哎，果然不愧为百官之首的司徒大人啊！”

“你！”被他夹枪带棒地一番揶揄，司徒威顿时怒火中烧。

不过，他还是立即压下了心头的怒火，换了一副痛心疾首的表情，朝李翊拱手道:“启禀陛下,既然苏渐大有嫌疑,如何还能立于金殿之上? 传出去恐惹小民嘲笑。臣恳请陛下,将苏渐当场拿下,以正视听。”

“唔……”听得此言,李翊陷入沉吟,似有些意动。

见得如此,苏渐正要说话,忽然有一位官员出列,举起笏板朝上说道:“臣鸿胪寺卿沈山昭,有事启奏。”

“何事?”思绪被打断的李翊,神色不愉地看着鸿胪寺卿。

“请恕微臣失礼,实是所奏之事,与当前苏渐之事有关。”能做到鸿胪寺卿,专管礼仪和外宾之事,都是人精,沈山昭怎么会不知道李翊已经龙颜不愉? 便连忙替自己辩解一句。

“哦? 何事? 说吧。”李翊看着沈山昭道。

“启禀陛下,近日有幽州国国主、雪晶国国主,传予鸿胪寺联名书信一封,说是与我国玄武铜徽卫苏渐有关。此事似是重大,臣不敢依例拆封观看,还请陛下御目亲览。”

沈山昭说着话,便从怀里掏出一封洒金信封,上面用火漆红泥封口,恭敬地递给旁边的黄门官。

很快小黄门官便手脚麻利地将书信递给了李翊,李翊毫不迟疑,立即撕开泥封,抽出其中的信笺。

因为听鸿胪寺卿说,此事与苏渐有关,现场这些文武大臣,便格外地注意圣上看信时的表情。于是他们便都没注意到,司徒威和沈山昭在众人只顾着朝上看时,暗自偷偷地交换了一个得意的眼神。

光华殿中,布满了明亮的灯烛和光润的夜明珠。灯烛明珠交相辉映下,满朝文武便清楚地看见,光武帝李翊看信时,面沉似水,心情并不太好。

见此情景,宰相一党固然暗自窃喜,那些不相干的官员,也心情愉快,毕竟他们今天秉持着看热闹的心态,就是不怕把事情闹大。

其实对他们而言,今日朝堂上这番争斗,根本就没指望有多精彩。

真正精彩的争斗,双方一定要实力相近,可现在呢? 根本不是一个数量级啊。一边是位高权重、屹立朝堂数十年不倒的宰相,另一边是刚刚有些小名气的玄武铜徽卫,孰轻孰重,一望便知。

别说还有个轩辕鸿,就算加上轩辕鸿又如何?还是比司徒威差远了,别忘了人家还有一众党羽呢。更何况,按轩辕鸿以往的德行,才不会为一个小小的下属,真正跟百官之首的宰相对着干呢。

所以,在这些光华殿围观众人的心中,他们所能指望的,只是苏渐可千万别那么快死啊……

在这种指导思想下,刚才司徒威一出手,他们心里就大叫:“坏了!司徒老儿太狠了,一出手就要把苏渐给捏死啊,今天这热闹没得看了。”

正这么想时,他们突然听说有幽州、雪晶二国的联名国书来,便立即转忧为喜。

对这种级别的围观者来说,怎么会不知道这两国的国主,都是苏渐的老朋友呢?

“这下有好戏看了!”众人心里想道。

很快,就在所有人的期待之中,光武帝李翊看完了信。

“呵,苏渐,你上前来。”李翊朝下说道。

“是。”听得圣上召唤,苏渐连忙走上前,与司徒威几乎并肩而立。

见他如此,司徒威心里就是一阵腻歪,不自觉地暗中朝前走了半步,一定要把自己的位置跟苏渐拉开。

“苏渐,你不错啊。”李翊俯视着他道,“雷国主和洛国主,都是你朋友吗?”

“回陛下,是的,他们是小臣在灵鹭学院中的同窗。”苏渐恭敬说道。

“这样啊,还是同学。”李翊点了点头道。

其实,对雷冰梵、洛雪穹是苏渐同学这件事,华夏国主李翊早就知道。

当然作为一国之主,其实不会注意这等细节,哪怕苏渐闹腾得再厉害,也只有苏渐身边的人,才对这些如数家珍。

不过呢,这种事也要分情况。

现在雷冰梵和洛雪穹,一个新立幽州国于天雪、华夏之间,另一个以女子之身,新立雪晶国于天雪国之西北,据传报新近还有崛起之势,那作为人族王国联盟之首的华夏国主,李翊怎么会不关注这两人的方方面面?

很明显这两股新势力,几乎没什么共通点,唯一的共通点便是,他们的首脑在灵鹫学院学习时，都和苏渐十分交好。

当然，李翊作为一国之主，所要处理的国务，说一个“千头万绪”绝不夸张，本来也不至于去研究这两位新国主的个人情况；毕竟乱世之中，胡乱扯旗占山为王的新势力，简直不要太多。

但幽州国和雪晶国明显不同，哪怕不看它们的强大实力，就看它们所处的位置，也难以让李翊忽视：

这两国，一个在南，一个在西，正好从两面钳制住天雪国。

那雪晶国，甚至还将更新崛起的魔人国，给钳制在内，从巍巍的西北雪山高原，俯视着夹在它和天雪国之间的魔人国。在这种地理优势下，一旦千万铁骑从雪晶国倾巢而下，魔人国只会吃不了兜着走。

以前没有魔人国时，以及华夏国和天雪国还有兄弟之盟时，有些事情自然不必考虑。但现在显然不一样了，天雪国在国主雷烈心的带领下，和华夏国已经不是貌合神离的问题，而是几乎公开叫板了。

那魔人国更不用说，虽然侵袭掠杀的对象多是妖族蛮族，但狼子野心昭然若揭，和人族王国之间产生摩擦那是早晚的事。

事实上，现在已经有不少的魔人兵马，公然加入了亚飒叛军。到底是官方授意，还是民间行为，还有待查证，但从结果来看，带着魔族烙印的魔人国，已经开始亮出它尖利的爪牙。

所以，秉着“敌人的敌人就是朋友”的原则，光武帝李翊有心拉拢幽州、雪晶二国，对这两国进行了详细的研究，因此这才会知道并一直记得，原来苏渐是这两国国主的老同学和好朋友。

不过，以前对这样的关系，李翊一直持正面的态度，但看完这封信之后，他的神色就有些不高兴了。

在宰相一党的期待中，李翊沉吟片刻，终于说到这封信上：“苏渐，你可知道，你这两位同窗旧友，在信里说什么吗？”

“臣不知。”苏渐依旧恭敬地回道。

“他们联名保你。”李翊淡淡道。

“哈？”一听这话，最先乐的，却是宰相司徒威。

听得有两位国主保苏渐，司徒威立即大喜过望，心说苏渐啊苏渐，你弄巧成拙，简直找死！

心念动时，他毫不犹豫地跨前一步，高声叫道："陛下！臣恳请陛下明察，苏渐这厮果然祸心包藏，年纪不大，却交游广杂，现在居然挟异国以令华夏，挟外酋以逼圣王！"

"如此里通外国，挟异族而自重，简直有辱国体，藐视吾皇。臣恳请陛下从严从重责罚！"

司徒威此言一出，他在朝堂上的那些党羽，纷纷出列附议，一时间气势也颇惊人。

这时候百里英有心想出头，但看看自己御史台同僚们的脸色，便生生地止住了出头的念头。

身为御史一员，他很清楚，这年头里通外国、藐视圣上，是两个最重大的终极罪名。自己那些御史同僚不跳出来趁火打劫就算极给面子了，如何能指望他们在自己出头时，"帮亲不帮理"地一起上阵吆喝？

既然这样，只有自己一个人出头的话，不仅没效果，恐怕还会惹上一身骚，给苏渐陪葬。

心中想明白之时，百里英也只好硬生生收住仗义执言的脚步，在心里跟苏渐惭愧地告罪。

百里英退缩之时，朝堂上围攻苏渐的声音，越来越响亮。

不过，别看光华殿中此时闹哄哄如菜市场，但若仔细分辨，那些出言不逊的文臣武将，说话水平可绝不是菜场大妈能比的。

能在千万人中，混到站在今日的光华殿上，都是万中选一的精英人杰。

同样一个意思，被这些人说出来，不管其观点如何，其表达的本身就极其完美。

他们有的激烈，将恶毒的心思用刑律王法完美隐藏；

他们有的委婉，却绵里藏针，比直接动刀动枪更狠；

他们有的上纲上线，虽然让人听得不舒服，但一句句、一条条，全都引经据典，别说华夏国的刑律王法了，就连古今中外甚至龙族魔族的刑罚律条，都信手拈来；

也有些慈眉善目的老大人，既不激烈，也不委婉，更没有上纲上线，但只是轻轻几句前朝旧事，就让任何听到的人都打心里认为，如果苏渐这厮今日还能平平安安走出光华殿，那他前脚出门，后脚整个华夏国就亡了！

简单而言，如果说人身攻击也是一门艺术，那今天华夏国的光华殿上，正诞生着一个个完美的艺术经典。

在这种场合下，别说苏渐了，连百里英这种身经百战、靠骂功安身立命加官晋爵的御史言官，都缩了头。

所有围攻苏渐的人当中，跳得最欢的，还数那个户部尚书高元博。

因为儿子高敞的事情，户部尚书高元博和苏渐结下了死仇。

自高敞之事后，他们确实深自戒惧，严令高氏一门的子弟，不得以任何方式去挑衅苏渐。

事实上这个命令，还是作为高家门主的高元博亲自下的。

但今时不同往日，在高元博的眼里，眼前立在金殿上的苏渐，已经是落水狗一条。

"还是太年轻啊。"看着有些不知所措的少年，作为宰相死党的高元博，在心中快意地想，"你以为欺负欺负我家敞儿，随便捏造几个抗龙的军功，就能横行天下了？不知天高地厚啊！"

"真的很怀疑，苏渐你没发疯吗？敢跟宰相大人叫阵，简直不知道死字怎么写啊！哈哈，叫你坑敞儿，这就是报应啊！"

这时候高元博内心的欢欣喜悦之情，简直比过年还要浓烈。

压抑着心中的喜悦，他再也没了顾忌。他迫不及待地跟着同党们，一起痛打苏渐这条"落水狗"。

别看高元博小人嘴脸，但他有个看法没错，那便是苏渐此时，确实有些扛不住了。

他本以为自己胆子大，也曾几次出生入死，什么血腥场面没见过？

残月峡的凶猛龙兵，梳风林的可怕凶禽，幻火宫的上古炎魔，魔语渊的异形怪兽，他都一一见识过，但直到今天才发现，原来真正凶恶的战场，还是在这金殿朝堂之上！

眼前这些人，真是光凭言语便能伤人，真正的杀人不见血、吃人不吐骨头！

一时间，苏渐神思恍惚，视线中原本富丽堂皇的玉阶金殿，仿佛开始震荡摇晃……他开始有些慌张，觉得还是低估了庙堂的分量。

说实话，按着他的性子，看着这些明显颠倒黑白、混淆是非的狗官，真有心激荡灵力，催发法术，将这些奸臣一扫而空。

但这也就是想想。作为玄武卫核心成员，苏渐知道，这光华殿可以说是当今华夏保卫最森严的地方。

精锐无比的四灵禁军、身怀绝技的宫廷宿卫就不用说了，轩辕鸿有一次跟他聊天说，光这座光华殿两侧的暗室里，就隐藏着不下十位的星流术高手。

而且，和世人一般理解的星流术不同，这十来人中，至少半数是防卫型的星流术拥有者。

比如有一位“九州神鼋”，当他的星流术激发时，便可形成一片数亩大小的金色光甲，如同坚硬致密的龟甲，将受到威胁的皇帝牢牢守护在内。

这样的神龟光甲，瑞彩流动，幻丽非常，不仅可以抵挡寻常刀剑攻击，还不受任何五灵十系的法术侵袭。

当然守护光甲能够坚持的时间并不太长，但别忘了还有其他的星流术高手、宫廷宿卫和四灵禁军呢。

因此在这样的守卫力量面前，别说苏渐了，就连强了他一大截的萧龙雀，也根本不敢动任何异心。

于是，从司徒威发难，到他的党徒配合攻击，也不过片刻的工夫，却让苏渐如同过了一整年一样难熬。

“怎么办?”苏渐紧张地思索对策。

也许看出苏渐的慌乱和挣扎，司徒威得意地一笑，便趁热打铁，高声叫道：“诸位同僚，且先静一静，老夫还有一话未完。民间有言，‘宰相肚里能撑船’，就算苏渐血口喷人，无中生有地攻击老夫诸般大罪，老夫也不跟他计较。”

“只是今日他挟异国以自重，便足可证明，此人在灵鹫学院之时便结党营私，费心经营，否则不至于雷冰梵、洛雪穹以一国之主的身份，还会发来国书替他求情。”

“这两位国主也就罢了；别忘了，当年和他们结成一党的灵鹫学院同窗，还有个叫‘亚飒’的人——亚飒是谁？现在肆虐各地的魔匪军大头目啊！”

“前日老夫就跟诸位说，种种证据表明，苏渐已与他这位老友暗中勾结，一起残害主战的澹台兴老大人。当时大家可能还不信，现在怎样？他们这几个旧同窗的关系，亲密得超出想象！”

“即使如此，诸位还是可以不信，但别忘了，本相上回便说过，对他们的勾结，我已经追查，现在已经人证物证俱在了！”

和刚才那些党羽攻讦不同，司徒威这番话，可以说根本没有用任何辩论的技巧，只是一桩桩一件件地摆事实讲道理，可谓有理有据。尤其他还言之凿凿，说自己已经有人证物证，便更由不得人不信。

其实，即使没有这些人证物证，很多原先持观望态度的中立官员，也都相信了司徒威的话。

不管怎么说，还是那句话，一个是屹立多年的老臣重臣，一个只是个新近才有点名气的年轻玄武卫，就算大家都拿出同等的道理和证据，大家还是会更加相信有身份、有威望的那个人。

事实上，已经有不少中间派，开始同情司徒威了。

第一百二十四章

笑傲金殿

他们的想法大同小异:“哎,司徒老丞相,多不容易啊,为了国政已经殚精竭虑,还有人给他添乱。”

“添乱也就罢了,但这次是极其严重的指控,种种血口喷人,简直想要置他于死地。”

“唉,以前司徒威是一个多么矜持、多么骄傲的人啊,结果现在被一个疯狗似的小年轻逼成这样,满口辩驳,用心劝服,唉,这是什么世道啊……”

一时间,整个金殿上的局势,彻底扭转过来!

苏渐这一方,满打满算也就他、轩辕鸿、百里英这三人,此刻成了彻彻底底的“一小撮人”。更何况,群臣的意见也许可以不听,那宝座上一言九鼎的光武帝,可是已经对苏渐不满了。

察觉到这种情况,同样站立在金殿上的萧龙雀,忽然间只觉得无比荒诞。

“来之前,还以为需要唇枪舌战,费得好一番阵仗,才能渡过难关。”

“没想到,现在看来,不是我们的难关,而是苏渐的鬼门关!”

“也真是惭愧,我还怀疑义父的本事,还以为他这次恐怕挨不过。现在想来,全是我一个人自说自话。哎,果然姜还是老的辣!”

“这么一想,前日义父大人眼角的泪花,也只是上年纪的老人熬夜多了的正常现象,我却还自作聪明地说什么不祥,现在想来真是可笑啊。”

“义父他老人家是什么人？华夏朝堂的‘不倒翁’啊！区区一个苏渐，上阵杀敌还行，这庙堂上的事情他怎么拎得清？想跟我义父斗，简直就是找死!”

想到这里，萧龙雀一扫愁容，但也有淡淡的忧伤。

他忧伤的是，还不用自己出手，义父大人连敲带打，就已经掌控了整个局面，把苏渐打入了万劫不复的境地。

说好的“青出于蓝而胜于蓝”呢？他萧龙雀，什么时候才能比得上义父万一啊……

如果有人这时候听到萧龙雀的心声，便会十分惊讶：

哦，原来以武力著称的神戟将，还有志于庙堂啊。

朝堂之争发展到这地步，基本也就算完结了。

苏渐没了道理，失了圣恩，相反司徒威却言之凿凿，还反复强调，他手里有苏渐和匪首亚飒勾结的人证物证，到了这个地步，已经想不出还有什么相持下去的必要。

“苏渐，已经根本不可能翻盘了!”

接下来也就是走个过场，陛下宣判，当场拿人，然后大家就一起去午门，围观一个狂妄小家伙的悲惨下场。

除了这样的结果，已经想象不出还有其他可能，因此有些家里有事的官员，已经在收拾心情，准备按这几年新出的惯例，围观完午门杀官，接受完警示教育之后，就赶紧一路狂奔回家。

只是，在几乎所有人都觉得，苏渐马上就要跪下痛哭流涕地求饶时，千夫所指的少年，本来凝重的神色，竟是渐渐舒展开来。

户部尚书高元博，一直在观察苏渐的神情，因此他是第一个察觉出这个变化的人。

见苏渐脸色忽转轻松，高元博不由得一愣，心想道:“怎么回事？难道这厮真有后手?”

“不可能！不可能！司徒大人何等人物？这等朝堂政争不知经历过多少回。可以说，以前任何一次情况，都要比今天糟太多，还不是司徒大人笑到最后？更何况你只是个小小的玄武卫!”

"没错,没错,我还是多虑了。这厮忽然诡异而笑,一定是受不住天大的压力,真的要得疯病了。"

一想到这,刚才为了喷苏渐方便而靠到近前的户部尚书,连忙往后急退了几步,以免苏渐过会儿发病,胡抓乱撕地弄坏了他崭新的官袍。

高元博先前的揣测还稍微有点靠谱,这一回却是大错特错了。

苏渐本来面色发苦,忽然嘴角含笑,不是因为快疯了,而是在一瞬间破除了心魔。

"对啊!"仿佛福至心灵,苏渐面对汹汹群情,忽然想到,"我怕什么啊?我苏渐,有什么啊?我只不过是一个小小的玄武卫,虽然也弄些散号的官爵,但在这京华城中,根本不值一提啊!"

"更何况我也就是个半大的后生啊,'光脚不怕穿鞋的',说的就是我这样的人吧?哈,大不了就午门掉脑袋呗,难道我苏渐如今还怕死吗?"

"但那司徒老匹夫就不同。"

"他可以赢十次,赢一百次,但以他宰相之尊,又经营数十年,根本连一次都输不起!"

"哈哈,这么一想,我还怕什么?跟他干!"

想到这里时,他都用上村夫闲汉的粗俗语言了。不过还别说,正是这样简单粗暴的俗语,给了苏渐无穷的力量。

"哈哈哈——"非议纷纷间,他猛然挺直腰杆,仰天长笑数声!

这笑声太响亮,以至于在高大恢宏的光华殿中纵横回荡时,宛若洪钟巨鼓,直听得人荡气回肠。

见他猛然发笑,顿时有更多的宰相同党,心中升起了和高元博一样的心思:"难道他要疯了?"

这时就连萧龙雀和司徒威,也生出了同样的想法。于是萧龙雀一个箭步上前,挡在了司徒威的面前,生怕苏渐发狂伤了义父;司徒威则嘴角含笑,从萧龙雀身后紧盯着苏渐,盼望着他做出癫狂出格的举动来。

只是,苏渐长笑方歇,却神色清明,对着司徒威朗声说道:"司徒大人,你口口声声说'人证物证',但迄今为止都是你一面之词。这些天刑部大牢,都快塞不下嫌犯了,却也没见你拿出多少真正的人证物证来。我今日，却也有人证物证给你看！”

司徒威闻言一愣，立即大叫道：“苏渐！你戏弄君王！既然你有人证物证，为何三日前丝毫不提？不管你是有是无，不管你是真是假，你让陛下和群臣苦等三天，就是藐视君王，戏弄同僚！”

“哈哈，司徒大人果然老辣！”苏渐发自真心地赞叹一声，然后语气轻蔑地说道：“司徒威，随便你说什么都好。”

轻飘飘一句话后，苏渐不再理他，而是转向玉阶之上，拱手说道：“陛下，恳请陛下允许小臣带人证上朝。”

李翊却没理他这个茬儿，而是接着刚才司徒威的话问道：“苏渐，你为何要让朕与群臣等三天？”

“陛下恕罪，实是路途太遥远，紧赶慢赶而来，算算日子，今日可到，差不多应该已经到了皇城外了吧。”苏渐从容答道。

“荒唐！”李翊不悦道，“绝不至于如此之巧。你敢立三日之誓，显然已经到了。为何还要拖到今日才来？”

“陛下，”苏渐瞥了一眼司徒威道，“臣只怕奸人谋害。”

“你——”面对苏渐如此明显的暗示，司徒威气得差点一口气没上得来。

他们君臣三人这一番对答，其他朝臣听得都面面相觑，一时还没反应过来。

百里英这时也先是一愣，不过立即反应过来，竟变得有些兴奋，忙不迭地大声说道：“陛下，苏渐此言有理！若不是如此故布疑阵，恐怕真被宵小所乘！”

一听此言，司徒威刚喘上来的一口气，差点又没接上来。

这时苏渐乃是众矢之的，司徒威不敢做得太露痕迹；但是对百里英这种不知死活敲边鼓的贱人，他可丝毫不客气。

当然皇帝面前他也没作声，只是目露凶光，如一头恶狼般，恶狠狠地盯住百里英。

对他这样的目光，百里英毫不在意。

他现在已经想清楚了，前前后后出了这几次头，已经把司徒威得罪得死死的了，以司徒威睚眦必报的性格，要是他这回能熬过去，则下一个目标，肯定就是他百里英。

毕竟虽然谁都觉得，轩辕鸿乃是本次事件的最大“幕后黑手”，但对轩辕鸿，司徒威肯定不敢轻易招惹，还会克制情绪，徐徐图之；但对他百里英，司徒威可完全不会留手了——

对堂堂的一国宰相来说，要对付区区一个监察御史，还不是碾死一只臭虫般容易？

事实上，前两天的遇刺，便已经让百里英清清楚楚地认清了这个现实。

所以，这时候整个金殿中，若说毫无退路的人，除了苏渐，就是他百里英了。

既然这样，他也不用客气了，直接撕下了“公平公正”的伪装，赤膊上阵了。

不提百里英暗自发狠，这时候，光武帝李翊似乎也有点被苏渐的话勾起兴趣。

作为华夏之主，李翊当然不傻。

司徒威和苏渐两人分别提供的人证物证，哪一个的真实度更大、含金量更高？

对这个问题，别说英明神武的光武帝了，就连宰相的同党们，都能毫不犹豫地给出答案。

宰相捏造证据，其实代价并不大，即使败露也总有办法遮盖过去。但苏渐就不同了，人微言轻，别说造假了，就是真的证据稍微有一点问题，都有可能惹来天大的麻烦。

正因为这个原因，虽然司徒威前后说了几次“人证物证”，无论君王还是群臣，并没有深究；但当苏渐信誓旦旦说出有证据时，大家忽然都感起兴趣来。

于是，本来好像对苏渐并不友好的光武帝，也柔和了声音，问道：“你的人证物证，在哪里？快快带上来。”

“是，陛下。”苏渐垂首一礼道，“启禀陛下，按小臣安排，应该差不多这时就到了。”

一听此言，无论李翊还是群臣，全都一齐看向了洞开的光华殿大门。

只是，即使又等了一会儿，他们还是只看见了殿门外灿烂的阳光，还有地上几片被风吹得打转的落叶，其他连一个人影都没有。

“怎么回事？”李翊不悦地看着苏渐。

“这……恳请陛下再等等，再等等。”苏渐情辞恳切地恳求道。

“好。”李翊点了点头，又耐住性子，朝殿门外看去。

只是，即使调整情绪，又耐心等了一会儿，可殿门外，除了那几个守门的禁军宿卫，被这么多人看着有点不自在外，依旧一片空明，毫无变化。

寂静宫廷，放在以往，说不定催生出诗人“寂寞空庭春欲晚”的佳句，但对这时的苏渐而言，空荡荡的庭苑，却和催命的恶鬼一样。

饶是苏渐已经破除心魔，准备放手大干，但看着毫无动静的殿门外，也禁不住开始额头冒汗。

这时候，耐住性子等待的群臣们，也终于忍不住开始窃窃私语。

“怎么回事？”议论声中，萧龙雀用眼神朝司徒威发出询问。

“嘿嘿……”司徒威同样没作声，只是朝自己的心腹义子，露出一个意味深长的笑容。

这么多年的相处，萧龙雀已经到了差不多和司徒威心意相通的地步。只是看到一个笑容，他便放下心来，然后便是满心的佩服。

他终于知道，义父大人能这么多年屹立不倒，果然并非侥幸。

到这时，王座上的帝王终于不耐烦了。

“苏渐！”李翊喝道，“你说的人证物证究竟在哪里？若是半个时辰内再不出现，数罪并罚，你就等着午门掉脑袋吧！”

天子之威非同小可，李翊此言一出，金殿震动，即使那些恨不得苏渐死的人，也仿佛感同身受，不由自主地战战兢兢，不敢乱说乱动。

作为怒火之源的苏渐，更是不好受。

跟皇帝告罪一声，他下意识地转过头，看着洞开的光华殿大门，心中忍不住呐喊：“玉妃、小眉，你们究竟到哪里了？”

如果这时候司徒威知道苏渐心里想什么，定会大为惊讶。

这两天他派人寻找古玉妃和幽小眉，遍寻不着，现在苏渐念叨这两人，要是被司徒威知道了，定会大为奇怪。

被苏渐念叨的两个女孩儿，现在正驾着一辆马车，从京华西城往正中央的皇城赶。

因为幽小眉一直怀疑古玉妃对自己的小苏哥哥有不良企图，因此以往除了苏渐在场的情况下，幽小眉从来没和古玉妃一起单独待过。

但今天这二人，却一个在前面驾车，一个坐在马车厢向后突出的木板上，匆匆赶路，好像配合得十分默契。

这时如果有熟人在场，看到两人今天的模样，定会大吃一惊，因为无论是古玉妃还是幽小眉，今天的打扮都极为低调平凡。

古玉妃就不用说了，以往一身红衫，布料极度节省，恨不得把能露的地方全露了，那颈如白玉，腹似香绵，以至于无论哪家汉子看见她，都恨不得把自己一双眼睛剜出来，一辈子都搁在她身上。

幽小眉虽然年龄尚幼，不解风情，但常年一身奇装异服，不仅材质奇特华美，款式也极为不俗，将本就粉妆玉琢的人儿，衬托得别有一番玲珑情致。

但就是这样的两个人，今天合作驾驶一辆马车时，却都穿着一身浅青色的粗布衣裙，头上还都戴着一顶陈旧的竹篾斗笠，低调得不能再低调。

事实上，如果不是凑近了观看，都没人会发现，这两位竟是女人。

不过虽然有斗笠遮面，但此刻古玉妃和幽小眉的脸上，其实不约而同地都带着急切和凝重。

古玉妃心无旁骛地驾着马车，时不时扬起鞭子，虽然急切，却将前面两匹黑马的速度，控制在一定范围内，尽可能快，但又没有快得出奇。

坐在车厢后的幽小眉，虽然面朝后方，但会时不时地回头，看向身后这个青毡顶的马车厢，好像车厢里装了许多金银财宝一样——当然对她来说，更恰当的比喻是好像车厢里装了很多好吃的一样。

虽然两人神情凝重，但这一路赶来，在很长一段时间里，都没什么问题。

于是，她们便既快又稳地接近了皇城，差不多到达了皇城西面的白虎市。

说起来,今天还是个难得的好天气。

抬头看看天,头顶上晴空万里,蓝天如海,白云如画。

沐浴在明媚的春日阳光里,本来凝重庄严的皇城,也变得轻快明丽。

无论是浓丽的朱红围墙、华贵的金黄宫殿,还是珍宝一样的青碧琉璃瓦,此时都泛着明快的光芒,闪耀着斑斑点点的灿烂光晕。

当古玉妃和幽小眉望见了色彩鲜明的皇城后,这一路紧张的心情,也变得轻松起来。

“终于要完成哥哥的托付了。”幽小眉咬着嘴唇,心情也变得和春日阳光一样明亮。

“说起来,小苏哥哥除了哄我、骗我、吓唬我,还没请我帮过忙呢。”小女娃认真地想。

想到这里,她又生起气来:“哼!都认识好久了,才找小眉帮一次忙,真不像话。他一定是嫌小眉还没长大,不懂事,想想真气人。”

她不自觉地一挺胸脯,更加气愤地想道:“哼,小苏哥哥就是个大坏蛋!小眉坚持刺杀你,果然没错的呀。”

“呀,我也别光顾着生气了。”片刻后幽小眉忽然心中一凛,想道,“好不容易小苏哥哥相信我,求我帮忙,我要是没帮成,那可太丢脸了。”

一想到这,她转过头,想再去确认一次马车厢里的情况,没想到还没来得及转过头去,她就猛听得前面古玉妃叫了一声:“不好!”

惊叫声中,幽小眉只听得“轰”的一声,再回头看时,却见不知何处飞来一团巨大的火球,正砸在马车辕上!

这事儿发生得很快,但古玉妃和幽小眉的反应都不慢。

才听得空中风火之声响起,古玉妃便迅速勒紧缰绳,将一路快跑的辕马紧急降速。如果不是这样,半空中这团大火球,定会准准地砸在马车厢上,将整个青毡顶的车厢炸个灰飞烟灭。

幽小眉反应也极快,当她看见这团猩红的火球,砸在连接马和车的车辕上时,人已经飞腾而起,跃在半空中了。

车辕一被烧断,那两匹拉车的黑马,顿时便成了脱缰的野马,带着万分的惊吓，唏溜溜地嘶鸣着飞奔逃去。

出了这等事情，今日白虎大街上本就不多的行人，顿时吓得四散奔逃，很快整个白虎市前大街上，就只剩下古玉妃、幽小眉，还有那个已经开始燃烧的马车厢。

一见这情景，根本不用猜想，便知道出什么事了。

刚被火球擦着时，马车厢只是燃烧起少许火苗；但无论青毡材质，还是这团火焰中暗含的真炎之力，立即便让火势爆燃起来，转眼间熊熊腾腾。

这一切只不过转眼之间，即使古玉妃和幽小眉近在咫尺，也完全无法扑救。

眼看着整个马车厢烧成一团明亮的火球，正在暗中窥伺的那些人，不由得无声地笑了起来。

只是他们的笑口，才来得及咧开一半，却见那熊熊烈燃的马车厢，"砰"的一声炸裂开来！

爆炸声中，一位健美无比的红发美人，拖着一人冲天而起，转眼就飞落在火场一旁。

眼见此景，暗中窥视之人，甚至没来得及发出惊呼，目光就已经深陷在这个美人的身上。

如果说古玉妃平时的装束，已经是极简主义，该露的都露了，散发无限风情，那现在倏然出现的女子，着装更是突破了极简，简直到了极限！别说该露的了，就连不该露的，也若隐若现！

现在这年头，观念毕竟还保守，普通男子哪受得了这个？

更别说这女子还面容姣丽，身姿婀娜，凹凸有致，举手投足的每个瞬间，都流露出陌生而罕见的野性风情。

于是那些伏击者，完全忘了自己的初衷，眼睛一动不动地盯着这位美人。

不用说，这位浑身充满野性、风情勃发的女子，便是红焰女了。

她身上散发出来的无形艳光，简直比还在地上烈燃的马车厢还要明亮。

在她身旁，被她一手捏着的，正是刚才被藏在马车厢里的人。

光天化日下，只见这人浑身上下一袭深蓝长袍，头上还带着一个黑布头套，整个人都被裹得严严实实。

如果凑近看，还会发现这人两足、两手之间，都用精钢打造的细铁链锁住。

此刻，他被红焰女从马车厢里揪出来，却没有丝毫应有的惊恐，而是默默然地随她摆布。

“走！”红焰女叫了一声，便拖着这个蓝袍人，一马当先地沿着白虎大街朝东边的皇城奔去。

古玉妃和幽小眉见状也连忙跟上，两人步若飞鸟，纵跃而行，跟在红焰女身后朝皇城飞奔。

只是她们还没跑出二十步，就听得有人一声暴喝：“绑架的贼人，哪里走！”

这一声暴喝宛如信号，顿时便从附近的街巷中涌出无数的兵丁。为首一人，满脸络腮胡，身形粗壮，穿一身黑铁盔甲，手提一杆大枪，正是巡城兵马司中郎将，童大方！

如果苏渐在场，定然对这位童大方记忆深刻。

当年唐求被高敞设计陷害，等他去赌坊救人时，半路杀出的正是这位童大方。因为他是高敞他爹的门生，便公器私用，带着巡城军前去拉偏架。

今日当古玉妃、红焰女和幽小眉，带着给苏渐救命的人证前往皇城时，又是这位童大方，无巧不巧地带着人马，将她们团团围住。

当然，用脚趾头也想得到，这绝不是巧合，否则今天对整个京华城来说，也不算什么特别的日子，那童大方怎么会这么积极地亲自上街巡察？

不仅亲自上街，他居然还带了上百个巡城军，这几乎能打一场大型的巷战了！

如果说户部尚书高元博是宰相司徒威的徒子一辈，那作为他的门生，童大方就是司徒威的徒孙了。祖师爷有难，童大方怎能不锐身自任？

早在大前天他就得到秘密命令，要在这几天，尤其是今天，带人严防死守皇城四周,不让任何可疑人物接近朱雀广场,进而进入皇城。

当然,司徒威布局,怎么可能把所有的希望,都押在童大方和巡城军一方的身上?

事实上,一次出动上百人的巡城军,童大方跟有司也不好交代,毕竟京华城这么大,又是京畿重地,还是有许多要害地方,需要巡城军一直巡察值守的。

所以,今日他黑压压带来的这么一大批人马里,几乎有三分之一的人,虽然装束和巡城军相似,却并不属于巡城军。

他们真正的归属,却是朱雀坊的宰相府,乃是司徒威嫡系得不能再嫡系的私兵!

"养兵千日,用兵一时。"虽然这年头高门大户家里,都会蓄养私兵,但司徒威在这方面,从来都不张扬。

甚至在京华城中,司徒家的私兵,还没有高家护军名声大。

但作风低调,不等于实力不强。

用脚趾头想都知道,司徒威贵为宰相,可以调动的资源极多,并且他暗中谋求与龙族媾和,挟龙自重,想成为人族唯一的新王,如此大的野心,足以驱使他在私兵身上下大本钱。

这样一来,别看今日只有二三十个宰相府私兵,混在巡城军的队伍里,但他们的战力,不知比两倍于自己的巡城军,高到哪儿去。

事实上刚才那团又准又狠、火力充沛的大火球,就是由宰相府私兵中的法师发出的。

即使在这个私兵流行的年代,一府之中的私兵,居然配备了强大的火灵法师,传出去还是骇人听闻的!

动用巡城军和私兵封锁皇城周围一带,司徒威这次下的本钱,也不可谓不厚。

当然在萧龙雀等人眼里,自己所追随的宰相大人"算无遗策",才是这件事体现出来的最大意义。

眼见身陷重围,红焰女不由蹙眉问道:"怎么办?"

古玉妃略一思索,凝重说道:"如今之计,只能听小眉妹妹的了。"

“嗯?”红焰女闻言,转脸看向幽小眉。

幽小眉早就跃跃欲试,一见红焰女看来,立即两眼放光,大叫一声道:“杀!”

话音未落,她小手一招,那柄令人闻风丧胆的魔界神兵“九幽夺魂镰”,霎时出现在手中。

“原来如此!”红焰女点点头,一笑伸手,一柄“玄火金焰轮”便握在手中。

春阳之下,那长柄一端的金焰轮嘶嘶转动,上面玄火飞腾,焰光亮如骄阳。

见得二人玄门奇兵,平日自视甚高的古玉妃,也不由得暗自欣羡。这时她再看自己手中那条幻影长鞭,虽然依旧残影缤纷,气象万千,却不及幽小眉和红焰女的兵器了。

但这也看跟谁比了。灵鹫学院的古玉妃,一条幻影鞭神出鬼没,抽天挞地,现在的名头可比夺魂镰和金焰轮响亮多了。

一见三女拿出气势不凡的兵器,童大方心中就暗叫不妙。

不过这时候他看看身后披坚执锐的巡城军,特别是那些身怀绝技的宰相私兵,顿时添了几分胆气,甚至连掩饰都不掩饰了,大叫一声道:“抢人!”

一声令下,巡城军和宰相私兵蜂拥而上,眨眼间白虎市上乱战成一团。

和以往任何一次官方参加的长街械斗不同,这一回,可是动真格的了。

童大方这一方,来之前已经交代清楚,要大伙儿毫不留情,狠下死手。

对那个人证,能抢到手最好,宰相可能还能借着做些文章,但这不是必要;如果抢不到,那就当场格杀吧!

古玉妃这一方,更是不可能手下留情。

这几个女孩儿都心知肚明,她们护送的这个人,是苏渐唯一的底牌了。如果今天不能把这人送到皇城金殿,她们共同牵挂的人儿何止人头落地?简直会遭千刀万剐,遗臭万年!

而就算没有这一节，现在面对上百号下死手的敌人，她们也不可能手下留情。因为如果那么做，就是自己找死啊！

于是刚刚发动的争斗，转眼间便血肉横飞，惨叫震天。

古玉妃三人，被围在垓心，左冲右突之际，杀伤无数；她们白皙娇嫩的肌肤上，被溅上猩红的鲜血，红白相间的样子，触目惊心。

即使古玉妃三人，早有了心理准备，但战斗的激烈程度，还是大大超出了她们的意料。

她们没想到，今日已是势在必得的当朝宰相司徒威，安排助战的这三十来号私兵，其实是整个宰相府私兵中，武力法力最高强的那批人。

于是，才打了不到片刻的工夫，古玉妃和幽小眉，便被逼得不得不施展出星流术。

星流术，当今人族第一流绝技，拿出来施展自然极好，但别忘了无论哪种星流术，都需要磅礴巨大、逼近极限的灵力。

这就意味着，看起来绚烂神幻的星流术，在同一场战斗中，不仅只有施展一次的机会，更重要的是，一旦用完，整个人就变得极为虚弱，灵力也接近干涸。

这样一来，如果星流术没能解决掉所有敌人，则基本就等于缴械投降，任人宰割。

所以，星流武士使用星流术时，都是评估再评估、慎重再慎重之后的结果。

但今天，还不到片刻工夫，眼前强大的压力，就让古玉妃和幽小眉，不得不施展出压箱底的招数。

“幻影灵狐”，古玉妃在灵鹫学院中立足的成名绝技，被她瞬间施展出。

霎时间，一头灵活而凶猛的巨大光影灵狐，在人群中左冲右突，杀开一条血路。

“冥月血蝠”，则是幽小眉的天生神技，或者更确切地说，是她的天生魔技。

“冥月血蝠”和苏渐新近才领悟的“魔炎朱雀”一样，已属于黑暗星流术的范畴。因此虽然现在仍是光天化日，但当幽小眉在白虎市上跃身而起，跳到半空，在背后舒展黑气缭绕的血蝠之翼时，仍让所有巡城军和私兵不寒而栗，霎时如坠九幽冰狱。

一旦施展星流术，就算从自保的角度，古玉妃和幽小眉也不会再手下留情了。

霎时间，幻影灵狐的“虚象幻影鞭”狠狠抽出，配合神出鬼没的“灵狐步”，再用“狡狐三窟”分出三个幻影分身，让本就缤纷如幻的鞭影转瞬弥漫天空，化作无数长鞭，从各种不可思议的角度抽向战场上所有的敌人。

幽小眉的冥月血蝠也不甘示弱。

“蝠月舞”本就让身形如同蝙蝠，此刻她在空中倏然来往，毫无规律可循，配合“无光”之技，还泛起浓重的阴影，将本就飘忽的身形瞬间隐藏，令人防不胜防。

“冥月双刺”则让九幽夺魂镰一分为二，起到事半功倍的杀伤效果，再配合“鬼牙”之术，让每次攻击看似轻盈无比，一旦及身却重若千钧。

九幽夺魂镰本来就锋锐无比，现在还重若千钧，对敌时真可谓碰着即死，挨着就亡，十分可怖！

化身冥月血蝠的小魔女，本来就如同散播死神的恶魔，她的敌手们好不容易趁乱伤她一两道伤口后，没想到黑暗星流术霸道之处立即显现，那“嗜血”之技瞬间吞噬敌手的鲜血，让小魔女原本撕裂的伤口，瞬间愈合。

在幻影灵狐和冥月血蝠的掩护下，红焰女一手拖着人证，一手急舞玄火金焰轮，朝皇宫方向突进。

只是星流术虽然厉害，但架不住童大方一方人多。更何况，很快宰相府的私兵中，同样升腾起两个流光溢彩的幻影，飞在半空，拦住了古玉妃和幽小眉两人的去路。

虽然这两位星流武士的星流术，比古幽二人差好几个档次，但现在只是拖住两人前进的速度，还是轻而易举的。

于是刚才还锐不可当的二女，速度一下子慢了下来。

本来只需安心抵挡寥寥几人的红焰女，一下子面对了更多的敌人。

于是，原本古玉妃几人觉得不会持续太久的战局，竟是陷入了僵局。

而现在对她们来说，最不利的就是僵局。

虽然己方战力占优，但架不住对方人多，而且童大方毕竟是巡城兵马司的将官，巡城就是他的职责，不管今日是不是公器私用，他们暂时还占着理，反而古玉妃这一方，可以说得上是扰乱治安、对抗官兵。

“怎么办?!”古玉妃心中大为焦急。

她自家人知自家事，别看现在借着灵狐步和飞天狐翼，倏来倏往，快意无比，但这背后都需要巨量灵力支撑。一旦灵力耗尽，不仅苏渐千叮万嘱的事情要黄，自己也会被格杀当场。

这时也就多亏了幽小眉。这小女娃不知道吃什么长大的，蝠翼翩飞，上下翻腾，杀得对面人仰马翻，却始终不见力竭。

靠着幽小眉，古玉妃和红焰女还能支撑一时，但她们经验丰富，都知道如此必不可能长久。

惶恐之中，古玉妃忽然听到红焰女叫道：“两位妹妹，你们知道姐姐的星流术是什么吗?”

“红焰女的星流术……是什么?”

听得她这声高叫，古玉妃一愣，想了想后发现，自己还真不知道红焰女的星流术是什么——或者，更确切地说，古玉妃根本不知道来历奇特的红焰女，竟还是位星流武士！

不过这时候也由不得她深究了，因为恰好就在这时，她只觉得浑身一软，经脉一酥，飞天狐翼的光辉竟渐渐熄灭，整个人也随之缓缓下降到长街上来——她的灵力，耗尽了！

还来不及惊恐，却见那红焰女已经把手中蓝袍人往古玉妃这边一推，然后口中一声清啸，她的整个娇躯表面，竟是瞬间泛起无数金色的火焰光纹。

随着一阵逼人的火气，红焰女整个人在刹那之间，竟幻化成一支神幻无比的法杖！

这支金焰飞腾的法杖，杖身如同月桂金枝，又呈现出水晶才有的清澈澄灵之感。不知是否因为由红焰女化成的缘故，杖身纹路交缠，竟显得极为婉转诱人，让人对着一根法杖都忍不住叫一声：“好身材！”

杖身已然奇特,最奇的还是杖顶那枚火焰色的晶钻。

神州乃至四海的晶钻,都不会太大,有个鸡蛋大的,都会被称为传国之宝。

但红焰女幻化而成的晶杖,顶部这枚晶钻,竟达到碗口大小!

块头大也就罢了,晶钻的造型和光彩,也极为美丽奇幻。

整个晶钻的形状,呈鸡心之形,其中光影迷离,霞光万道、瑞彩千条,但在无数绚丽斑斓的色彩里,最凸显的还是一团耀眼的彤红。

那红艳艳的颜色,仿佛将千山的杜鹃、万里的红霞,只揉在一口小小的水晶缶里,最后才酿成如此艳丽刺目的红彩。

第一百二十五章

神鬼之谋

色彩炽烈浓郁到这种地步，不用说还时时光影变幻，只是静态的色彩本身，就好像火焰在跳跃烈燃了。

这时红焰女媚丽无比的面容，便隐在这样鲜红明耀的晶钻里面，如一位正从火海中悄悄浮现的火焰女神。

可以说，自从星流术在人间流传开来，这还是第一次有人呈现的星流幻形，是一件器物。

看见红焰女呈现出烈焰晶杖的星流幻形，别说那些巡城军和私兵了，就连古玉妃这样博学周知的灵鹫学院教习，都忍不住一愣，觉得万分惊奇。

当然和其他人咧开嘴傻呵呵地发愣不同，她只是稍微愣了片刻，便忽然心中一动，想道："难道是……不可能不可能！"她很快否定了自己刚升起的这个念头，"星流化形为法杖，就已经够奇特了，怎么可能还会是传说中的'焰魂晶杖'呢？不可能，不可能！"

原来，古玉妃看到红焰女的这个星流化形，竟然联想到传说中的十大晶海神器之一，"焰魂晶杖"。

焰魂晶杖，镶有代表红焰晶海的"红焰之心"宝钻，传说乃是上古晶灵族之红焰晶族的祖传圣物。

现在红焰晶海边的红晶族，正是这个红焰晶族经历恶魔时代幸存下来的后裔。

其实在十大晶海神器中,“焰魂晶杖”也是一个比较神秘而特殊的存在。

有关它的传说有很多,千奇百怪,什么都有。其中最流行的一种说法是,现在的红晶族,继承了祖辈的圣物,因此焰魂晶杖就在红晶族手里。

当然,虽说这种说法最流行,但也最经不起推敲,以至于没什么人当真,只是提到时顺嘴一说而已。

很明显,传说中的焰魂晶杖,拥有超乎想象的火焰晶能之力,发挥到极致之时,几乎可以焚城灭国。如果红晶族真有,怎么可能还会偏居红焰晶海一隅,还要受华夏国和云山国的挟制和监管。

所以因为差不多的原因,古玉妃也不敢相信自己刚刚升起的这个猜想。

但她没想到,这些天朝夕相处的红焰女,不仅其星流化形可能是“焰魂晶杖”,甚至个中的真相,还要超乎她的想象!

当然这时候根本没时间深究。古玉妃在星流灵力耗尽时,眼见己方又升起一位星流武士,自然高兴无比。

她立即挥舞幻影长鞭,竭尽平时所学,搜刮仅剩的灵力,施展出耗费灵力不大,但又十分巧妙的幻系灵术来。

还别说,虽然已经不是星流化形,但古玉妃这一番努力,不仅让她护住了蓝袍人,还在围攻中立于不败之地。

毕竟,灵鹫学院的幻系教习名号,可不是白来的。既然有两位星流术高手替自己守护开路,实现自保,自然绰绰有余。

有了红焰女出人意料的“焰魂晶杖”星流术,本来已经陷入不利境地的战局,顿时一变。

那“焰魂晶杖”势若惊龙,所过之处犹如日陨星流,不仅让敌人人仰马翻,还将他们的衣甲瞬间点燃!

在这种情况下,古玉妃几人不仅很快脱困,还很快打下一名宰相府私兵中的星流武士。

突飞猛进之下,她们很快冲过了白虎市,已经望见了皇宫外苑的西大门——白虎门。

见此情形，童大方不禁大急。

作为巡城中郎将，他非常清楚，只要接近了皇城，他这个巡城军的身份，很快就靠不住了。

毕竟，保卫皇城，比保卫京城的优先级高太多。因此相应的，一旦进了白虎门前的皇城范围，四灵禁军中的“白虎部”，便会立即扑上来。

如果说白虎禁军以官兵的身份，站在自己这一方，那倒也罢了，还省事，但童大方对自己今日所做的事情，却是心知肚明。

正是心知肚明，他才心里有鬼，明白今天无论如何，都不能让这仨小娘们儿跟白虎禁军接上头。

于是他变得更急，再也不缩在后面督战了，而是身先士卒，挥舞着大枪，朝古玉妃几人猛冲过来。

能在人才济济的华夏国中做到守卫京城的巡城兵马司中郎将，童大方一身艺业非同小可。

不仅如此，作为巡城军的主将，他对城镇中的鏖战自然有过苦心的钻研。

所以，一身惊人艺业，再加上十分对口的专业，童大方一冲上来，大枪舞如圆光，作用非同小可。

原本朝前猛进的三女，势头顿时一滞。

而这时，他们这个战团，已经快出了白虎市，离宫苑白虎禁军管辖的范围，只差两三丈距离。

别看这时候，那些虎视眈眈的白虎禁军，依旧袖手旁观，那只是因为他们严格遵守律法规条，还在巡城军管辖范围内的事，就让巡城军解决；但看他们跃跃欲试的样子，便知道，只要古玉妃几人踏入皇宫外苑西广场，哪怕只是跨入一两步的距离，他们也会立即扑上来，接管此事。

所以，童大方无论如何，也要在这个预想变成现实之前，将这几个宰相点明要对付的人，变成死人。

在三女出乎意料的战力面前，童大方这时候，哪还有任何活捉的念头？手中那杆长枪挥舞如毒蛇猛龙，招招朝三女的要害扎去。

见他发狠卖力，本来已开始打退堂鼓的巡城军，也顿时精神一振，重整旗鼓，跟着冲杀起来。

而那些宰相府的私兵，本来就卖力，现在一看巡城军都发了狠，那自己哪还有落后的理由？他们立即发一声喊，顶着灼人的火气烈焰，不要命似的朝三女扑去。

这时候，正在古玉妃手中的那个蓝袍人，经过这一番折腾，头上的面罩已然有些松动。

童大方冲锋在前，离古玉妃和蓝袍人其实已经很近了。这时正好红焰女呼啸而过，带起一阵火风，吹得蓝袍人的头罩飘起一角，然后又很快回落，重新罩住。

头罩飘起的时间，极其短暂，也是事有凑巧，恰好这时童大方正奋勇向前，过程中毫无意识地转脸一瞥，在这白驹过隙的一瞬间，看见了头罩后那人的面容——

多少年后，每当童大方回忆起这一刻时，依然会激动得嘴唇直哆嗦！因为正是他这无意中的一瞥，救了他的性命！

虽然这时只是看了那人面容的局部，但童大方却如中魔咒，浑身一震，原本挥舞如轮的大枪，立即松懈，明显减慢了速度。

剧斗之中，童大方这样的举动，不仅奇怪，还很危险。作为他的老搭档，离童大方不远的巡城兵马司副将军齐成龙，立即察觉出童大方的异常。

“老童？怎么回事？”齐成龙大声叫道。

对他关切的呼叫，童大方却如中了邪一般，根本没有任何反应。

齐成龙哪知道，此时自己这位老搭档、老上司，正忙不迭地跟对面的敌手挤眉弄眼呢。

只可惜，他这样的放水之举，转变得也太过生硬。古玉妃可能还能看出些苗头，幽小眉却完全没有反应过来。

眼见敌人首领速度放慢、表情古怪，她立即飞身上前，挥起九幽夺魂镰，一钩镰就扎在了童大方的小腿上！

“哇咧！”童大方顿时一声惨叫，再也顾不得眉目传信，脱口大叫道，“别打我，别打我！我是来帮你们的！”

这样转变立场的话儿叫出口，还不等众人反应过来，他已经大枪拄地，踉跄着转身大叫道："巡城军的兄弟们听着，刚才之事都是误会，咱们别打了！"

听他此言，古玉妃几人又惊又喜，不知道他葫芦里卖什么药。

很快，占总人数三分之二还多的巡城军，真的住手往旁边一退，古玉妃三人的压力顿时大大减轻。

"童大方你搞什么鬼？！"眼见这诡异场景，宰相私兵领头的那位，顿时愤怒大叫道。

"丁太！还我搞什么鬼？"童大方怒吼道，"如果不是你们假传消息，信誓旦旦说什么有江洋大盗潜入白虎市，要对皇城不利，我堂堂京华巡城军，会跟你们瞎胡闹？"

"好了，现在本中郎将已经查清事实，这几位姑娘乃是一等一的良民；丁太，我奉劝你们，也赶紧收手吧！"

"你！"听得此言，宰相私兵为首的丁太，不由得又惊又怒。

当然，这时候他内心更多的是疑惑和奇怪。

童大方刚才这番话，义正词严，听起来也很合理，但丁太知道内情，便晓得童大方这厮完全在胡扯。

今日这事儿，还是他丁太的误导？先前宰相大人可是亲自跟童大方交代过的，根本没有童大方说的这一节。怎么现在他倒装成一个受蒙蔽的好人？简直是扯了弥天大谎，还面不改色。

"为什么会突然转变？"丁太百思不得其解。

这时候，童大方的副手齐成龙怒喝道："丁太！果不其然啊，俺齐成龙先前听你这么说，就觉得好生奇怪。"

"寻常的江洋大盗对官府躲还来不及，怎么会有胆子直奔皇城？"

"本来还有点相信你，现在一看这三位民女，柔柔弱弱就不说啦，那位红头发的姑娘，甚至穷得连衣服都穿不起，怎么会是江洋大盗呢？"

如果说童大方刚才所言，还有点节操，那齐成龙这番话，简直就是睁眼说瞎话，十分无耻了。

于是，当他这番话喊出口时，宰相私兵们全都惊呆了。

这些豢养于深宅大院的私兵，心中不约而同都发出疑问："这人怎么能无耻成这样？"

他们却不知，作为童大方多年的副手，齐成龙不说和童大方心有灵犀，至少也是心意相通。

齐副将太熟悉自己这位上司了。刚才童大方咋咋呼呼的举动，别人看着可能还觉得正常，但齐成龙哪怕只拿眼角余光一瞥，也觉得，老童表演得太过夸张了吧？

那问题就来了：

是什么原因，让宰相徒孙辈的巡城中郎将童大方，如此明显而张扬地站到了苏渐一方？

这个问题的答案，齐成龙一时无从得知，刚才兵荒马乱，他并没有看到童大方的发现。

但不要紧，齐成龙只需知道，自己的老上司、老伙伴，向来外粗里细、粗中有细；这么多年来，几乎所有事，紧跟着他做，都没错。

所以，在内心这样没法说出口的理由下，齐成龙才信口雌黄，用十分夸张的方式，站到了童大方，也就是古玉妃和苏渐这一方。

有了两位主官反水，下面的巡城军怎么还可能出死力？

本来就被三个女子打得丢盔弃甲，巴不得赶紧停战，现在主将发话了，他们立即以出人意料的速度，飞速退到一旁作壁上观。

巡城军退出战斗，只剩下宰相私兵，古玉妃几人的压力顿时为之一轻。

但要说能轻多少，还真不好说，至少身在战局中，古玉妃几人，并没有太明显的轻松感觉。

出现这样的局面，原因十分简单。

相比战力高强的宰相私兵，相对常规的巡城军本来就有充数之嫌。并且，眼见巡城军背盟退出，无论丁太还是其他宰相私兵，都十分气愤，再一想来之前宰相大人的严令，倒反而让他们更加战意高昂。

于是别看现在古玉妃几人，已经推进到白虎大街的尽头，皇城西大门已经近在眼前，但就是这段并不算长的距离，却如同天堑一样，让她们始终难以逾越。

白虎大街上的战斗，再次陷入了胶着状态。

胶着状态，对古玉妃几人来说，并没有什么实质的危险，但对于还在朝堂上面对君臣的苏渐来讲，时间的流逝直接等同于危险。

而且，拖得越晚，这种攸关性命的危险，便累积得越多。

事实上，这时华夏国最高中枢的光华殿，已经吵成了一锅粥。

拖到这个地步，哪怕不看立场，也超出了几乎所有人的心理极限。

别忘了，能站在光华殿上的，哪个不是位高权重？

三天前皇帝陛下还说，光苏渐这样卑微的身份，要指控位极人臣的司徒威，首先就要挨一顿杀威棒。

更何况，这么多人，还陪着他儿戏一样，等了三天，然后在这一天期限到来时，什么朝会议题都没谈，又陪着他干等了一两个时辰。

这种情况下，别说司徒威那一帮人了，就连同情轩辕鸿和苏渐的青龙元帅李潮风，都觉得忍耐不下去了。

司徒威何等人物？都不用眼睛看，就已经敏锐地捕捉到了这个“民意”。

他毫不犹豫，再次用沉痛的语气，说出一番话来。

这番话不必细述，无非煽动群臣，又朝皇帝喊冤。

要放在平时，煽动群臣等同于在金殿上聚众闹事，跟皇帝喊冤代表着胁迫威逼天子。

本来无论哪一条，都非常不合适，毕竟触犯了王法，违背了刑律。

但司徒威说出这番话的时机，却非常好，煽动群臣正好顺了他们郁积已久的闷气，朝皇帝喊冤正好也合了皇帝已经不耐烦的心意。

更何况，司徒威一出头，满朝的党羽立即跟风附议，形成的声势宛如浪潮，如果不身处其中，根本无法理解此时司徒威造成的压力，已经如同泰山压顶一样。

同样的，敢在金殿朝堂上造成这种压力，本身就是死罪，但司徒威就算不看时机，也必须这么做了，因为这三四天里，他和苏渐做下的事，都可以说是“图穷匕见”了。

在这种压力面前，就算一国之主，也完全吃不消。

“苏渐！”李翊的声调，已经接近叱喝了，“你看，怎么办？”

说话的内容，好似在商量，但一听语气，所有人便知道，光武帝这是在下最后通牒。

这时候的苏渐，也五内如焚。

他不知道古玉妃那边遇到了什么情况。

巨大的未知感，让他几乎喘不过气来。

听到帝王叱喝，他顶着巨大的心理压力，硬着头皮道：“陛、陛下，应该就到了，还请陛下再等片刻，再等片刻……”

他这般苦苦哀求时，宰相司徒威的脸上露出一丝不易察觉的得意神情。

趁着金殿上乱作一团，他悄悄地转过脸，朝户部尚书高元博迅速递了个眼色。

一见他这眼色，本来心中也有些忐忑的高元博，顿时心安。

作为宰相一党的铁杆，他对司徒威的示意何等明晰。

司徒威只是不动声色的一瞥，高元博便立即明白，宰相大人已经布置万全，绝不会让苏渐的小动作得逞。

于是，他立即兴奋起来，在按授意开口前，先在心中大叫道：“敞儿啊敞儿，终于等到这一天了！真是‘善有善报，恶有恶报，不是不报，时候未到’哇！”

“你被苏渐这恶棍小贼陷害，蹲大牢至今，你爹爹终于守得云开见月明；苏渐这奸贼，欺负敞儿你也就罢了，没想到他得意过了头，竟然敢跟司徒大人斗！”

“好好好！敞儿，你放心，既然他找死，为父便成全他！今日不仅要让他死，还要他千刀万剐，永世不得翻身！敞儿啊，过了今日，你就能够平反出狱了！”

心中转念之时，高元博上前一步，高声叫道：“启禀陛下，臣以为，苏渐一个黄口小儿，仗有微功，日益骄横，平日便多行不法，里通外国，今日还敢凭空污蔑国之忠臣。”

“臣以为，他今日敢污蔑陷害宰相，那明日妄图谋朝篡位，也绝非危言耸听啊！”

高元博这番话，可谓诛心。

对于一国之主来说，最怕什么？

坐到这个位置，可以说，什么都好商量，甚至皇后背着他偷人，给他戴绿帽子，只要情势需要，都可以忍一忍，放一放。

作为帝王，唯一不能容忍的，便是“谋朝篡位”！

可以说，别说真有人想谋反，就算有人诬告，最后查明实无此事，皇帝心里也会多一根刺。

如果说高元博凭空这么说苏渐，那确实属于危言耸听，最多让皇帝心里多根刺。但眼前这局势，早已被宰相和党羽们烘托铺垫起来，便让高元博这番诛心之言，如同压垮骆驼的最后一根稻草，很可能对苏渐立即生效。

能站在光华殿上的，都是人精，听得高元博说出这句话后，全都心中一凛，然后不由自主地抬眼看向皇帝陛下——

果不其然，皇帝黑着脸，面沉似水。

见得如此，宰相党羽心里暗自欢呼，轩辕鸿则在某一瞬间，几乎面无人色。

到这时，他也不得不站出来，大声道：“皇帝陛下、诸位同僚，都等到现在，为何不再等些时间，就看看苏渐到底是否虚言？”

“哈哈！”见他终于站出来，许多朝臣心里乐道，“轩辕鸿啊轩辕鸿，你终于站出来了啊。”

“你也真是太不厚道了！身为大统领，竟然到现在才站出来，却让自己一个小小的下属，承受这般压力。”

这时即使和苏渐敌对的宰相一派，也能体会到苏渐承受的压力，如天之巨，如山之重。

“轩辕爱卿，”光武帝李翊的声音，依旧如同从云中飘来，但相比之前的清醇浑厚，这时候却多了些捉摸不定的意味，“既然你这么说，好，朕就再给苏渐半炷香的时间。半炷香燃尽，还无人证到来，哼……”

李翊这番话虽然并没有说完，但最后那个重重的哼声，却比实际的威胁，还要可怕万倍。

本来轩辕鸿还有心恳求，想让皇帝陛下再多宽限点时间，但察言观色、听话听音，他立即明白，如果这时候自己还想讨价还价，可能连半炷香的时间都不会有了。

这，已经是光武帝和满朝文武心理极限了。

所以轩辕鸿乖乖闭嘴，老老实实地谢主隆恩，然后怀着满心的郁闷和无奈，退后站在一旁。

这时黄门官得了谕旨，便趋步向前，折断一支龙桂香，留一半插在鹤嘴金香炉里。

轩辕鸿看在眼里，便觉得眼前袅袅飘起的一缕青烟，哪是烟啊，分明是苏渐的催命符。

看到他脸上如此沉重的神色，无论司徒威，还是高元博那帮党羽，全都面露喜色，内心十分快意。

这帮人，这时候，已经不再考虑苏渐了。

他们开始酝酿，接下来怎么借着苏渐这个死人，把轩辕鸿这个又臭又硬的茅坑石头，从玄武卫大统领的位置上拉下来。

刚开始只是个想法，但随着那炷龙桂香越燃越短，他们的心思，便越来越活络。

鼻子里闻着好闻的龙桂香气，看着飘绕半空的袅袅青烟，宰相一派的这帮人，仿佛已经赢得了胜利，看到了自己全盘掌控华夏朝堂的美妙前景。

他们现在唯一的难事，便是如何按捺下已经欣喜欲狂的心情，装模作样地和其他同僚一样，认真地看向金殿大门。

香烟缭绕，时间推移，在君王和众朝臣的齐齐注目之中，光华殿的大门口，等了一会儿，还是一个人影也没有。

见此情景，宰相一党愈加欣喜。

到这时，已经明确站在苏渐这一边的百里英，心情如堕九幽冰狱。

如果说，先前一直仗着天生的臭脾气，再加上苏渐曾经的许诺和威胁，百里英在这场华夏国前所未有的浩大朝堂政争中，还能心存一分侥幸的话，那现在，他是彻底后悔了。

岂止是后悔啊，他简直后悔得想当场放声大哭！

他真的后悔死了！

从刚才起，他就在心中一直怒骂自己："一个恶棍，一个流氓，打对台戏，我一个清高言官掺和什么？简直有污御史之名！"

他觉得，即使有先前的默契，苏渐也不能怪他现在这么想。

这事儿已经通天了，闹得太大了。实际对阵的三方，一个是皇帝，一个是宰相，结果他却把宝押在了苏渐这个小小玄武卫的身上。

现在想来，自己一定是被老恩师的死吓坏了脑子，或者哪天不小心吃错了药，又或者被笨鬼附了身，才会做出这样丧心病狂的愚蠢之举。

这般想时，他不由得用炽烈的眼神，看向司徒威。

他现在满心想的是，自己该怎么做，才能弥补之前犯下的过错，从而得到司徒大人的原谅，加入他那个如日中天的阵营。

百里英心中酝酿"弃暗投明"计划时，鹤嘴黄金炉的龙桂香，已是堪堪燃尽。

这时所有人的目光，再次朝门口看去，却还是一个人影也无。

司徒威见状大喜，连忙高声叫道："陛下请看，半炷香已烧完，殿门外半个人影也无，苏渐这厮简直罪大恶极！他——"

"等等！"轩辕鸿忽然打断他话道，"司徒威，你仔细看看，还有一小截香没烧完呢！"

司徒威闻言一看，果然还有段龙桂香，也就指甲盖般长，还在荧荧烁烁地燃烧，不过已经半埋入香灰里，不仔细看根本看不出来。

司徒威顿时差点把鼻子气歪，不过很快他就转怒为喜，立即朝帝座方向拱手道："启禀陛下，您都看到了，轩辕大人他胡搅蛮缠。"

"老臣本不欲与玄武卫之首有什么龃龉，但到这时老臣也不得不说了。苏渐，乃玄武卫之人，玄武卫出此悖逆狂徒，轩辕大统领有不可推卸之责。"

"臣已一再退让，但实在忍不住要说，臣司徒威，实在不欲与此等奸诈之人同殿为臣！”

此言一出，顿时二三十位宰相党羽再次出列，以高元博为首，一齐躬身朝上叫道：“臣等附议，不欲与奸诈之人同殿为臣！”

光华殿上，霎时间又掀起汹涌狂潮。

如潮非议中，一直没说话的萧龙雀，忽然高声叫道：“禀陛下，半炷香将尽，所谓人证还未到来。臣与宰相大人一道，都被这黄口小儿中伤，便有一不情之请：若定此子死罪，请由我和他校场对决，一决生死！”

一听此言，宰相一方的众官员，禁不住倒吸一口冷气，但反应过来后，却都不由得大喜过望！

他们想清楚了萧龙雀这么做的用意，因为万一陛下看在轩辕鸿的面上，一个仁慈，结果只让苏渐午门砍头，那真是便宜他到姥姥家了。

而萧龙雀是什么人？仅次于战神轩辕承天的京华第二杰！一身武艺深不可测，纵使苏渐有些怪才，对上萧龙雀，还不是萧龙省要他扁就扁、要他圆就圆？

到时候，神戟将萧龙雀有的是残忍恶毒的法子折磨苏渐，这小贼就会知道，原来“死得痛快”，是一件多么美好而又可望不可得之事。

所以，这些宰相阵营中的官员，反应过来后，都在心中感叹：“有句老话说得好，‘咬人的狗儿不叫’，别看萧将军一直没吱声，这一开口，就如此狠辣。”

司徒威更是转过脸来，给了萧龙雀一个万分赞许的眼神。

“萧将军这个提议——”宝座之上的光武帝，正要给出答复时，却听到殿门外一阵大乱。

“怎么回事？”无论光武帝还是众朝臣，都是一惊。

正在这时，响起黄门官的响亮叫声：“半炷香，燃尽！”

几乎与此同时，便听得一个脆嫩的女声，如春谷黄莺般啼鸣：“让开，让开！小苏哥哥的人证，到了！”

话音刚落，便见得一个女娃儿跳过金殿门槛，蹦蹦跳跳地跑进光华殿来。

紧接着，便是红衣蓝衫两位女子走进殿来，她们的手里，还牵着一位头罩遮面之人。

满朝文武,顿时把目光都聚焦在她们身上。

“古玉妃?”灵鹫学院的火辣女教习,大名鼎鼎,殿上有许多官员已经认出来。

“红焰女?”因为跟着苏渐做事,红焰女也来过几次京城,并且因为充满异族风情的美貌,还有常年大尺度裸露娇躯的着装风格,也让她有了一定的知名度,因此在认出古玉妃之后,光华殿上也有不少男性官员,将红焰女认了出来,还不由自主在心里想:“嗯,这就是娘子经常念叨的那个红发‘狐狸精’吗?怎么这会儿来光华殿了?”

“这个小女娃是……”

相比之下,幽小眉就没什么知名度了,满殿之上,除了少数人,根本没人认得她是谁。

他们只觉得这小女娃,不仅生得靓丽灵动,还有一股说不出来的神秘幽邃之感。

如果说,这三位还不是所有人能认出来,那现在正跟着走进来的这位,就几乎尽人皆知了。

“童大方?!”一看见他进来,司徒威差点没惊掉下巴!

“怎么回事?”他心中惊疑不定地想道,“老夫不是吩咐他,一定拦截所有苏渐同党,不让他们接近皇城吗?”

“怎么不仅这几位进来了,他也跟着跑来了?难道他暗藏手段,巧用机谋,要在她们终于来到金殿,警惕心放到最松时,给她们出其不意的一击?”

“不对不对!”司徒威很快否定了这个想法。

童大方的本事他还不知道?还出其不意一击呢!他那身本事,连古玉妃这道关都通不过,怎有胆量在金殿上偷袭?

更何况,看样子,那个“人证”,已经被带来了啊!

也是深陷其中,关心则乱,司徒威一时竟没注意到,他这位徒孙辈的巡城兵马司中郎将,那脸上的表情,看向古玉妃等人时,竟是一脸的讨好和关切,这倒戈之相,简直不要太明显啊。

司徒威的麻木,只是一时的。

很快他就和其他人一样,看出情况有些不对劲。

还在他惊疑不定时,古玉妃几人,已经开口说话了。

“臣灵鹫教习古玉妃,特为苏渐带人证上殿。”灵鹫学院的正牌教习,相当于五品官职,所以古玉妃上殿后,理直气壮地称自己为臣。

“民女红焰女(民女幽小眉),参见吾皇。”无论是异族的红焰女,还是从异界而来的幽小眉,来之前已被苏渐培训过,此刻在帝座之前,自称民女,也是彬彬有礼。

听她二人自称民女,童大方却只觉得哭笑不得。

想着先前长街鏖战时,幽小眉的暗黑嗜血、红焰女的势若焚城,现在她们却低眉顺眼,千般的羞涩,万分的可怜,童大方便不由自主地神色古怪。

他忍不住在心里当场窜改圣人的名言:“哎,真是‘唯女子与小人不可信也’……”

在他胡思乱想之际,却听司徒威厉声叫道:“童大方!你身为巡城中郎将,怎么擅自进殿,还让这几个乱民闯进殿来?”

司徒威这一声喝,是想着童大方毕竟是自己这一方的人,可能之前没能阻挡住,现在自己这一声喝,童大方正好找个台阶下,顺手就把这几人赶出殿去。

却没想到,童大方竟是把头一昂,大声说道:“司徒大人,正因本将身负巡城重责,才要护送这几位义民前来金殿,免得半路上被奸人陷害!”

“什么?!”包括司徒威、高元博在内的许多人,简直不敢相信自己的耳朵。

没有任何理由的,忽然间,司徒威只觉得后脊梁骨一阵发寒。

就在这时,却是那幽小眉,再也忍不住,怒叫道:“你这奸臣老头儿,还想谋害我家小苏哥哥!今天小眉就让你看看,什么是证据!”

说话间,她已飞身上前,一把扯下那蓝袍人的头罩。

什么是晴天霹雳?

什么是石破天惊?

头罩掀开的那一瞬便是！

“啊呀！”饶是在金殿这样庄严的场合，凡是看清此人面目的朝臣，全都忍不住惊叫出声！

“怎么会是他?!”萧龙雀一看，顿时身躯一震，满脸惊惶，竟好似见了鬼一样——

不，如果真见了鬼，他这位神戟将，绝对不会像现在这般惊恐害怕。

萧龙雀已然如此，司徒威更不要说了。

他回过身，一见此人面貌，刚才那满腔的气势和怒火，好像突然被人一缸冰水浇下，瞬间消失不见，连个小火星都没了。

不仅怒气全部消失，司徒威此时满心里，只剩下一个“怕”字！

极度的惊惧交加间，叱咤华夏朝堂数十载的司徒宰相，居然“啊呀”一声，如发癔症，在众目睽睽下瘫倒在地！

瘫倒在地后，他并未昏倒，而是牙齿“嘚嘚嘚”上下震击了好半天，才结结巴巴地挤出一句：“你、你不是死了吗?”

“哼！”摘下头罩之人，却是瞪着他，咬牙切齿道，“你当然恨不得我死了才好！”

一听此言，司徒威再无任何侥幸念想。

无边的害怕，竟激发出难以想象的力量。也不知从哪里涌出一股劲儿，瘫倒在地的司徒威，竟是猛然重新跳起，奔到最近的那个执金吾武士身边。

还不等执金吾武士反应过来，司徒威已抽出他的腰刀，又返身冲向了蓝袍证人。

没想到才到半途，却被苏渐眼疾手快地飞起一脚，踢掉手中金刀，又是一脚，被重重踢倒在地！

眼见如此，这位蓝袍证人，心中最后还存有的一丝犹豫，也没了。

他立即朝宝座上的皇帝大叫道：“臣甘文光，要告发司徒威叛国通敌、残害忠良的滔天罪行！”

只这一句话，便如石破天惊，震得仿佛整座金殿都在摇晃，有些人更是如同魂飞魄散！

接下来，司徒威第一心腹、第一谋臣甘文光，便一桩桩、一件件地控诉司徒威及其同党。

如果放在以前，司徒威只会怕甘文光不够聪明，怕他记忆力不够好，但这时候，他恨不得甘文光立马变成白痴。

当然这时候，司徒威已经根本没心思听甘文光在说什么了。

他的聪明程度，不在甘文光之下，知道甘文光只要开了口，整个就已经全完了。

他知道，自己这些年干的那些事，根本不能抖落到人前，更别说到君前。

别看有些事，比如决意投降龙国，自己在萧龙雀等自己人面前，说得理直气壮，好像不惜个人荣辱，众人皆醉我独醒，全怪那些凡夫愚民不能理解，但他其实是知道的，这些事属于能做不能说，一拿到光天化日下来，就极其错误，大错而特错。

这些可能还算好了，虽然已经属于卖国之列，但勉强还属于政治范畴，未必没有扯皮的余地，但无奈的是，甘文光说出的更多事情，却是极损阴私、极其狠毒，是无论如何都无法辩解的一类。

比如，虽然澹台兴遇刺只是近期的事，但司徒威对此事的筹划却早在几年前，这事便“不幸”地被甘文光随随便便就说了出来……

第一百二十六章

宰相三问

所以，司徒威只听甘文光说了个开头、说了个大概，便立即“魂不附体”，整个三魂六魄都好像要飞出腔子，飞到金殿外面去了。

当然在极度的惊恐之余，司徒威心中却还有个极大的疑团。

极度虚弱中，他努力看向萧龙雀，用眼神询问：

“你不是说过，你亲眼看到甘文光在海外灵洲被苏渐亲手杀死了吗?”

面对他质询的眼神，萧龙雀轻轻地摇了摇头，目光转向甘文光，又看向苏渐，一脸的茫然。

见他这样，司徒威便知道，对自己的问题，萧龙雀也没有答案。

但正因为如此，他已经有答案了。

“没想到啊没想到，”他在心中悲叹，“终日打鹰，却被小麻雀儿啄瞎了眼。当日定是苏渐使了什么花招，比如用了幻术，特地瞒过了萧龙雀，这才让我等产生了误判。”

“唉！可笑啊可笑，我等还肆无忌惮，以为可以在国中为所欲为，所虑最多陛下一人，却没想到竟然还有苏渐这样不起眼的小贼，竟早在暗中盯上了我们。”

想到这里，位极人臣的一国之相，竟是心胆俱寒，身子忍不住急速地颤抖起来。

看着他魂不守舍、惊吓到极点的样子，这时金殿上有一人，忽然间深深地觉得，自己简直太幸运了！

毫无疑问这人正是百里英。

这位内心复杂的知名御史，于短短的片刻之间，就好像从天堂走到了地狱，又从地狱回到了天堂。

看着司徒威惊恐畏缩的样子，百里英忽然感到很羞愧，羞愧自己刚才竟然产生了退缩的念头，羞愧自己竟然对苏渐产生了不满和怀疑。

“怎么会这样？”百里英拷问着自己。

百里英毕竟是聪明的，很快他便找到了答案。

“一定是被鬼上身了！”百里英在心中叫道，“肯定是这样，真是‘活见鬼’了！”

“我百里英多么正义明智啊，正常情况下怎么可能对小苏大人的正义事业产生丝毫动摇？”

“对！一定是今天出门没看皇历，日头又相冲，还有这光华殿年深日久，难免有不洁之物，方才便鬼迷心窍了。”

“对，就是这样！”这一次，百里英终于彻底坚定了信念。

用迷信的思路找到解释后，百里英的脑筋顿时又活泛起来，不像刚才那般神气恹恹了。

于是他抬头看看皇上，正见光武帝李翊，也朝他看来——

这是多么温暖和煦的目光啊！

如果眼睛能说话，善于察言观色的百里英，早就听到了圣上对自己的赞扬，甚至看出来那个空悬已久的御史大夫一职，皇帝已经属意他了。

百里英的这个判断，绝对没错。

宝座上的光武帝李翊，眼看情势急转直下，不由得对所有苏渐这一方的人——其实也没几个人——刮目相看。

在满朝众口一词站在宰相一方时，百里英敢挺身而出，坚决站在苏渐这一方，别说他的主张是对是错了，光这份敢冒生命危险的不从众勇气，就足以让李翊下定决心，要把御史台之首的位置交给他。

看出皇帝这个意思后，百里英不仅大喜，还很震惊，因为宰相先前利诱他的这个条件，竟然不用投靠宰相那一方，也同样实现了！

惊喜之时，他下意识地转脸看向苏渐。

见他看来，苏渐面带微笑，朝他做了个口型。

百里英稍一辨认，便读懂了。

少年玄武卫分明在跟自己说："我，没有骗你吧？"

到这一刻，大起大落的监察御史，再也支撑不住，只觉得眼前一黑，晕倒了。

在甘文光淋漓尽致揭发宰相之时，类似百里英这样的悲喜剧，同样在金殿其他各个地方同步上演着。若说有什么区别，无非是程度不同，以及同样是晕倒，有的人是乐晕了，更多的人则是吓倒了。

宰相的勾当，其实罄竹难书，真要甘文光放开了说，也许一整天都说不完。

但这时候，肯定不需要他把所有事情抖落干净，一来时间不允许，二来有些事，也要顾及朝廷的颜面。

对这一点，苏渐早就心知肚明，因此待甘文光把最重要的几件事说出来后，他便立即用眼神示意甘文光适可而止。

现在的金面甘参军，完全唯苏渐马首是瞻了。

见他目光飘过来，甘文光立即道了句"今日且说这么多"，就结束了他的控诉和揭发。

控诉结束后，甘文光看向司徒威，忍不住咬牙切齿骂道："司徒老贼，你果然狠毒！没有功劳，还有苦劳，我甘文光为你出谋划策这么多年，出事后你竟然还要残杀我一家老小！"

"啊？"听得此言，已经心胆俱丧的司徒威，一阵茫然，莫名其妙道，"文光你何出此言？残杀你一家老小……我没有啊，我善待他们了啊。"

"呃？！"甘文光闻言一愣，下意识地看向苏渐，却见苏渐正面沉似水地看着他。

见他如此，甘文光头脑中霎时犹如一道电光闪过。他立即想到："原来苏渐骗了我！"

一念及此，甘文光不由得悔怒交加。

司徒威一看他这样子，也意识到什么，连忙道："甘贤侄，莫非你中了某人奸计，被他哄骗了，才来污蔑本相？"

“绝无此事！”甘文光反应过来，立即大义凛然道，“对你的揭发，全是发自内心！甘某只为朝廷国家剪除大奸大恶之人，此乃正义之举！”

笑话！他甘文光可不是傻子，事情发展到这地步，还有往回收的可能？

开弓没有回头箭，别说他现在已经把宰相所有烂底都透了，宰相已经完了，就算没透干净，宰相还有反击的机会，他也不能背叛苏渐。

因为就他这段经历，按司徒威多疑嗜杀的性子，日后也会找机会将他杀人灭口的。

毕竟自己追随司徒威这么多年，不是白追随的，对这位主子，他太了解了！

所以甘文光不仅不会反悔，反而对苏渐更加佩服，也更加畏惧：“原来，苏大人他，完全不怕自己重新投靠司徒威啊……”

到这时，话说到这分上，就该看宝座上那个人怎么处理了。

“苏渐，你找的这人证，怎么到现在才来？”让众人没想到的是，李翊竟然没对司徒威发雷霆之怒，竟是语气平和地问了苏渐一个问题。

“启禀陛下，原因很简单。”苏渐转过脸，看了一眼甘文光，然后不卑不亢地说道，“小臣本来安排得很好，却还算漏了一件事。”

“何事？”李翊问道。

这时玉阶下其他还能保持清醒的朝臣，对这个问题也十分好奇，便全都盯着苏渐。

“咳咳，”只听苏渐清咳一声，朗声答道，“臣算漏的一事，便是没想到，甘文光这厮，实在太倒霉了。本来将他托付于灵洲女王，待我离岛后，也差不多就派人护送他回神州。”

“本来选择的航路，很可靠，没有暗礁，气候也好，还没什么海怪，但皇上您知道吗？不知道怎么的，暗礁、风暴、海怪，这些竟然都让他给遇上了。”

“虽然在灵洲妖族的拼死协助下，这些都勉强熬过了，但原本携带的粮饷物资便不够了。为了补充，押送甘文光的海船只得中途转向一个补给岛，便耽搁时间了。”

“原来如此。”李翊点了点头，显然对这个答案十分满意。

不过很快他的神色，就变得极其凝重严厉。

“司徒威、萧龙雀，你们还有什么话说？！”李翊罕见地用极高的音量，朝司徒威二人怒喝道。

天子之威，非同小可，别说司徒威了，就连萧龙雀这样身怀绝技的武夫，也一下子“扑通”跪倒在地。

“臣，无话可说。”到了这时候，司徒威知道说什么都只能让皇上更加愤怒，于是他十分聪明地选择了闭嘴。

萧龙雀此时，虽然和司徒威同样跪倒，但他却直着上身，用愤怒的眼神朝苏渐怒目而视。

在萧龙雀的理解里，他们父子二人沦落到这个地步，完全拜苏渐一人所赐。

见他这副死不悔改的样子，苏渐不由得大怒。

他也不顾什么君前礼仪了，一个箭步上前，站在萧龙雀的对面，朝他怒骂道：“萧龙雀！怎么，你还不服？既知今日，何必当初？别的就不说了，你别忘了，寂灭林中那上百个冤魂！”

听他这般喝问，萧龙雀这才气势略弱，微微低头。

不过很快他便又扬起脖子，朝苏渐叫道：“我也杀过龙兵，甚至还有龙将！我在龙境流过血，我杀的龙族之人，比你多太多！”

“这又怎样？”苏渐嗤之以鼻道“萧龙雀，看来你有今天，也不冤枉。你到今天都没想明白吗？这些都是你应该做的，但你做了更多不应该做的！”

“你！”被苏渐一激，再加上大势已去，身怀绝技的萧龙雀，在这一瞬间，还真的想不管不顾地动手。

他相信，凭自己一身绝技，此时如果奋力动手，杀死苏渐不用说了，说不定还能赶在那些星流高手来得及护驾之前，挟持住皇帝；那样说不定还能破解今日之局，自己和义父还能有一线生机。

心中这般想时，他的目光便自然而然地流露出凶光。

见他如此，苏渐也不由得心中一惊。

“干不干?!”这一刻，已经到了萧龙雀这辈子最重要的抉择时刻。

但很快，他就看到了苏渐脸上害怕的表情。

看见苏渐畏惧，萧龙雀却忽然迟疑了。

因为他看到苏渐脸上的害怕表情后，不由感叹：“也太假了吧！”

不管萧龙雀承不承认，现在他的潜意识里，已经对这个英俊少年，怕了。

这事也实在奇妙。

当初他对苏渐，可是不屑一顾啊。

当年在落魂渊前，面对苏渐，他甚至都不屑动刀动剑，只舍得飞起一脚，将苏渐踢下深渊，没想到在今天，他看着苏渐，却如同面对一头凶猛狡诈的魔兽。

不敢对苏渐下手，他又想到，能不能去杀甘文光?

“也没用。”他立即想到，可以预见，甘文光来到金殿之前，早已经亲自画押各种供认书，再有今天金殿上这一出，就算他被自己杀死了，对大局也根本无济于事，反而可能让义父大人头上的罪名，再增加几条。

这么一转念时，苏渐那有些惊慌的神色，落在萧龙雀眼中，就更加变成了极度可恶的陷阱。

于是萧龙雀瞬间没了任何不良心思，老老实实地低下头，朝宝座之上的帝王深深地叩了一个头，低声说道：“臣萧龙雀，也无话可说。”

见他如此，苏渐暗中，竟是长长舒了一口气。

“幸好幸好，亏得我故布疑阵。否则要是萧龙雀发作起来，这么近的距离，我很可能要吃大亏。”一想到萧龙雀鬼神般的奇诡身手，苏渐还是有些不寒而栗。

这么想，倒不是苏渐怕死，而是觉得，因为自己，搞得血溅金殿，总不是好事。当然他也担心皇上的安危，毕竟，他是个忠臣。

就在这时，光武帝李翊清润醇和的声音，也从金殿深处传来：“帝国之相，不可轻侮，便先禁足吧。两人俱都禁足宰相府，此事慢慢待查。”

此言一出，众朝臣尽皆惊讶。

而对萧龙雀来说，如果说他刚才虽然低头，但还蓄了一些余力，但就这一道出乎意料的圣谕下来，他整个人的气势便一下子泄掉了。

对如此高高举起、轻轻放下的处理，大部分朝臣，自然都不理解。

宰相一派的人，自然惊喜莫名；保持中立的那些官员，却人人面露惊诧神情。

他们想不通，今日甘文光捅出来的司徒威罪行，可称滔天之罪，惊世骇俗，怎么皇帝陛下却只判了个禁足？

人人惊诧之余，轩辕鸿和李潮风等少数几个朝臣，看着眼前的结局，却是若有所思。

不过即使是他们俩，也没注意到，就在司徒威和萧龙雀被金殿武士押出殿门之时，一直望着他们的光武帝，竟是暗自松了一口气，然后便眼泛森寒的光芒……

高踞宝座，李翊什么看不到？

不用说区区金殿，就是普天之下，他什么看不清？

这就是“帝王之目”。

刚才萧龙雀的异动，李翊看得一清二楚；更何况，他还有更深的考虑。

因此，才有这样恰到好处的“和稀泥”圣谕。

再说司徒威。临被押出金殿前，就在他抬脚要跨过台阶的前一刻，司徒威忽然停了下来。

见他停下，押解他的金殿武士，不由得有些紧张。

正要呵斥他快走时，却见司徒威忽然回头看向那个少年。

司徒威，华夏宰相，一生惯会看人。

但越是会看人，他越看不懂苏渐。

“苏渐，”遭此巨变的司徒威，语气却有几分平和，“你，要权吗？”

“不是。”苏渐看着他，平静地摇了摇头。

“那是要钱？”司徒威又问道。

“不是。”苏渐又摇了摇头 。

“那是要名？”司徒威追问。

“更不是。”苏渐再次摇了摇头。

问到此处，司徒威不再追问。

他眼中满含着疑惑，转过身，跨出了金殿的大门。

三问之后，司徒威还是没看懂苏渐。

他觉得，这个年轻人，太复杂了。

他却不知道，不是苏渐复杂，而是像他这样的精英，变得越来越不简单，以至于不知从什么时候起，忘记了自己的初心。

而那位萧龙雀，被押解出光华殿门时，也转过了头。

他不是去看苏渐，而是怔怔地看了幽小眉一眼。

当俊美无俦的神戟将，跨出殿门，来到了灿烂明亮的天日之下，身上拂过一缕清凉干爽的春风，心想："嗯，这样，也挺好。"

"这些年，没被她用兵刃杀死，却被她用这种办法解脱，也好，也好……"

司徒威和萧龙雀被押走之后，金銮宝殿上的悲喜剧仍在继续。

"宰相……就这么倒了？"看着消失在金殿大门外阳光中的司徒威背影，殿上众人全都有种极强烈的不真实感。

能站在这金殿上的，都是沉着稳重之辈，但这一刻，真的有许多人，都怀疑自己是在做梦。于是什么暗中掐胳膊、拧大腿的验证举动，此起彼伏，层出不穷。

这时候，刚刚喜极而晕的御史百里英，已有黄门官上前，给他灌温水、喝安神药，很快就醒来了。

醒来的那一刻，百里英也不管这是金殿朝堂之上，极其畅快淋漓地高叫一声："痛快！"

金銮殿上这般举动，可谓僭越失礼，按当时刑律，已经犯法。但这时候，没有人指责他，甚至连宝座上的皇帝，也目光温和、面含微笑地看着他。

见得如此，许多人看向百里英的眼神，就分外的灼热。当然还有些与他不和的人，见状不由得羡慕嫉妒恨，暗骂一声："这晓得投机的老狗！"

相比百里英，另外一位当场瘫倒之人，就没这么好的待遇了。

户部尚书高元博，直到最后一刻，还死心塌地站在司徒威一方。而他的心理素质，并没有他自以为的那么强大，于是尘埃落定之时，高元博惊惧之下，也一下子瘫倒在地。

只是体似筛糠之际，却没人管他。

这时许多人想起高元博先前的举动，便觉得既可气，又可笑。

如果把高元博比成一头农户家豢养的猪，那他刚才的种种"表演"，简直是自己把自己往屠宰场送啊。

把他晾了一会儿，可能连皇帝也觉得他有碍观瞻，便挥挥手，立即有金殿武士上前，把曾经不可一世的户部尚书，给拖了下去。

将司徒威和萧龙雀押走后，高踞帝座上的李翊，也觉得好似心头一块石头被挪走，感觉变得有些轻松。

这时他终于有暇把注意力，放在闯入金殿的几人身上。

"甘文光——"他首先看向这位前宰相首席谋臣。

"臣在!"甘文光赶忙叩头行礼。

"此回你能指控上官，也算深明大义。"李翊沉声道，"你放心，朕向来赏善罚恶，接下来审查宰相之事，定然耗时漫长，你只要好好配合，朕心里自然有数的。"

"谢陛下！谢主隆恩!"甘文光闻言又惊又喜，磕头如捣蒜一般。

曾经骄傲得不可一世的甘参军，这几月里，心气早被苏渐的手段磨平。

傲气磨平，不等于没有怨气，事实上他在内心里，对苏渐还是十分仇恨的。

但这一刻，亲口听到圣上的嘉奖承诺，甘文光的心里，竟对苏渐生出一丝感激。

"古教习，童将军，你们做得也很好，之后本皇自有封赏。"对古玉妃和童大方两人，李翊还是认识的，便点头称许，示意嘉赏。

"谢主隆恩!"相比甘文光，这两人上前谢恩的举止，显得矜持了许多。

但也就是和甘文光比了，事实上童大方此时简直心花怒放，口中说着谢恩之言，心里却不停地大叫道："赌对了！赌对了!"

"你叫……幽小眉?"这时李翊的目光，转向了那个玲珑俏丽的小女娃。

“是呀，”幽小眉眉弯如月，嘻嘻笑道，“皇帝大叔，我就是小苏哥哥的妹妹——噢对了，小苏哥哥说，要自称‘民女’，那我就是小苏哥哥的民女妹妹，幽小眉。”

见她这般口无遮拦，话语天真，殿上众臣全都忍俊不禁。

而光武帝李翊，自登基以来，还是第一回被人叫“皇帝大叔”，虽然不生气，但还是觉得哭笑不得。

见她言行娇憨可爱，本来没想多说的光武帝，也来了兴头。

“我想起来了。”他脱口道，“幽小眉、幽小眉，你就是苏渐养的那个‘小外宅’吧？”

李翊此言一出，殿上群臣中一阵骚动，苏渐更是立时臊了一个大红脸，满腔冤屈之际，恨不得当场挖个地洞钻进去！

这时有很多人，都伸长了脖子，仔细打量幽小眉长什么样。毕竟他们中很多人，都听说过这个坊间传闻，说那个小小的玄武卫，竟养了一个更小的外宅。

众人神色古怪，死盯着幽小眉，但幽小眉好似旁若无人一般，朝上好奇问道：“皇帝大叔，你也说我是苏哥哥的外宅啊？那到底这个‘外宅’是什么意思呢？”

“以前也有好多人这么说，开始小眉还以为是‘外债’，可后来听了几次，却觉得不像。而且小眉好几次追问，那些大叔大婶却只是笑，就不告诉小眉，真是气死人了！”

不得不说，“民女形态”的幽小眉，天真幼稚，已经娇憨可爱到一定地步，因此这一番可笑言论说出来后，立即让金殿上的众人笑得前仰后合，还忍不住心生爱怜。

不过，以为幽小眉真是苏渐“童养媳”的文武官员们，却根本想不到，眼前这个幼稚可爱的小少女，是真正高贵稀有的魔界皇族血统。

这时候，只有见识过幽小眉可怕战力的人，比如童大方，才根本笑不出来。

其实正因为幽小眉不是人间之人，而是魔界魔族，才会不了解“外宅”这样的俚语。

外宅，乃是当时男子养于别宅，而与之同居之女，简单说就是男子在妻妾之外的情人。

刚才光武帝李翊“外宅”之语，也是心情极度放松后的脱口之言，但现在看幽小眉一脸认真地追根究底，他反而没办法回答了。

这时他忽然心里一动，心想道：“果然经世治国，不可小气。”

“上回幽州之事前，我曾将火枫林、心碧湖，赏给苏渐养小外宅。本来只是随性之举，毕竟不过一郊区野林野湖而已，却没想到，今日竟起了大作用。不仅苏渐，连幽小眉也感念大恩，给我立下了天大功劳。嗯，以后朕之行事，还要如此大方才行。”

心里想着，他的目光又转向红焰女。

虽说光武帝李翊，帝后恩爱，但是今日每一回目光扫到红焰女，都忍不住惊艳一回。

红焰女的容貌，本就艳丽无双，更何况身上寥寥几片衣物，裸露大片肌肤，关键身材还曲线婉转、凹凸有致，于是对奉行礼教的华夏男子，造成了视觉和心理上的双重冲击力，强度简直惊天动地。

简单说，即使不考虑红焰女本身天生的火灵属性，她现在往金殿上一站，那具充满青春活力的窈窕身躯，也自然流露出无穷的热力。

当然对李翊来说，惊艳之外，还有惊讶。

他忍不住问道：“红焰姑娘，身上衣物，何其少也？”

红焰女从容答道：“民女生长于红焰晶海，气候炎热，本就衣物稀少。而刚才护送人证前来之时，一路还有奸人放火挡路，故此衣裙烧损，显得单薄。”

“唔，原来如此。”李翊满意地点点头，又顺口问道，“不知红焰姑娘，可曾婚配？”

“还未婚配，”红焰女毫不犹豫地答道，“只等义兄苏渐安排。”

红焰女这个回答，出于无邪，但一听她这话，包括李翊在内，金殿上几乎所有人，都以暧昧的眼神朝苏渐看来。

苏渐顿时如芒在背，只觉得今日扳倒宰相带来的喜悦，正被这些误会给一点点抵消……

而这会儿，金殿上有许多文武重臣，显然已看到苏渐未来无穷的潜力，他们自然而然地打起了将女儿嫁给苏渐的主意。

若放在往日，以他们的身份，提出这样的想法后，对方哪还不喜出望外，赶紧从善如流恨不得当场就把洞房给入了？但今天这场面下，他们却不太自信了。

因为他们看到，少年身边那几个女子，尽态极妍，或如春山翠笋，或如灵宫火玉，或如丽日芳菲。自己的女儿和她们一比，说自惭形秽可能过分，但至少也是黯然失色……

无论华夏朝堂多高贵，其实也是人间俗世的缩影。现在宰相明显垮台，众朝臣便在散朝之后，毫不掩饰对轩辕鸿这一方的热情。

当然轩辕鸿贵为四灵军团的首领之一，能上去跟他去搭话的，毕竟只是少数，更多的官员掂量掂量自己的分量，便都赶紧跑到百里英、苏渐面前献殷勤。

当然也有不顾大局的。不少人实在被古玉妃、红焰女、幽小眉三女美色所诱，便在如此关键的时刻，忍心放下轩辕鸿那几人，一个劲儿往这三女面前凑。

被众人簇拥的百里英，不过才享受了片刻众星捧月的感觉，就紧赶了几步，跑到苏渐的身边。

“苏大人，”百里英小声说道，“我其实有一事未明，想要跟大人请教。”

论资历，百里英不知比苏渐高了多少，但这时候他说话小心翼翼，低声下气，不知道的还以为是下属跟上司请教。

“何事？百里大人请说。”众人面前，苏渐还是十分客气的。

见他这么客气，百里英都有点不适应。那晚凶神恶煞的苏渐哪儿去了？这时候一副温文尔雅的模样，落在百里英眼里，实在违和。

稍微一愣，他便压低了声音说道：“皇上他，到底什么意思啊？怎么才禁足？就这样将那些人轻轻放过？”

“轻轻放过？”苏渐轻轻一笑，“看起来，确实是这样。不过皇上他英明神武，这么做自然有他的道理。我们这些做臣子的，小心做事就好，就不要妄自揣摩圣意了。”

百里英闻言，又是一愣，心中无奈地想道："苏渐这家伙，究竟是什么样的人？"

"前些天潜入我书房，动刀动剑的，只管拿狠话儿吓唬我；怎么今天这要命的节骨眼儿上却打起了官腔，满口冠冕堂皇，简直比我这个老御史还要装腔作势。"

想到这里，他本来不想再说了，但停了一会儿，他还是忍不住道："苏大人啊，淡定从容，自是我辈应有的雅量。不过也别忘了昔日中山国，东郭先生救狼之旧事。"

说罢此言，他不再说话，只是闷头向前，径直去寻自家的轿子去了。

"呵！"看着他的背影，苏渐摇头笑了笑，心想道，"百里大人，素被称为'铁御史'，其实并非迂腐之辈，倒不枉我结交一场。"

"其实他还是不明白我的心意。我苏渐费了这一番泼天之力，扳倒宰相之辈，岂为执着于要他们性命？最重要的，还是将其恶行昭彰于天下，让他们不再能横行，不再能欺骗人心。"

"至于圣上是否过于宽柔，却不在我的计较之内。我相信，即使他们能逃过这一劫，也绝无好下场。别的不说，就凭寂灭林中那上百条冤魂，我不信他们不遭报应！若真个不报应，我——"

想到这里时，英神爽朗的少年，嘴角不由自主地流露出一丝冷笑，只看得远处高元博之辈胆战心惊。

其实这会儿，百里英可能还不如童大方看得清。至少，童大方自己是这么认为的。

在他的认知里，权倾朝野的司徒威，已经完了。

在这种认知的支撑下，即使这时还有很多人采取观望态度，但他毫不犹豫地投向了轩辕鸿和苏渐这一方。

于是，当他散朝遇到高元博，被高元博用凶狠的眼神瞪时，这位高元博的门生、曾经最铁杆的宰相一派，却跟没看见一样，东张西望地就从高元博面前走过去，连看都没看一眼。

童大方这样的表现，倒还不如对高元博口出恶言！

高元博顿时气得脸红脖子粗，差一点一口气憋着没喘上来。

看着童大方自顾自远去的背影，高元博心里恶狠狠地想道："小子，以为这就'弃暗投明'了？真是无知！司徒大人他根深蒂固，哪能这么容易就倒了？"

"再说了，'刑不上大夫'，岂是有罪无罪这么简单的事情？就连皇上也得投鼠忌器，不敢轻举妄动。"

"别的不说，支持司徒大人的官员，几乎占了一半朝臣，大多还身居要职。要真闹起来，恐怕整个国政都无法施行！"

"否则你以为，今日皇帝陛下会弄出一个不温不火的'禁足'？简直天真！"

"哼！童大方，你个势利小人，等这阵子风头过了，我要你死无葬身之地！"

面对曾经言听计从的弟子门人，现在高元博对童大方的仇恨，甚至超过了对苏渐的仇恨。

这会儿的高元博，也确实因为光武帝那个高举轻放的"禁足"命令，本来如丧考妣的心情，重新又轻松活泛起来。

这时候的苏渐，却不知道高元博心中正转着种种凶狠的念头。

混在散朝的官员中，苏渐一路往皇城外走。

走着走着，他忽然想到，今日之事还真得好好谢谢那几个女孩儿。

心里这么想着，苏渐便回过头来，这才发现古玉妃三人，正被一群官员围在当中。

不用说，这些人全部衣金戴紫，非富即贵，正围着三个女孩儿大献殷勤。

苏渐看得分明，这些官员大多年纪较轻，不过有几个白胡子老头，居然也混在里面，各种卖弄搭讪。

本来苏渐不以为意，但一看到这情况，也看不下去了，连忙快走几步奔过去，分开人群，将几个女孩儿给拉了出来。

"英雄救美"之际，他还不敢太大力，生怕把那几位老爷爷碰倒在地，再被讹上，便真晦气。

见他过来，古玉妃几人都很高兴。不过苏渐注意到，幽小眉的神色却显得没那么开心，噘着嘴，好像在生什么闷气。

"定是刚才被人骚扰，不开心了。"苏渐猜道，"想想也是，小眉妹妹多大年纪？看样子才十一二岁，就一幼女，这些大老爷们居然也好意思觍着脸上前撩拨，简直禽兽不如！"

心里这般愤慨想着，他便开口贴心地安慰道："小眉妹妹，真是辛苦你了！是哥哥考虑不周，刚才让你被骚扰了。"

"哥哥当然考虑不周了！"幽小眉没好气道，"不过却不是因为小眉被骚扰。"

"啊？"苏渐奇怪道，"什么意思啊？"

"哼，哥哥，你真笨呀！这都看不出来。"幽小眉一脸幽怨的表情，恨铁不成钢道，"你都不懂得，今天你交代的任务，多简单啊，光小眉一个人，就能杀光那些拦路的坏人，把人送到皇帝老头儿面前。哥哥干吗还让她们两个来？"

"红焰姐姐来也就算了，怎么把这个狐——也给找来了？哥哥啊！她可是一直对你图谋不轨呀！"

说到此处，幽小眉还眨眨眼睛，以为别人不知道般，跟苏渐挤眉弄眼使眼色，示意他看旁边那位美女教习。

苏渐被她弄得很尴尬，哭笑不得。

先前他在朝堂上，能跟一国之相唇枪舌剑，不惧风雷，这时却神色尴尬，张口结舌。

见他如此，再想想刚才小妹妹的话，古玉妃却忍俊不禁，笑嘻嘻道："哎，真是人小鬼大。说别人对你苏哥哥图谋不轨呀，却忘了自个儿才是最图谋不轨的人。"

"谁？谁？"娇憨的小妹妹，一时没反应过来，还慌忙问道，"竟然还有人？那个'自个儿'是谁？名字取得这般狐媚。哎呀不好，对小苏哥哥图谋不轨的人，原来还不止我们两个啊，真头疼！"

"快走，快走！"苏渐实在看不下去，赶忙推着幽小眉，迅速远离那些表情古怪的文武官员。

就如高元博不死心一样，今日被光武帝禁足的司徒威，也同样没死心。

他的想法和高元博也差不多，只因为“禁足”的处置显得太过暧昧，和甘文光指认的那些罪证根本就不匹配。

于是当天晚上，他就和一道被禁足在宰相府中的萧龙雀，进入书房议事。

很多时候就是这样，当预想中最糟糕的事情发生后，当事人的心情反而变得轻松。这时的司徒威和萧龙雀，便是差不多的心情。

于是两人凑在一起时，无论是讨论今日朝堂之事，还是分析甘文光揭发的那些罪行，他们二人都怀着轻松乐观的心情。

司徒威认为，毕竟截至目前，也就只有甘文光那张嘴，也不信苏渐除了甘文光，还能找到其他真正有力的人证物证。

别的不说，比如萧龙雀在寂灭林中杀人灭口之事，便是个典型，除了苏渐之外，根本没有其他人证物证。

说起来寂灭林之事，确是因为司徒威暗地里，要和兽龙国商议媾和，兽龙国这才派了一位身份贵重的使者来。

第一百二十七章

奉旨放火

当时司徒威根本就没想到，原来轩辕鸿主掌的玄武卫，一直在暗中密切盯着兽龙国的动向。所以兽龙使者一接近国境，玄武卫便发现了，并及时通知了青龙军。

当司徒威得知此事时，再想通过军政手段化解危机，已经来不及。没办法之下，他才故技重施，派出最心腹的绝顶高手萧龙雀，前去解救落入青龙军陷阱中的兽龙族使者。

所以，这才有后来苏渐目睹的那一场寂灭林中惨烈绝伦的大屠杀。

就这事而言，除了苏渐这个漏网之鱼，根本没有其他幸存者。难道还要找兽龙族作证？根本不可能。

这还是存在幸存者的特殊情况下，其他所有类似的场合，萧龙雀从来都是寸草不留，便更不会有什么事情。

当然，当今夜往事重提时，司徒威和萧龙雀心中都有些隐隐的感慨。

他们慨叹，有漏网之鱼本就不应该，怎么那漏网的，却偏偏还是苏渐这样刁钻难缠的人？

当然现在说什么都没用了。

不管怎么说，在司徒威和萧龙雀两人互相打气的情况下，他们的情绪不再低沉，都想着怎么反击。

尤其是萧龙雀，虽然心底还有一丝担忧，但因为他历来都对司徒威敬若神明，这时候并没有多少危机感。

到现在他都没有意识到，在司徒威的荫庇下，他一直都太顺了。

比如，他现在唯一担心的竟是："幽小眉见到两个亲近的朋友变得势同水火，会不会伤心？"

"龙雀，"就在他出神之时，司徒威目光炯炯地看向他，铿锵说道，"你放心，明晚为父就召众人来议事。圣上对咱还是宽容的，你看虽说今日禁足，但门外守卫并不森严。放心吧，为父见惯风浪，就今天这事，这才哪到哪？咱们总要教苏渐那些人，死无葬身之地！"

"全听义父大人安排！"萧龙雀垂首应道。

这一刻，被义父的豪迈气派所感染，萧龙雀心底本来还剩余的那一点忧虑，也彻底消失了。

也不知光武帝是否真打算轻轻放过，到了第二天，宰相府外守卫的四灵禁军，更加松懈了。

甚至到了下午，原本还有三四十人负责看管的禁军，陆陆续续走掉一半多，最后只剩下十几个兵卒，有气无力地在府外街角打瞌睡。

这样的情景，就如一个风向标一样。

那些正紧张观看风向的朝臣都觉得，别看轩辕鸿那帮人闹出滔天的波澜，但司徒威毕竟当了这么多年的宰相，当年还是扶助光武帝登基做皇帝的大功臣，瞧这样子，根本没动摇皇帝对他的信任。

这样一来，当萧龙雀安排人，暗中召集那些司徒威圈定的重臣前来议事时，根本没有太费事，传讯没有任何阻碍，到了入夜之时，邀请的人也来得十分齐全。

当然一开始时，这帮人还装作饮酒作诗，多谈坊间逸事，直等到夜深人静，探明宰相府外寥寥几个禁军已经开始打瞌睡时，他们才开始真正的商议。

昨日出了这样的事，司徒威已经不准备留手了。

没错，他对当今圣上，还是拥戴的。但和他内心的野心一比，区区忠诚根本算不了什么。

"得到圣龙帝国的支持，成为人族的新王"，这个目标光想一想，就让他激动得浑身发抖！

皇帝陛下的优容,这时候已经变成司徒威准备当机立断的动力。他今晚要拉拢重臣,做惊天一搏。

不得不说,司徒威在华夏朝堂经营数十年,真可以称得上根深蒂固。

如此风口浪尖之时,他一声召唤,竟然有二三十位文武重臣,都来他府中议事。

先前跟着他大搞冤案的大理寺和刑部,今晚它们的首脑全来了。

刑部尚书丁光祖、户部尚书高元博、大理寺卿崔弘,这一晚,尽皆青衣小帽,从宰相府侧门而入。

他们这些文官也就罢了,今晚入府之人中,竟然还有青龙军、白虎军的将军校尉,朱雀术士团的长老法师。

四灵军团中,也只有玄武卫没人来,倒从侧面说明,轩辕鸿管教有方,已经把玄武卫经营成铁桶一块,连位高权重、长袖善舞的司徒威,也无法收买渗透。

但四灵军团中,青龙、白虎、朱雀三军,才是战场上的主力。今日有他们的高级将领到来,所起的作用,甚至比刑部、大理寺的头头脑脑还要重大。

司徒威孤注一掷般的召集,可以说把他在朝中所有的重臣同党都召来了。

也正因如此,与会之人互相一看,信心更是大增。

相比以前的单线联系,今晚的宰相府议事,才让这些人知道,原来自己一派有这么多人,有这么惊人的实力。

于是对他们来说,昨日还凄风苦雨的心情,今天已雨过天晴,甚至还加倍的惊喜和兴奋。

聚会的过程,毋庸赘述,总之司徒威挥斥方遒,各种布置。

朝廷要害部门就不用说了,他还重点安排了军队的动向,让他们秣马厉兵,随时待命。

作为执掌华夏国数十年国政权柄的老宰相,司徒威的治世之才毋庸置疑。经过他这一番布置,种种看似艰难的事情,却变得好像简单易行。

并且,当他许诺会动用最可靠的渠道,去联络圣龙帝国,让龙族出兵支持时,一下子就点燃了气氛,给这些同党吃了一颗定心丸。

到了这地步,就连最谨慎、最多疑的人,也彻底没了顾虑。

通明的灯火中,他们对着司徒威庄严地发誓,要誓死追随他,联合龙族,横扫诸国,拥立他成为整个人族的新王!

当然,拥戴司徒威便意味着,他们这些人将来都是开国元勋、从龙之臣。

当他们在狂喜的心情下,跟司徒威说出这样的喜悦时,同样红光满面的宰相,却面带微笑地纠正:“不,不是开国功臣。你们和我,即将开创一个新的盛世纪元,即使比不上盘古开天辟地,也能和尧舜禹相仿。今夜你我,必将名垂青史!”

司徒威略带矜持的话语,如同瞬间点燃火药桶的导火索,再次让这些人激动得浑身发抖!

“不仅是开国,这是在开创新时代啊!”

于是他们立即以百倍的精神,开始用心探讨各种起事的细节。

他们十分愉快地谈到,事成之后,轩辕鸿和苏渐、百里英、童大方那帮人,自然要千刀万剐,这一次发来国书声援苏渐的幽州国和雪晶国,也吃不到好果子。

到时候,他们会派出大军,会合龙族,将这两国一举荡平。之后幽州国主雷冰梵,午门枭首,城头示众一个月;雪晶国主洛雪穹,则充入乐坊为伎为奴。

他们唯一的分歧,就是事成之后,对现在的华夏国主李翊,该怎么处置。

刑部尚书丁光祖说,对待亡国之君切不可心慈手软,不仅本人应该砍头,还应该诛灭九族。

大理寺卿崔弘却说,不应该做得这么绝,毕竟这么多年来李翊还是很有威望,应该宽容对待。

七嘴八舌争论一番后,最后还是司徒威拍了板,决定将李翊本人降为“昏德侯”,圈禁于边远小城,一世不得出昏德侯府。他的兄弟和子女,则全部斩首，以绝后患。

司徒威这么一说，众人尽皆敬服，纷纷赞颂说，司徒威这般处置，才最妥当。

当然，如此兴高采烈、心气高涨之时，也有人发出了不和谐的声音。

这个不合时宜的声音问的是，将来他们如何处理和龙族的关系？

此言一出，顿时便有些冷场。

不过司徒威还是很大度地挥手说，在强大凶猛的龙族面前，为了保全人族的香火，他个人承受点屈辱没什么；大不了，就奉龙国为父辈之国，自己称为“儿皇帝”，也无不可。

一听他这么说，众人赞颂之声再起。有几个感情充沛的官员甚至落泪大哭，泣不成声地说，果然司徒大人仁德盖世，如此舍己为国，值得大家一生追随。

谋划和赞颂，交替进行。

宰相府中的气氛，越来越热烈。

看这架势，简直是“把坏事变好事”的典型。

事实上，宰相全力发动经营多年的力量，尤其是取得了龙族大军的帮助，这帮人即将掀起的风暴，还真可能席卷天地。

这时的宰相府中，宛如上演了一场阴谋家的众生相。

众位高官的面容，或狂喜，或深沉，或激烈，或狰狞。

但无论喜怒善恶，他们都觉得胜利果实已经唾手可得。

当宰相府中的气氛越说越热烈，众高官心气儿越来越高时，那窗外的夜色也越来越深沉。

今晚的雾气，颇为浓重。

本来明月在天，这时天地间却似有一层乳白轻纱，将万物遮掩得朦朦胧胧，昏昏沉沉。

宰相府中满座衣冠热烈密谋，苏渐却在他的家中小院，静静安眠。

作为前日金殿风波的胜利者，这时候他却寂寞冷清，倒好似这次的胜利者，不是他，而是那位宰相大人。

面对光武帝的优柔寡断，说苏渐不忧心，那肯定是假的。

但又有什么办法呢？

事情都揭开到这个分上，皇帝陛下还不愿意下死手，苏渐也无可奈何。

于是第二天晚上，当他洗漱完毕上床后，根本睡不着，装着满腹重重的心事。

冷夜清寂，虽然已经回到自己家中，但苏渐回想这几日之事时，内心深处，却再次升起深深的无力感。

以他的性格，肯定不会自怜自艾。

他真正介怀的是，有那么多前辈和同伴，甚至远在灵洲和雪山的两位女王，都为他筹划的事出了大力，到最后却只得到这么一个结果。

更别说，像端木楚和盖英卫他们，都是豁出了前程，豁出了性命。

一想到这个，他就觉得自己对不住他们。

心绪难平，辗转反侧，就这样又过了一个多时辰，他才终于迷迷糊糊地睡着。

入夜的京华城，正是万籁俱寂。

雾起京华，偶尔传来谁家的狗吠，更显得午夜冷寂。

皞白的月华，透过满院的宿雾，照到少年的被子上时，只剩下迷离的月影。

满腹心事的少年，即使现在勉强入眠，也睡得并不踏实。

月影之中，他不时无意识地翻个身，口中偶尔发出一声意义难明的惊呼。

正睡得迷迷糊糊时，忽然有个人影翻墙而入！

夜深人静，这时候还翻墙入户之人，十有八九便是偷东西的蟊贼。

出奇的是，这人翻墙而入后，却是大剌剌地穿堂过户，一直闯到苏渐的卧室中，还站在他的床前大叫道："苏大人，快醒醒，快醒醒！"

"谁?!"苏渐立即翻身跃起，大喝一声。

其实苏渐多警惕？刚才来人翻墙入户时，他就已经察觉。这时候假寐在床，只为了等来人走进攻击范围。

但之后看到那人，竟然大剌剌地径直奔走而来，苏渐就觉察出不对劲来。

于是，各种预备的招数全都弃用，这时被对方一叫，他便翻身而起，跳下床一看，发现来人正是盖英卫。

“怎么回事？”他看着盖英卫，疑惑地问道。

“是、是——”显然盖英卫也很激动，这时候居然有些结结巴巴的。

停了一下，他深吸了一口气，这才流畅地说道：“苏大人，大统领有令，命你火速赶往宰相府，由你统领今夜的抓捕！”

“啥？”苏渐根本反应不过来，一脸惊诧道，“什么抓捕？”

还不等盖英卫回答，他却已经反应过来。他立即一蹦三尺高，激动叫道：“你是说‘宰相府’？！”

“正是！”盖英卫也一脸激动地叫道。

也难怪盖英卫要激动。作为玄武卫的核心成员，尤其这次还参与了对付司徒威的行动，他事实上已经捆绑在苏渐这艘船上。所以当昨天皇帝高举轻放之后，他心中的忐忑恐惧之情，甚至还超过苏渐。

现在好了，轩辕鸿亲口对他说，皇帝陛下亲自下令，要苏渐苏大人统领对宰相府的围捕——

那一瞬间，他的心好像升上了九天云霄，觉得这辈子都没像这一刻这样痛快过！

苏渐的心情也极为痛快。

他想找一张桌子拍案叫绝。

但快意之余，他心中亦是瞬间凛然。

面似平湖，心若惊雷！

他终于知道，什么叫“帝王之心”。

这个感觉，很快就变得更加强烈，因为盖英卫正凑过来，小声地补充道：“大人，皇上说，奸相的核心党羽，已经全部在府中。今夜，正是下手的好时机……”

听得此言，苏渐更加惊心动魄。他的表情瞬间凝重，立即披衣取剑，骑上白马，和盖英卫一道，飞马奔向宰相府。

寂静无人的京华街道上，他们纵马呼啸而过，朝朱雀坊疾驰而去。

午夜寂静，嗒嗒的马蹄声，显得分外的响亮和不寻常。

许多沿途被惊动的京华百姓，悄悄地披衣而起，也不掌灯，凑在临街的窗户后，偷偷地观看纵马长街的少年。

“出事了。”这是不认识苏渐的京华百姓的想法。

“出大事了！”有少数认识苏渐的人，看出了月影中熟悉的少年身影，想法便颇为不同。

当苏渐快马加鞭，赶到朱雀坊的宰相府大门前，却发现整个宰相府，已经被玄武卫、巡城军、四灵禁军给围得水泄不通。

玄武卫领头的霍修诚、辅佐的端木楚自不必说，那巡城军的童大方，四灵禁军的秦力夫，也都是苏渐认识的人。

这时见苏渐过来，他们几人全都过来跟他见礼。

美髯金刀客秦力夫，先前还在朱雀广场拦阻过苏渐，但这时却服服帖帖，老老实实地过来跟苏渐见礼。

童大方就不用说了，那一脸堆的笑简直谄媚，这时就连玄武卫中官阶远高于苏渐的金徽卫霍修诚，也一脸真诚的笑容，来苏渐面前听令。

其实金徽卫霍修诚，在玄武卫中最倚仗老资格，除大统领轩辕鸿和几个血晶徽卫之外，他什么人都不放在眼里。

但偏偏就是苏渐这个小小的铜徽卫，让他十分服气。

上次吴山云之事后，他后来也有些醒过神来，察觉出自己很可能中了苏渐的激将之计。

但霍修诚就是这样，虽然脾气不好，爱倚老卖老，但就是佩服有能力之人。这前后几次苏渐的表现，已经让这位老牌玄武卫心服口服。

见他们这三人都来听令，苏渐却没着急了解情况，反而低声问道：“轩辕大统领呢？”

“大统领在对面那个酒家，五福楼。”霍修诚努努嘴，朝苏渐示意身后那座酒楼。

苏渐顿时明白，轩辕鸿今晚并不想出这个风头，而是隐身在幕后，坐镇今晚的抓捕行动。

“我先过去见见大统领。”苏渐对三人说道。

"去吧,这里有我们。"霍修诚几人报以理解的眼神。

"好!"苏渐临转身前,威风凛凛道,"麻烦几位前辈,都给看好了。别说人了,连一条狗、一只鸡,都不准放出来!"

"是!"霍修诚三人神色一凛,躬身称是。

等苏渐匆匆赶到宰相府南门对面的五福楼时,不用他开口,门口守卫的玄武卫同僚便告诉他,大统领正在二楼。

"噔噔噔"快步走上二楼,苏渐便看到,轩辕鸿正大马金刀地坐在一张檀木大椅上。

今晚的轩辕鸿,和苏渐一样,也是一身戎装。黑衣玄甲就不说了,他身后那一袭猩红的披风,和苏渐身上的如出一辙。

若说有什么区别,就是轩辕鸿披风的红色更加深重,接近赭赤,颇为庄严,不像苏渐的披风鲜红如血,更加鲜艳刺眼。

"你来了?"对苏渐的到来,轩辕鸿似乎早有预料。

"一路快马赶来。"苏渐行了个礼道。

"很好。"轩辕鸿忽然站起,叫道,"苏渐听旨。"

苏渐闻言连忙跪倒,虔诚聆听。

只听轩辕鸿洪声说道:"光武帝口谕亲令:兹命散骑将军、五等大夫、铜徽卫苏渐,全权负责围捕反贼司徒威阖府罪囚,可便宜行事,水火交攻,不得放走一人!"

"臣遵旨!"苏渐叩了个头,便霍然站起。

"苏渐,"轩辕鸿看着他道,"刚才只是表面文章。圣上跟我说了,司徒威狡诈无比,今夜之事你可不择手段,虑及你最擅长之灵术,今夜你可放火烧府!"

此言一出,连苏渐这样出生入死之人,也不禁心神剧震。

他现在算是听明白了,今夜他正是"奉旨放火"!

心知肚明之时,他忽然变得有些犹豫,忍不住开口说道:"大统领,今晚这事甚是凶恶,为什么找小侄来做?毕竟我还是个读书人啊,出身灵鹫学院呢。圣上是不是对我有什么误解?这会不会影响我今后的仕途?"

“得了吧！”轩辕鸿笑骂道，“别矫情了，就你还想装斯文人？我问你，你知道京城将军这么多，今晚圣上为什么偏偏钦点你来主持抓捕？”

“为什么？”苏渐立即问道。

说真的他还真有些莫名其妙，对这个问题的答案很是好奇，因为认真论起来，以他的官衔要主持这样惊天动地的重大抓捕，根本不够格。

“莫非是我的才华打动了圣上？”苏渐满含期待地猜道。

“那是因为，”只听轩辕鸿慢条斯理道，“那是因为圣上说，‘恶人还需恶人磨’，对付司徒威这样的大恶人，由你领头，他放心。”

“这、这……”苏渐瞬间一脸尴尬，只觉得圣上这话，怎么听怎么别扭。

不过又能怎样呢？毕竟这是圣意啊，饶是苏渐腹诽，也不敢啰唆。

跟轩辕鸿请教了一番后，他便也老老实实地领命下楼去了。

在苏渐没下令动手之前，这些静夜中围困宰相府的军士，一个个静立无语。

薄雾缭绕，半隐于夜雾之中的军士，如同暗夜大军，虽无任何动作，却带来一种强大的压迫感。

到这时，宰相府中的密谋已经戛然而止。

收到消息时，司徒威正在指点江山，情绪高昂无比。

忽然间，萧龙雀急匆匆走进议事厅，在他耳边低低说了几句话——

离司徒威最近的那几个官员，竟看到他忽然浑身一哆嗦！

就这一瞬间，司徒威脸色煞白，只觉得浑身的血都冷了。

刚刚他还高谈阔论，这一刻却如同被突然掐住脖子的老公鸭，说话声戛然而止。

众人察觉出他的异样，顿时停止了议论。

本来热烈无比的气氛，瞬间降到了冰点。

所有人的目光，都聚焦在司徒威身上。

见大家都朝自己看来，司徒威稳住已经快站不住的身形，努力定了定神。

听到府邸被围的消息，他的第一反应就是隐瞒，但很快他就改变了主意。

这种事，瞒得住吗？

要是隐瞒了，府外官兵攻打开始后，眼前这些人精就会想：“什么？刚才慷慨激昂、满口许愿，结果一夜还没过，就空口说谎糊弄咱？”

所以司徒威很快便决定，将府外的情况，开诚布公地告诉大家。

“诸位，”他脸上勉强一笑，说道，“府外已经来了些官兵，看势头，来者不善啊。”

“什么？！”刚才还趾高气扬的一众党羽，霎时间如丧考妣。

甚至其中有几个心理素质不过硬的，竟号啕大哭起来！

见大家如此失态，司徒威脸色铁青。

纵然大难临头，但他还能强自镇定。

“不要慌！”他挥手大叫道，“方才已探明，外面不过一些巡城军和玄武卫而已，并无四灵军团的劲卒。我们还冲得出去！”

为了安众人之心，他故意没说皇城禁军也来了，要知道禁军到来本身所包含的意味，要严重和可怕得多。

“哈哈！”眼见众人还是低头不语，司徒威猛地放声大笑道，“他们还是小看老夫了！区区玄武卫和巡城军，岂能困得了我司徒威？大家请放心，我府中暗藏私兵八百，更有法师五十名，要冲出去，完全没问题！”

“这、这是真的吗？”听了他的话，这些司徒威同党面面相觑，半信半疑。

“当然！”司徒威扫了这些人一眼，傲然说道，“为了我等大事，老夫筹划了不下十年。今日这场面，如何料不到？”

“诸位尽可放心，我司徒威在此发誓，今夜就算拼得老夫一人身死，也要保各位平安冲出去，否则也对不住各位眷顾信任之情！”

这年头，发誓还是很有信用的。听得司徒威亲口立誓，本来将信将疑的同党们，这才有些放下心来。

心神略安之际，想起刚才司徒威有些决绝的话语，他们也有些不好意思，便想说点客气话。

但几乎所有人，嘴角嗫嚅了几下，心中酝酿的客气话儿，终究还是没有说出来——

因为眼前的情势，真的出人意料，也到了最危险的时刻。他们真怕自己一两句客气话，司徒威就当了真，不出死力，自己便真的没法活着走出去了。

他们这些心理活动，司徒威如何不清楚？对这些贪生怕死之人，他心中也十分恼怒。不过他知道，此时并不是发作的好时机。

事实上，他此时也心乱如麻。

他根本想不到，昨天还在金殿上和稀泥的光武帝，竟然就在第二天晚上动了手，而且不动则已，一动便势若惊雷！

“我还是小看了他。”司徒威在心中自责，又恨又悔。

不过这时候再自怨自艾也没用，司徒威也算一代枭雄，很快便平复了情绪，朝众人大声说道：“诸位老友，请先去偏厅休息，坐等我麾下儿郎得胜的消息。一旦冲出，你等立即联络青龙、白虎、朱雀三军中的部属，到时总要将华夏国搅个天翻地覆，将昏君拉下马！”

“哈哈，其实他们来得正好！本来老夫还顾念昔日之情，有些犹豫，好好好！这下就别怪我了，咱们的事儿，提前发动了！诸位就等着开世立国吧！”

司徒威这一番鼓动，还真起了些作用，刚才惶恐不安的党羽官员们，终于平静下来。

这时更有不少司徒威的铁杆死党，如高元博等人，已经清醒过来，深知今日已是你死我活之局，他们这些人全无退路，已经彻底绑在司徒威的战车上了。

想通这一点，他们不仅不怕了，反而还纷纷叫嚷，主动询问司徒威有什么地方能帮忙。

见他们如此，司徒威也挺感动，不过还是请他们先去偏厅等候。司徒威深知，这些人和自己一样，玩阴谋诡计绝对一流，但这样真刀真枪的阵仗，要他们帮忙，纯粹自找麻烦。

当然婉拒之时，这样的原因没法说出口。

司徒威只是大义凛然地告诉他们，说他们这些人，身份高贵，才华卓绝，将来还要起大作用，所以今天这种小仗，不能轻易让他们冒险。还是先去偏厅轻松喝茶，等待将士儿郎们得胜的消息即可。

听了司徒威这一番话，本就铁了心跟随的高元博等人，更是心中感动。他们彻底下定决心，要死心塌地跟着司徒威干到底。

眼看着众人走出议事厅，刚才还一脸自信面容的司徒威，一下子就阴沉下来。

“龙雀，”他看着身旁这位义子，说道，“人手安排得怎么样了？”

“义父大人请放心，”萧龙雀躬身禀道，“府中八百精兵，已布置完毕。五十名法师也各据要隘，必要时可配合府中法阵，升起五灵法盾，将全府笼罩在内，让外面那些人无论用水淹还是火攻，都无从下手。”

“很好。”司徒威点点头，又问道，“阖府将士，士气如何？”

“士气高昂！”萧龙雀斩钉截铁道，“平日我们高薪厚赏、大鱼大肉地养着这帮人，就等着今天这种时候出死力。义父请放心，他们现在正一个个嗷嗷叫着，说要为义父您泼命相拼！”

“那就好。”司徒威闻言，略感欣慰。

想了想，他又道：“龙雀，你查清府外是谁人指挥了吗？”

“是……”刚才有问必答的神戟将，听到这个问题后，却欲言又止。

“怎么了？”司徒威不满地看着他，“龙雀，这有什么不好说的？”

“是苏渐。”萧龙雀神色古怪地答道。

“又是他！”司徒威十分失态地大吼一声，脸色十分难看。

还别说，刚才他真的心口如一，对今晚突围之事很有把握。毕竟双方情报不对等，司徒威自信府中暗蓄八百精兵、五十法师之事，连李翊都不知情。

这种情况下，只要调配得当，故布疑阵，然后突然一鼓作气地冲出，突围成功的可能性还真的很大。

但不知道为什么，现在一听是苏渐在外面指挥，司徒威却忽然没那么自信了。

本来挺高昂的心情，一下子低沉了起来。

愣怔半晌，司徒威忽然郁闷无比地说道：“龙雀，为父真的后悔了。”

“后悔？”萧龙雀有些讶异。

“是的，后悔。”司徒威沉痛说道，“我悔不听你当初之言，还是小看了这人。他怎么能坏成这样？居然在灵州那种情况下，还戏中有戏，于生死搏斗中，敢让甘文光假死。胆子太大，心机太深！”

“失算，失算！如果当初听你之计，极力将他一刀杀却，哪有今夜这局面？老夫真没想到，苏渐这人，居然能坏成这样！”

“阿嚏！”这时正在府外扬鞭跃马、指挥大军往来包围的苏渐，忽然间打了个喷嚏。

“哈哈！”他大笑一声，扬鞭一指面前黑沉沉的宰相府，大笑说道，“司徒老儿必在骂我。”

盖英卫正候在他身旁，一听便勃然大怒，大骂道：“这个老匹夫！老混蛋！残害忠良，还敢骂大人？待会儿属下冲进府里，一定扇他十个八个大耳光，管叫他不敢再胡说八道！”

“没关系、没关系。”苏渐却摆手大笑道，“坏人说我是坏人，小爷我高兴还来不及呢！”

“哈哈哈！”听得此言，周围众人想了想，还真是这个理，便齐齐大笑起来。

待大家笑声略歇，苏渐便扬鞭示意众人噤声；然后他催马上前，正对着宰相府的朱漆大门，运了运气，高声喝道：“司徒威！你事犯了！陛下有旨，带你回去三堂会审，快开门！”

苏渐喝叫之时，已用了灵力，因此这声音清越响亮，在夜空中几乎传出七八里，连远处民居中偷偷听壁脚的百姓，都听得个一清二楚。

“出大事了！”所有听到苏渐这一嗓子的人，那颗心全都“砰砰砰”地剧烈跳动起来。

围在宰相府南门之外的官兵，在苏渐喊出这一嗓子之后，全都心情紧张地盯着宰相府大门。

“奸相会主动投降吗？”

众人心情紧张地盯了一会儿，却发现月影之中，那两扇朱漆大门依然紧闭。

“司徒威！”苏渐再次大吼，“你不要执迷不悟！若是束手就擒，君前仍有辩白机会,若是执迷不悟,定是死路一条!"

虽然苏渐内心恨不得将这奸相碎尸万段,但他还是非常有职业精神地按照规矩劝说喊话。

这时端木楚等人,就没这样的好脾气了。

当苏渐第二遍喊话的余音,仍在春夜京华长街中往来回荡时,端木楚便和盖英卫他们嘀咕道:"呵,这奸相,血债累累,就该遭报应,不出来投降才好呢。"

让他俩高兴的是,苏渐第二遍喊话过后,宰相府中,依旧没什么开门投降的意思。

相反,寂静春夜里,众人都听到,那宰相府大门后传来杂乱的脚步声,仔细分辨,就听出是许多人正在往来跑动的脚步声。

在场诸位将士,都是经验丰富之辈,一听这脚步特征,就知道门后之人,准备顽抗到底了。

"呵。"正对大门的苏渐,听到这动静,嘴角流露出一丝冷笑。

此时,薄雾渐散,月光正明。

苏渐本就剑眉星目,俊朗不凡,这时端坐白马之上,薄雾绕身,月光斜照,更显得雄姿英发,气势如神。

其实,不用说巡城军和四灵禁军了,就连今夜到场的很多玄武卫武士,都很少接触到苏渐。

以前他们只闻其名,未见其人,今夜出战前他们嘴上不说,但心里还是对苏渐有些不以为意的。

毕竟,他的年龄太小了。很多关于他的事迹传说,又过于匪夷所思,什么入龙境、战海渊、穿魔界、闹灵洲,别说相信了,就连口里说出来,都好像在梦呓。

但现在,看到月影清雾中犹如剑仙神将下凡的少年,他们全都心中一动,忽然觉得以前不相信的事情,说不定还真的可能发生了。

于是这三股本来毫无瓜葛的将士武人,就因为此刻苏渐超凡出尘的个人风采,不知不觉间在暗地里拧成了一股绳。

苏渐这时又等了等,终于确定,宰相府毫无投降的心意,便调转马头,回身来到那个被临时架在五福楼前的得胜鼓前。

见他如此，众人便知道，苏渐终于下决心开战，今夜少不得要血洗宰相府了。

“那可是屹立朝堂多年的司徒宰相啊！”

众人的心情，激荡无比，只觉得今夜自己即将见证历史。

此时许多赳赳武夫心里都在想：“今夜之事，足够老子跟亲朋子孙吹一辈子了！”

只是正当苏渐要举起鼓槌，擂鼓下令攻击时，却忽见西边人群一分，竟是有什么人被用担架抬了过来。

苏渐有些讶异，转脸一看，顿时惊道：“唐兄弟，你怎么来了？”

原来，被抬来之人，正是他的好兄弟唐求。

唐求从刑部大牢中被解救出来，也就几天工夫。这时苏渐借着月光一看，却见他还是不成人形，满脸血痕，身躯几乎动弹不得。

见得如此，苏渐又悲又怒，说道：“唐求，我不是让你好好养伤吗？怎么到这里来了？”

说话间，他不满地看向抬着唐求的那几个玄武卫兄弟。

“不怪他们，”唐求见状，努力地摇了摇头，“是我自己强要他们抬来的。”

“那这是为什么啊？”苏渐看着他伤痕累累的模样，心中十分难过。

“大哥，”唐求仰望着他，歉然说道，“这一次，我没办法替大哥冲锋陷阵了。但还可为大哥呐喊助威啊！我也想看看，这个奸相民贼是怎么死的。”

听得此言，苏渐一时默然。

沉默一阵后，他忽然转身大叫：“把那得胜鼓抬过来！”

很快，那得胜鼓就在苏渐的指挥下，被抬在了唐求担架的上方。

“好兄弟，这鼓由你来敲。”说话间，苏渐已把鼓槌递给了唐求。

“谢谢！”唐求眼含热泪，努力伸手接过了鼓槌。

面对兄长的厚望，他聚起全身的气力，甚至运用了土系灵术，将鼓槌迅疾如风，又沉重如山地挥向了得胜鼓面。

咚!

咚咚!

咚咚咚咚!

威严的鼓语,洪亮响起。

转瞬之间,从宰相府外的四面八方,响起了震天动地的喊杀声!

第一百二十八章

乱世幽兰

一旦攻击,有的是对付宰相府高宅大院的战法。

鼓声响起后,立即有一队禁军抬着一根巨木冲上前,朝宰相府大门凶猛撞击。

又有巡城军兵士扔出长索飞爪,要搭上墙头翻进墙内。

还有无数燃火的羽箭飞向府内,不仅要杀伤府内之人,还想点燃宰相府内的建筑,将乱臣贼子逼出府来。

只是以往这些很快奏效的战法,碰上早有准备的宰相府时,都失去了效用。

宰相府的大门本就沉重深厚,这时门后不知抵了多少重物,即使禁军抬着深山老林里伐来的千年巨木,奋勇冲击,那大门也只是微微颤动,根本不可能撞开。

用来翻墙的长索飞爪,刚一搭上墙头,便被墙内之人捅下,巡城军尝试了十数次之后,竟然没有一根飞索成功搭上。

看着这样的景象,府外的将士,甚至比撞不开门更加着急,因为这意味着,宰相府内有着经验极为丰富的高人,而且还不止一个。

至于火箭,同样也没起到任何作用。

那宰相府内早有防备,几乎在苏渐下令攻击前,就已经准备好了防御法盾。当第一支火箭飞临宰相府上空,刚要往府内飞落时,却一头撞在一张无形的巨幕上。

这样的景象，十分奇妙，仿佛宰相府的上空，有一把巨大无比的透明雨伞，将夜空中飞落如雨的火箭，全都挡在了伞外。

来势汹汹的火箭，碰到这张无形法盾之后，激起了阵阵的灵力涟漪，在夜空中一层层扩散。

它们绚烂如烟花，流丽如霞波，美丽是美丽，但却昭示着，火箭根本落不到宰相府内，造不成任何杀伤。

见此情形，府外围攻的将士们各自心惊。

除担忧攻击无功之外，他们心里也都升起了一个念头：

看来皇帝陛下，真没冤枉这位老宰相。别的不说，就看这个固若金汤的防守，就能推测出他的不臣之心，已不是一天两天。

眼看攻击没进展，最高兴的莫过于宰相府内偏厅中那些宰相的党羽。

本来他们还心惊胆战，苦思后路，但一看府外气势汹汹的攻击，根本没对宰相府造成任何真切的伤害，他们的心思顿时活络起来。

这时别说将自保的念头抛到一边，诸如高元博之辈，都开始考虑怎么突围出去，联络自己的私兵了。

事实上，情况比他们想象的还要乐观得多。以萧龙雀为首的宰相府武士家臣们，已经开始了反击。

无数的箭雨，忽然从宰相府内飞出，各种法术，闪耀着五彩的光芒，一齐呼啸着朝府外轰去。

宰相府反击的强度，超出了所有人的想象。幸亏苏渐早有防备，已传令三军竖起了巨盾，一时倒也没太多损伤。

虽说没什么损失，但对士气的影响是显而易见的。

像苏渐、秦力夫、童大方这样的首脑们，在开战之前，都已经认识到今晚，一定是一场恶战，但下面的军士，就未必有这个见识了。

很多人，今晚是怀着打一场顺风仗的心思来的，不少人甚至还想着赶紧打完这场仗，还能回家搂着媳妇，睡个暖和觉呢。

人欢无好事。

当这些兵丁看到宰相府出乎意料的强力反击后，他们立即不知所措，个别人的心理甚至都快崩溃了。

也难怪他们有这样的反应，因为此时宰相府中的力量，确实超出了一般人的想象。

不说那八百精锐家臣死士，就是五十名法师齐聚一堂，几乎都是罕见无比的景象。

可以说，对此时的人族来说，除了风暴之墙和华夏国的朱雀法师团，没有任何势力，能有本事在区区一府之中，聚集这么多法师。

罕见的景象，带来了罕见强度的反击。虽然在苏渐富有预见性的指挥下，围困的士兵没太多损失，但显而易见，今晚的围捕任务，很难完成。

面对这样的局面，许多将领都非常着急。

这会儿秦力夫等人，也想身先士卒，去打开局面，但很可惜，即使他们这些军中的精英，也没太多切实可行的办法。

别看羽林中郎将秦力夫的名头很大，也出身青龙军，但他只精于沙场战阵。

他一身马上功夫了得，让他防守宫门绰绰有余，但像今晚面对强敌，要很快打开局面，他实在没太多办法。

巡城中郎将童大方，在管理京城治安方面颇有一手，但今晚的局面，显然超出他能力的范畴。

不说别的，他和手下的巡城军，连和玄武卫的街头火拼都占不到上风，就更不用说面对宰相府这块难啃的骨头了。

眼睁睁看着这样徒劳无功的局面，这些将领一个个如同热锅上的蚂蚁。他们刚开始那种铁定立大功的得意心态，至此已是荡然无存。

看着他们的焦急样子，苏渐却是毫不动容。

“这才哪到哪儿？”想起近年的经历，苏渐对眼前的局面，根本没有任何焦急之情。

苏渐的从容，无形中如同一根定海神针，让身边急得团团转的将士同僚略微冷静了下来。

但镇定从容也无法解决问题。稍微冷静了一会儿，秦力夫几人便箭步奔到苏渐近前，大声问道：“苏大人，怎么办？!”

“是啊，怎么办？”童大方跟过来叫道，“苏大人，总这样下去也不是办法，就、就怕迟则生变啊。”

“迟则生变”，童大方喊出的这个词儿，暗地里已经打动了苏渐。

事实上，此时宰相府中已经蠢蠢欲动，正在集结人马，准备聚集所有的有生力量，利用局部的兵力优势一举突围，然后便海阔天空了。

苏渐不是没想到这些变故，但看着秦力夫和童大方焦急的面容，他还是十分从容地说道：“诸位前辈莫慌。别忘了，我们是围攻一方，最着急的肯定不是我们。”

“大人，不能等啊！”童大方见他这样，急得冷汗直冒，大声叫道，“奸相老奸巨猾，做事狠辣，要是再拖下去，恐要生变啊！”

别看童大方在武力上只能算是平庸之辈，但不得不说，他的眼光还是极准的。如果不是这样，他也不会一天前在白虎大街上，只凭着一瞥，便当机立断，彻底变脸。

对童大方的这个优点，在场有很多人是非常了解的。因此现在听他这么一说，很多人心里都慌了。

察觉到这种变化，苏渐大叫一声道：“别急，我在等时机。”

说着话，他那一双眼睛，死死地盯着眼前宰相府上空飞窜的流光。这时的他仿佛一头择人而噬的猛虎。

见他如此，众人虽然不知道他在等什么时机，但心情稍稍安定下来。

也不过片刻工夫，离苏渐最近的那些人，便听他低低喝叫一声：“是时候了！”

话音未落，他身上猛然闪耀起灿烂的金红光芒，转眼间便有一只巨大绚烂的神焰朱雀冲天而起，焰羽缤纷，清唳阵阵，带着无边的火焰和尖啸，直冲向宰相府的上空。

就在这一刹那，原本四处流窜的法术光华瞬间黯然失色，原本黑沉沉如一口大锅盖的夜色苍穹，瞬间便被这一片耀眼的神火撕裂。

被撕裂的，不仅是黑暗的夜空，还有宰相府上空看似久攻不破的防御法盾。

刚才无论多少箭雨，或是法术，都撕不开的无形法盾，就在苏渐化身神焰朱雀冲击的第一瞬间，被撕开了一两间房屋大小的裂洞。

一见如此，府外围攻的将士们，在瞬间一愣神之后，根本不用命令，便发了狂一样，立即追随在狂舞的苏渐身后，将无边的箭雨和法术，狂风暴雨般泼洒进那个漏洞。

几乎一瞬间，便听得夜空那只翱翔的烈羽朱雀身下，传来震耳欲聋的惨叫哭号声。

这一夜，京华军民久未得见的神焰朱雀，再一次升腾在黑暗的夜空。

这一回，它羽翼铺张，焰羽飞扬，如同不可一世的灭世凶禽，翱翔飞舞在宰相府的上空，所到之处，播撒着无边的死亡火种。

今夜的神焰朱雀，在曾经看到过它的人眼中，又多了一种别样的感觉。

这种感觉，说不清，道不明，只觉得光明辉煌的神鸟化形之中，又多了几分睥睨天下的桀骜不驯。

他们不知道，这是苏渐在觉醒了黑暗星流术“魔炎朱雀”后，对光明一面的神焰朱雀，一种无法避免的影响和反哺。

幸运的是，这种影响，最多让神焰朱雀的身姿，不像以前那样正大堂皇，但却让其实际的杀伤力，有了肉眼无法察觉的惊人提升。

于是，当它刚刚降临宰相府的上空时，苏渐根本不需要施展出什么星流技，只是伸出沐浴火焰的朱雀之爪，轻轻一抓，便把宰相府法师们精心构筑的法盾天幕，抓出了一大条裂缝。

本来已经准备突围的宰相府力量，顿时就被打乱阵脚。

大难临头，他们再也顾不上按原计划集结，只能仓促集中所有人手，抵挡神焰朱雀喷洒如雨的三昧神火，并极力修补法盾漏洞，让它不再扩大。

与此同时，他们几乎集合了所有还有余力的人手，朝苏渐一人围攻。

一旦下方集火反击，苏渐化身的神焰朱雀，就无法像一开始那样从容。

他不得不施展出千羽幻光翼，在宰相府上空转折腾挪，躲避下方飞腾而来的犀利光芒。

“苏哥哥，我来助你！”

正在重要胶着之际，府外人群中，忽然又飞腾起两团耀眼的光芒，一个为暗黑血色，一个为通明红光，相互交缠着朝苏渐所在的方向激射而去。

众人闻声定睛瞧时，只见这两团飞舞的灵光中，包裹的正是幽小眉和红焰女。

“原来是苏大人的亲卫家臣。”不了解这二女来历的围府官兵心中，全都升起了这个念头。

不管他们怎么误解，幽小眉的冥月血蝠和红焰女的焰魂之力，可绝对非同小可。她俩无论哪一位，放到战场上都是能独当一面的可怕存在。

而现在她俩飞腾上宰相府的上空，还不用主攻，只需在苏渐的身边，帮他抵挡那些箭矢和法术。这对她二人来说，实在是小菜一碟。

于是她们飞腾而来后，苏渐顿时压力大减，把全部的力量都用在撕裂宰相府上空的防御法盾上。

有了三位星流武士的强力出击，宰相府法师们精心构筑的防御法盾，终于开始动摇，逐渐趋于破碎。

而这实在是一种恶性循环。

当苏渐撕裂的法盾裂口越来越多，那围府官兵所发射的火箭和木石造成的伤害，也越来越显著，于是法盾所达成的抵挡防御效果，随之变得越来越弱，同时弱化的速度也越来越快。

如此恶性循环之下，宰相府的法盾天幕从动摇破损开始，到彻底崩溃，只不过半刻的工夫。

法盾的光辉彻底熄灭后，府外抛射的箭雨和木石，便毫无障碍地飞落宰相府中，宰相府内顿时传出一阵阵凄厉的哀嚎和惨叫。

眼见如此，刚才还一筹莫展的围府士兵，发出一阵震耳欲聋的欢呼！

但这时候，苏渐并没有收手。

飞腾宰相府上空，让他看到了更多的真相。

他看见，宰相府中的防御工事，估计多年前就已建筑，不仅层次分明，角度还很巧妙，即使府外的攻击坠落如雨，对其有生力量的真正杀伤，其实还十分有限。

最主要的是，自己这一方射过来的火箭，因为宰相府私兵应对得当，经过水泼沙埋土掩，根本没能起到应有的引燃效果。

而飞腾之时，受过天宸阁和玄武卫双重训练的苏渐，只是稍一俯瞰，便发现宰相府中的精锐之士，几乎有上千人之多。

别看什么演义戏文里，动辄百万大军，但现实中，一个府邸中如果能聚集上千的可战之军，其声势和力量，便已经极其可怕。

更别说，以司徒威的老奸巨猾和身份地位，经营多年后，还不知道有多少暗藏的实力，并没有显现出来。

所以，“无知者无畏”，就在府外官兵们眼见有了突破，欢呼鼓舞时，察知更多真相的苏渐，心情却变得有些沉重。

“怎么办？”苏渐的脑筋紧张转动，“怎么才能赶快打开局面？童大方说得没错，‘迟则生变’，没想到司徒威老儿竟然隐藏了这么深的实力，别看他们是防守一方，要是再拖下去，对他们反而更加有利。”

“他们只需要逃亡而已，便如同一支锥子，只要聚集了所有力量，从我方最薄弱之处突击，便能‘脱颖而出’。到那时鹿死谁手，还真个未为可知——恐怕还真让他们给逃脱了！”

“到那时，想都不用想，司徒威这厮一定会掀起腥风血雨，恐怕我人族苟延残喘两百年的局面，要毁于一旦了！”

“不行，我得立即找到突破口！”

苏渐越想越心惊，想突破局面的情绪，变得更加急切。

只是在此万分危急之时，苏渐却吃惊地感觉到，支撑自己星流术的灵力，已快耗尽。

“怎么办？！”勉力维持千羽幻光翼之时，苏渐几乎在心里吼着问出这一句。

而在他极为难熬之际，下方宰相府中奔走的人群中，却有一双犀利深邃的眼睛，正朝他冷冷地窥视……

这人正是萧龙雀。

“又是你！”

不仅是仇人相见，分外眼红，正指挥防守的萧龙雀，一看打破法师护盾之人，还是苏渐，那心情惊怒交加之际，竟还别样的复杂。

这时候，他也看到了幽小眉。

如果放在往日，这小女娃对萧龙雀就像一支清凉剂，但这会儿，他却依旧双目赤红，借着奔走人群的掩护，悄悄地朝苏渐逼近。

快靠近之时，他不再迟疑，猛然高高地跃起，手擎焰光蒸腾的焚天戟，如天界神将一样，朝苏渐迅猛刺去。

这一击，萧龙雀势在必得。

只是，恰在他高高跃起之时，苏渐刚好看到前方一物，霎时眼睛一亮，想也不想便展翅朝前方飞去。

两人前后错过的时机，实在太巧。

萧龙雀志在必得的偷袭，竟然落空了。

甚至，萧龙雀这一势在必得的偷袭，从启动到失败，苏渐从头到尾都没看到。

察知此情，萧龙雀落地后，心中不可抑制地浮起一个念头："莫非，我等今夜气数已尽……"

在千羽幻光翼的轻灵带动下，苏渐很快飞临了宰相府中最高的那个楼阁。

名为"吟风"、实称"引凤"的高阁，这时正赤裸裸地暴露在苏渐的视线中。

"就是你了。"苏渐的脸上，浮现出一丝凶狠果决的面容。

他集聚灵力，奋力一挥，霎时间一团炫烈的火焰，呈朱雀之形，带着凄厉的啸音，直扑引凤阁。

多年建筑的木质高楼，材质干燥易燃，被苏渐一记变形的"烈凰神矛"击中后，只听得"轰"的一声，引凤阁竟然瞬间炸开，向四面八方撒落开无数燃火的碎片。

这情景，就好像引凤阁是一炉火热的铁水，忽然被人炸开，便朝着四面八方飞落炽热的铁水火花，喷洒飞落之际，便宛如火树银花一样。

引凤阁爆燃飞洒之际，在夜空苍穹下，正呈现出一种诡异扭曲的美感。

世事难料。昔日当朝宰相寄托美好希望的引凤阁，这一刻却成了引燃整座府邸的导火索。

从这一刻起，宰相府中错落有致的防御工事，开始次第燃烧，本来紧张有序的灭火流程，正被四处爆燃的大火打乱节奏。

看似固若金汤的华夏国京华城朱雀街宰相府，从这一刻起，逐渐明亮，渐渐地变成了一座巨大的火场……

转折到来，覆灭不远。

朱雀浴火，凤凰照夜。

己之神鸟，彼之恶灵。

这一刻，竟有许多人热泪盈眶。

是谁翩翩翱翔于燃烧的天空，四处播撒死亡的怒焰？

今夜的京华城，无论是市井街巷里，还是皇宫贵邸中，注定有许多人，永生都难忘那个翱舞赤霄的神异身影。

那一刻的身姿，有多少人看得目眩神迷？

这时候，那位巡城中郎将童大方，在目眩神迷之余，却还一阵阵地后怕。

他想到，如果不是自己及时迷途知返，那这时候，自己虽然能同样看着苏渐点起这把毁灭之火，但自己的位置，却是在对面那群受害者当中……

当苏渐点下第一把火，真正开始火烧宰相府之后，他的灵力也将耗尽。他没有逞强，赶忙用残存的灵力，一展千羽幻光翼，回到府外围兵的后方，开始坐镇指挥。

幽小眉和红焰女的灵力，却要比他充沛浩大得多。当他回返之际，二女还在四处飞腾，专门挑那些难缠的法师下手。

这时围府的玄武卫、巡城军、四灵禁军，也开始了全面的攻击。

越来越强的火势，神出鬼没的“恶女”，还有三军包围的迅猛攻击，在这三重压力之下，实力不俗的宰相府一方，已经开始有了崩溃的迹象。

见此情景，所有宰相的党羽，全都面如死灰。

宰相司徒威，更是在看到苏渐点燃“引凤阁”的那一刻，便跌足悲叹：

“唉！引凤引凤，本以为是吉兆，没想到却是谶语！”

眼见事已至此，宰相却还强自支撑，开始叫众人准备突围。

但外有重兵、内有火灾之际，这时想突围，谈何容易？

而这时双方的士气，已经有了天壤之别。

不管怎么说，司徒威还控制着府内的局面，当他的突围之令下达后，便有府中死士冲上高墙，想拼死打开局面。

没想到，这第一批人在围墙上刚一冒头，便听见墙外苏渐大声叫道：“兄弟们！这是奸相给咱送功劳来了！都听清楚啦，每杀一人，赏银百两，若积得多，事后还另有功勋封赏！”

苏渐呼喊之时用了灵力，于是这充满鼓动性的话语，整个地回荡在宰相府的上空，府内府外每个人都听得一清二楚。

苏渐声音所到之处，宰相府人人面如死灰。

宰相府之人开始不由自主地退缩，而府外围困的官军却个个红光满面，人人嗷嗷叫着，如同下山猛虎般向前挤、向前冲！

不得不说，苏渐这声喝令，内容挺损，效果却十分显著。

此后每当围墙上露出一个宰相府私兵的脑袋，围观官军们便齐呼“功劳来了、功劳来了”。这种情况下，别说打开局面了，宰相府私兵往往刚一露头，脑袋上便集了好几支羽箭。

于是，刚开始时，司徒威还能集中不少人手，上墙突围，但到了后来，兵员渐疏，声嘶力竭地鼓动下，老半天才在高墙上冒出几个人来。

这样一来，就搞得墙外没能杀敌的官兵，很是不满。

他们只恨宰相府中人手不多。

有些心急的，甚至还真心实意地大喊：“还有人吗？还有人吗？千万别当孬种啊！放心吧，墙外没什么危险，快来，快来！”

这种情况下，也幸亏萧龙雀招呼着府中的法师好手，不断地向府外打出犀利法术，这才勉强让官兵们一时没法突入。

见得这样的场面，骑马往来指挥的苏渐，恍惚间也有一种强烈的不真实感。

还记得当年星降高原，他和小伙伴们路遇司徒威父子，简直对他们惊若天人，双方的差距想都不用想，如同霄壤。直到现在，他还清清楚楚地记得，亚飒当时还感慨，“大丈夫当如是”——没想到，今晚却由自己牵头，负责围困捉拿宰相父子二人。

而当年那个慨叹的好兄弟好伙伴，现在却也成了震动天下的巨寇反贼。

一想到这些，即使在血火战阵前，苏渐的心神也忍不住开了小差，暗中叹息一声：“唉，世事之奇，莫过于此！”

围墙上露头的私兵，越来越稀疏。这时苏渐又恰到好处地下令，说头五十个攻进宰相府中的兵士，有重赏。

这种带有排行性质的奖励招数，自古以来就非常好使。当苏渐一声令下，话音还未落定，那些官兵便一拥而上，各显神通，朝宰相府围墙上冲击。

这种情况，看起来有点乱哄哄，缺乏组织，但苏渐却不想阻止，因为他知道，在己方占着优势兵力的情况下，这样四面开花一拥而上的乱战之法，反而能收到奇效。

重赏之下，必有勇夫。

很快便有零星的官兵攻入宰相府，尤其以擅长渗透的玄武卫武士居多。

刚攻入时，官兵们甫一落地便被宰相府私兵围攻，还多有损伤，但就是这么一纠缠，后续官兵源源不断地跳下围墙，越来越多的人攻进了宰相府里。

虽说此后宰相府集中力量，死命攻击这些入侵者，萧龙雀也四处奔走，到处“灭火”，但相比刚才，双方打斗纠缠的区域，已经从围墙外变成了围墙里。

这样的变化，实在太重要了。

还在战斗的士兵，可能还无法洞察全局，但在那些关注战局的上位者心里，一看眼前这场面，便洞如观火，宰相府的覆亡，已是早晚的事。

虽然结局不可能有太大的变化，但宰相府经营多年，岂是这么快就会陷落的？宰相府占地广大不说，各种防御工事错落有致，再加上多年豢养洗脑的死士层出不穷，还在奋死抵抗，因此纵然苏渐等人着急，却也没那么快奠定胜局。

战火熏天，血肉横飞。

就在官兵攻入府中时，地处宰相府后花园的小姐绣楼中，却忽然传出一缕幽沉的琴音。

此时的宰相府，已经四处火起。

空气中弥漫着焦躁灼人的热意。

于是这一缕泠泠的琴音，如一捧清泉，冷净，幽然，在燠热的空气里，显得那么的安定人心，却又好生格格不入。

弹出这缕琴音的，正是司徒威的爱女，司徒莲。

虽然僻处深闺，但司徒莲也知道，今夜宰相府已经在劫难逃。

虽然相貌平平、举止温柔，但司徒莲的骨子里，依旧继承了她父亲不凡的一面。

大势已去、战火连绵之际，她却镇定非常，在弹琴一曲之前，便已经吩咐婢女下人，在自己绣楼之下堆积起干柴。

她命令最贴身的婢女，待她弹完今生最后一支琴曲，只等琴声一落，便点火烧楼——

宰相之女司徒莲，决意与宰相府共存亡！

当然，有这般绝烈的决定，并不意味着，她就认同父亲和义兄做的那些事。

司徒莲是个聪明的女子，世上也没有不透风的墙。平时父兄所做的那些事，怎么可能不传到她耳朵里？

事实上，司徒莲每回听到类似的消息，都十分不认同。

但这又有什么办法呢？

司徒威，是她敬爱的父亲；萧龙雀，是她仰慕的义兄。大难临头之际，她必须和他们在一起。

琴声幽幽。

她弹的是古曲《幽兰》，又名“猗兰操”。

清幽哽咽的琴声中，司徒莲正抚琴而歌：

习习谷风,以阴以雨。
之子于归,远送于野。
何彼苍天,不得其所。
逍遥九州,无所定处。
世人暗蔽,不知贤者。
年纪逝迈,一身将老。

虽然唱的是怀才不遇的词调,但那种穷途末路的悲凉,却与司徒莲的心意相通。

而悲凉苦涩的歌调,被年轻女子婉转脆滑的声音唱来,更显出一种别样的凄怆。

就在司徒莲鼓琴而歌之时,司徒威也正召来萧龙雀,让他跟自己去书房中说话。

“义父大人唤我何事?”萧龙雀匆匆而来,看着宰相不解地问道。

“龙雀……”急召他而来,会面之时,司徒威却一时无语。

耀映的火光中,他看到萧龙雀灰头土脸,满面烟灰,身上战袍也血迹斑斑,哪还有往日神戟将的丝毫神采?

目睹此景,司徒威满腹悲凉,竟一时语塞,不知从何说起。

“义父大人究竟找我何事?”萧龙雀急道,“若无大事,孩儿想赶快回去杀敌。”

“你逃吧。”司徒威一开口,就把萧龙雀吓了一跳。

“什么?!”萧龙雀还以为自己听错,忙追问道,“义父,您刚才说什么?”

“我说,你赶紧逃吧。”司徒威低沉而清晰地说道。

“不行!”萧龙雀大叫道,“我怎么能扔下您走呢?”

“你还不明白吗?”司徒威看着萧龙雀,眼含热泪地说道,“你,从来只是爹爹的一把刀子。刀剑无罪,用者可诛,天大的罪孽,就由我司徒威一人来承担吧。这也是老夫罪有应得,你萧龙雀年纪轻轻,还有大好前程,不需要给我陪葬。”

“不行!”萧龙雀焦躁地跺脚大叫道,“义父盛情,孩儿自然刻骨铭心。

值此危难之际，我若弃你而逃，我萧龙雀还是个人吗？此事绝对不行！我将与义父和宰相府共存亡！”

“唉……龙雀，别急，别急。”司徒威道，“你先听我一言。我相信，你只要听了此言，便会听为父的话的。”

“是什么？”萧龙雀狐疑地看着他。

“你，护送我女儿逃命吧。给我司徒家，保存最后一点血脉吧。”说出这句话后，司徒威神情委顿，一下子瘫坐在大椅上，仿佛瞬间苍老了十多岁。

一听此言，刚才还决死不从的萧龙雀，忽然陷入了沉默。

“莲妹……”

片刻的思忖，仿佛有一个世纪那么漫长。

“司徒大人——”萧龙雀再次开口时，忽然用了一个生分的称呼。

“嗯？”司徒威竟有些心情忐忑地看着萧龙雀——“人心难测”，这一点，他比谁都知道。

“司徒大人，晚辈有一个不情之请，还望司徒大人答应。”萧龙雀郑重说道。

“请说。”司徒威看着他。

“恳请司徒大人，能将爱女司徒莲，许配给我萧龙雀。”

“啊？”乍听此言，司徒威先是一愣，转而热泪盈眶，立即连连点头，“好！好！我答应你，我答应你！”

“多谢岳父大人！岳父大人在上，请受小婿一拜！”萧龙雀俯身跪倒在地，给司徒威庄重地行了一个大礼。

“好好好！乖孩子。”司徒威颤巍巍站起，上前搀起萧龙雀，连声道好。

“龙雀，我知道，莲儿她配不上你。”司徒威看着俊美的神戟将，终于说出了深藏多年的心里话，“我知道莲儿配不上你。”

“莫说配与不配，拿你和她相提并论，都是对你的侮辱。所以今日若有幸逃出去，你不需对她明媒正娶，将来三妻四妾，也任凭君意。”

一个父亲，还是一个位高权重的父亲，在视女儿为珍宝的情况下，还能说出这样的话来，其内心的悲伤和痛楚，旁人可想而知。

说此话时，白发苍苍的司徒威，正是泪光点点。

听他之言，萧龙雀脸色大变，大叫道："岳父大人，这是哪里话？怎可如此说莲妹？好，即使以前不是，从这一刻起，莲妹在我心中就是世间最好的女子！不是她配不上我，而是我高攀了她。我不仅要明媒正娶，还要入赘司徒家。"

"从此我的子嗣皆姓司徒，我还要平生不二色，今生不再娶妾。如我萧龙雀有违此誓，便如此砚台！"

说话间，萧龙雀已是挥起佩剑，一剑斩断书桌上一枚青石砚台。

"好，好，好……"到此时，司徒威已是泪流满面。

"对了，岳父大人，"萧龙雀正色道，"我和莲妹，逃往何方为好？"

"亚飒。"含着泪的老宰相，毫不犹豫地说道，"你二人去投奔亚飒魔匪军。"

"这！"纵然有千般的预想，萧龙雀也没想到司徒威会说出这个答案。

"好。"虽然极为吃惊，萧龙雀看着司徒威脸上坚决的神色，便问也不问，点头称是。

他刚说出一个"好"字，没想到立即有人破门而入，大叫到："不好了！不好了！"

"什么？"萧龙雀闻声十分恼怒，回头一看，正是司徒莲最贴身的侍女荷香。

"不好了，小姐她要点着绣楼，自焚而死！"荷香惊惶大叫道。

"什么！"萧龙雀惊呼一声，也来不及跟司徒威招呼，便身形如电，急蹿出书房，直往司徒莲的绣楼而去。

也幸亏萧龙雀身手超卓。

当他风驰电掣般赶到绣楼时，司徒莲一曲《幽兰》已是终了。

袅袅的余音中，司徒莲一身盛装，当楼而立，正向侍女仆从下令，命她们点火烧楼。

就在此时，萧龙雀恰好飞奔赶到，眼见此景，他大吃一惊，来不及赶到近前，便大声叫道："莲妹！我已请示爹爹，要娶你为妻，千万不可做傻事！"

话音刚落，他已疾步奔到近前，“噔噔噔”地蹿上楼，将司徒莲一把搂在怀里。

“什么?!”幸福来得太突然，司徒莲只觉得脑海中轰轰作响，都失去了思考的能力。

“我是说，从现在起，你就是我萧龙雀的爱妻了!”萧龙雀对着怀中的女子，大声说道。

“是的!”这时司徒威也已经赶到，看到这一幕连忙大声叫道。

这时候，无论萧龙雀还是司徒威，都已经看到绣楼下堆积如山的干柴，两人心中便如同掀起了惊涛骇浪，十分后怕。

萧龙雀毫不迟疑，立即半搂半挟着司徒莲，飞身跳下绣楼，又急行几步，冲出了干柴火堆。

“爹爹……是真的吗？是你逼他的吗?”被挚爱的人环抱，司徒莲还在恍惚之中，很不自信地问自己的爹爹。

“是真的，也是我自愿的。”还没等司徒威回答，萧龙雀已抢着朗声答道，“莲妹，其实我对你爱慕已久，不敢开口。今日大事将临，我不得不说了。刚才正是我斗胆跟你爹爹开口，请求他将你嫁给我。他……答应了!但我还要问你，你愿意么?”

“我、我愿意!”温柔如水的女子，眼含热泪，重重地点了点头。

“莲儿，我的好女儿，”司徒威强作欢颜，看着爱女说道，“今日起，你就是龙雀的妻子，以后要好好照顾他，相夫教子，谨守一个妻子的本分。今日我就将你托付给他，他会带你突围出去。”

“嗯。”司徒莲已经离开了萧龙雀的怀抱，听着爹爹的话，半含羞怯、半含悲伤地点了点头。

凤凰坠地

如此心情复杂之际，司徒威竟忽然跪了下来，朝萧龙雀重重地磕了几个响头。

“啊?!”见此情景，萧龙雀吃了一惊，满心惶恐。

他有心立即上前搀扶，但当他看到老人抬头时脸上的表情时，便心念一转，对司徒威的叩拜，坦然承受。

当司徒威起身后，他就如回光返照一样，面放红光，在府中往来奔走，大声喝令调度，让麾下精锐死士凶猛抵抗，保护萧龙雀突围。

即使到此时，萧龙雀依然心有不忍。

他带着司徒莲，靠近司徒威，朝他说，不如一起走。

听他此言，司徒威竟是勃然大怒，在漫天火光中大吼道：“龙雀！不要妇人之仁！你很明白，今日我已不可能幸免，我跟你们在一起，徒然连累你们!”

“好！您保重!”萧龙雀也是决断之人，听闻此言，再无迟疑，转过身朝司徒莲做了个“请”的手势，便护卫着她朝府外冲杀而去。

“莲儿……”目送萧龙雀拼死护卫司徒莲的身影，一代权相，便在心中默默想道，“莲儿啊，我的莲儿，这是爹爹在世上，为你做的最后一件事……”

想到这里，他看到高元博那些党羽官员，也想趁着众死士泼命掩护萧龙雀二人突围的机会，一起跑出去。

一见这情景，刚才慈祥无比的老宰相，脸上神色却蓦然变得凶狠无比。

他一挥手，那些最亲信的死士家臣会意，立即挥刀砍向那些想蹭萧龙雀突围机会的官员党羽。

被这一番乱砍，高元博等人鲜血四溅，惨叫连连。

到了这地步，他们也没必要留任何情面。如猪狗般被砍杀驱赶时，他们破口大骂司徒威残忍冷血。

听着他们的叫骂，司徒威却置若罔闻。

跃动的火光中，他面如寒铁，竟是在一片咒骂声中放声大笑，大吼道："哈哈！尔等鼠辈！往日谄媚依附我，得利丰巨，今日老夫只不过是收点利息而已！"

就在宰相府中上演悲欢离合之时，府外往来指挥的苏渐，忽然看见从朱雀大街的两头，不断涌来许多民众百姓。

华夏老百姓爱看热闹的习惯，自古就有一直未变。

时值深夜，宰相府这一带打成热窑一样，远近的京华城老百姓，居然呼朋唤友、扶老携幼地前来围观。

作为曾经在街坊中当值的玄武卫，苏渐看到这情景，真是哭笑不得。

哭笑不得之余，他也满心警惕。

要知道此时正是多事之秋，那老宰相又经营多年，谁知道这些涌来的人群中，是否有心怀恶意之徒？

借着火光和月光，他已经看到，不少老百姓手里，正拿着棍棒菜刀。

见此情形，苏渐不敢怠慢，满面凝重，立即纵马如风，运上灵力，在长街上往来人叫道："各位父老亲邻，今夜我苏渐奉圣上谕旨亲命，捉拿奸相恶贼司徒威。现已查明，当日大忠臣澹台兴老大人，正是司徒威指使人杀害的！"

如此纷乱时刻，苏渐头脑清醒得很，根本不去多扯那些说来话长的叛国之事，而是立即点明澹台兴遇害一案。

天子脚下的京华老百姓，也不是白当的。

苏渐这么一说，人群稍一纷乱之际，便有汉子扯直了嗓子高叫道："孤胆屠龙苏英雄，您请放一百二十个心，咱们老百姓起床跑来看，只是想看看这个奸相恶贼的下场！"

此言一出，人群中一片附和之声，都在叫道："对对对！苏大人不用担心有民变，我们都是忠臣义民！"

乱哄哄的"表白"中，还有个老妇人尖叫道："苏大人啊，您放心，要是奸臣跑到老娘这里，老娘说不得拿牙咬，拿指甲掐，总叫他跑不得！"

"哈哈哈！"饶是苏渐一腔凝重，听得此言，也忍不住哈哈大笑，"这位大婶，若要等到您操劳，不说皇上要怪罪我，连大统领也要扣我薪资饷银啦！"

围观民众闻言齐声大笑。

大笑声中，也有人叫道："二狗子他奶奶，瞧您这嘴瘪的，还有牙齿咬吗？"

此言一出，众人再次哄堂大笑。

值此之时，围府的官兵已近半攻入宰相府，眼看着司徒威一党，大势已去。

大势如此，但司徒威喝令精锐死士家臣重点配合萧龙雀突围，还是起了作用。

更何况，萧龙雀身怀"赤焰雄狮"星流术，手中一柄焚天戟，也使得出神入化，即使面对重重包围，想护一个人突围而出，也并非不可能之事。

于是，当宰相府几近全部陷落之时，萧龙雀护卫着司徒莲，侥幸冲出了重围，逃出了生天。

清凉的夜色里，在确认脱逃的那一刻，萧龙雀回头望了一眼宰相府，却看见白发苍苍的司徒威，站在汹涌如潮的烈火场中，放声大笑，然后转眼被炽热的火海吞灭。

看到这一幕，萧龙雀想哭，但又忍住。

司徒莲也想转头，看一看是怎么回事，却被萧龙雀挡住。

又冲出了五六条街，远离了苏渐统领的大军，萧龙雀认为暂时能保安全，便想停下来喘一口气。

没想到，恰在这时，前面的街道拐角处，忽然涌出一群百姓，手拿着锄头菜刀，挥舞呐喊着朝他俩冲来。

见只是百姓居民，萧龙雀不想动手，便将焚天戟靠在一旁墙上，拱手大叫道："诸位街坊义民，在下只是一时遭苏贼陷害，万望给一条生路，日后申冤洗罪，再来酬谢诸位。"

"哇呀！"众人一听，全都怒声喝骂道，"好个奸贼，还敢诽谤我们苏英雄?!"

说话间，便已是菜刀锄头齐飞，纷纷朝萧龙雀这边杀来！

听得众人如此叫骂，萧龙雀顿时黯然。

神沮气丧之际，他竟不复方才冲杀突围时的发狠凶猛。

杀光眼前百姓，只是举手间事，但锄头菜刀纷纷砍落之际，他只是默默地拿过焚天戟，勉强招架，冒着纷落的菜刀锄头，护着司徒莲拼命通过。

萧龙雀脱逃，也早在苏渐等人意料之中。

事实上都不用他安排，先前轩辕鸿便在五福楼中耳提面命，告诉苏渐，一旦萧龙雀脱逃，将由轩辕承天亲自出击。

无论轩辕鸿还是苏渐，都有个心照不宣的共识，便是哪怕今晚行动再是迅猛如雷、缜密如绵，也完全困不住萧龙雀这样的人物。

要降服萧龙雀，苏渐不行，轩辕鸿也不适合，最适合的那个人，只能是武力和智谋都死死压萧龙雀一头的轩辕承天。

京华四杰的排名，可不是随便排的！

于是，当属下传报说萧龙雀走脱了后，苏渐便立即命人告知轩辕承天，让他马上追击。

这一夜对萧龙雀来说，十分狼狈，正是前有险阻，后有追兵，身边还带着个柔弱女子，比之以往来去如风的日子，不可同日而语。

虽然不理解，但萧龙雀坚决听从岳父的遗命，决意往亚飒魔匪军的方向而行。

他对亚飒军位于何方这种机密，自然一清二楚。

他知道，亚飒军已穿越了万花国，一路狼奔豕突，虽然几番迂回，但行军目标明显是往神木国而去。

一看这目的地，萧龙雀顿时便明白了，亚飒是想将部属带往神木、云山、龙境交界的三不管地带，这样一来可略作喘息，二来可从那里的混血者聚居地补充兵员。

弄清楚这一点，萧龙雀便明白自己要带着司徒莲前往何处。

现在，如果他从华夏国出发，想去神木国，最近的道路，是从京华城直接往南，穿越云山国之后，再往东南方向而行，便可以到神木国和龙境的交界。

虽然这样最简便，但萧龙雀知道，自己的逃亡之路绝不能这么走。

且不说这一路上各种城池关隘无数，就连原本属于司徒威势力范围的红焰晶海，在苏渐大闹了一场之后，无论晶海行营还是当地的红晶族土著，都完全站在了司徒威一方的对立面，成了拥护苏渐和玄武卫的铁杆。

所以，不用多想，萧龙雀就选了一条常人觉得匪夷所思的路径：

他要先往东走，过青芝原，穿残月峡，进入现在大部由龙族控制的泪原，然后沿着风暴之墙的走向折向南方，往神木国边境而行。

如此迤逦转折而行，尤其要经过龙族的控制地，可谓九死一生。

但类似“富贵险中求”，看似要面对龙族的可怕威胁，但同时，也能摈绝华夏国势力的影响。

决定之后，萧龙雀带着司徒莲，在京华城中拐了几个弯子，从东城一座侧城门冲门而出，夺了一匹战马，往青芝原的方向急行。

萧龙雀的动向，立即被轩辕承天得知。

作为“怒雷神剑”“光明战神”的轩辕承天，当即点齐麾下青龙军精锐亲兵，一人二马，朝萧龙雀逃逸的方向急追。

虽说轩辕承天的武功和法技都在萧龙雀之上，但在过往的岁月里，萧龙雀帮司徒威在黑暗中做过许多阴损之事，因此萧龙雀隐匿逃亡的水准，还在轩辕承天蹑踪追击的本领之上。

于是这两方一个逃，一个追，斗转星移，不久便东方大白。

日月经天，转眼又到了第二天晚上，萧龙雀二人，还没有被轩辕承天追上。

这时候他们已经快跑出青芝原，再往前赶一赶，一两个时辰后，便能到残月峡。

到了残月峡，如果一路顺利，萧龙雀二人便能进入泪原，彻底甩开华夏国的追兵。

到了这地步，萧龙雀虽然疲惫不堪，但依然愿意再拼一拼，索性跑到残月峡。

只是他有心如此，那个娇生惯养的宰相爱女，却早已东倒西歪，连马都坐不稳了。

即使不看司徒莲的窘状，就看二人胯下这匹马，也早就口吐白沫，腿脚软塌，要再跑下去，很可能暴毙而死。

眼见如此，萧龙雀一声叹息，回望来路的烟尘，也只得寻了一家不起眼的小客栈，暂时歇下。

人能住店，那马身上可是有隶属京华巡城军的战马坐骑标志。如此敏感时刻，萧龙雀断不敢把马大剌剌地交给店小二喂养。

于是进店之前，他先将战马拴在附近一处小树林中，等二人安顿下来之后，他便偷偷地出门，到小树林给马喂上水草饲料。

住上客栈，萧龙雀和司徒莲，只能说身体上稍稍放松，精神上依然惊魂不定。

惶恐之际，萧龙雀也跟司徒莲忏悔道："莲儿，方才青芝原一路赶来，到处残垣断壁，民生凋敝，都拜上回人龙大战之赐。"

"由此想来，我等投降龙国的意图，实不可为，两族两国间已结血海深仇，绝非'投诚'二字能够解决。"

"嗯。"司徒莲咬着嘴唇，点了点头，温柔地回道，"萧兄，你说什么，便是什么。不过依莲儿看，那龙国确实投不得。"

"嗯，"萧龙雀也点点头，看着窗外的月色，若有所思道，"所以岳父大人高见，让我二人去投亚飒，倒应了'患难之时见真章'这句话，这么多年联络下来，恐怕岳父大人也知道，龙族是靠不住的。好了，我们不说这个了，你也累了，莲妹早些——"

"休息"二字还没说出，萧龙雀二人便猛听得客栈外一阵人喧马嘶，然后便是一个洪亮清越的声音叫道，"店家，有没有见到一男一女住店?"

这句话，犹如晴天霹雳一般，萧龙雀还没来得及听完，便一拉司徒莲，带着她如同春燕投林一样，从房间后窗翩然穿过，扑通一声跳落在店后的泥地上。

刚一着地，根本来不及细看，萧龙雀便拉着司徒莲没命地往前奔跑。

几乎在他们跑出客栈后门的前后脚，门前那批军士便一阵大哗，朝这边轰然冲来。

萧龙雀不敢松懈，几乎拼尽一身所有绝学，快步如飞地拉着司徒莲，朝前面那座黑沉沉的村庄跑去。

和之前一路上看到的景象类似，萧龙雀慌不择路选择的这座村庄，也十分荒僻，几乎半个村子都没有人。

萧龙雀根本来不及仔细观察周围的情况，耳听着身后的追兵脚步越来越近，几乎快到跟前，他情急之下抓住司徒莲，钻进了路旁那座破旧的小土屋里。

也真是慌不择路了。等萧龙雀和司徒莲钻进屋子，才发现这是一座废弃的猪圈。

虽然这猪圈现在已经不再养猪，但那种多年猪粪沉积的气味，酸臭刺鼻，让人十分难耐。

心高气傲的神戟将、养尊处优的宰相小姐，何时到过这种地方？

但今时今日，他们钻进这破败腥臭的猪圈里，却一时觉得这里无比的温暖安全。

外面的追兵，越走越近。

过了一时，虽然听得脚步略有远去，但时近时远，显然华夏追兵还在这座荒村中盘桓，四处仔细搜查。

听得如此，萧龙雀心如死灰。

如果只是他一个人也就罢了。

大不了冲出去拼杀一番，力战而死。

但现在不一样，他还带着恩人拜托的家族唯一骨血。

于是，直到此刻，他才知道，什么叫"生不如死"，什么叫"惶惶不可终日"。

听着屋外时远时近的脚步声，萧龙雀心潮起伏。

当判断出追兵一时难以离去时，他忽然开口，低低地对身畔人儿说道："莲妹，有件事，再不说，便来不及。"

"你说。"女子轻轻地应道。

"我要娶你。但很抱歉，现在没能力给你一个体面气派的婚礼。我想问你，嫁给我，你愿不愿意？"

"我愿意。"黑暗中，少女说出这句话，泪流满面。

"谢谢你。"萧龙雀轻声说道。

可能这一句话，是京华第二杰此生，最真诚的一句话。

此言虽轻，却掷地有声。

无边的黑暗里，腥臭的气味中，两个看不清对方面容的人，十分默契地略略分离，然后轻轻相对拱手，行礼，便宛如拜了天地。

如此之后，他们二人，便紧紧地抱在了一起。

就在这时，废屋外忽然一阵脚步急响，有兵士乍然大叫道："轩辕将军，这村子快搜遍了，就这个破猪圈还没搜。"

一听此言，屋内刚刚抱在一起的二人，身形霎时一僵。

黑暗中，极度的恐惧，瞬间笼罩了二人。

即使有刚刚倾心相许的喜悦，也难以抵消大难临头前那片刻的惊惶。

正惊恐之时，却听得轩辕承天的声音在屋外响起："萧龙雀那人，坏归坏，但最是骄傲，犹如宫苑孔雀，宁可战死，也不可能躲在猪圈——因此这猪圈，便不用搜了，节省时间，继续朝前追赶吧！"

此言一出，众将士轰然应诺，转而一片上马之声，很快便有马蹄声轰响成片，直往远方而去。

这时节，躲在猪圈中的萧龙雀，固然喜出望外，但惊喜之余，想起轩辕承天的话，也禁不住满面愧色。

当他正要开口跟司徒莲说话，却猛听得"嗖"的一声，好似有什么箭矢劲射进了屋内，正钉在那根虫蛀的木头柱子上。

萧龙雀和司徒莲霎时一惊。

萧龙雀反应最快，转脸看去，透过房顶破洞中泄露的一缕月光，只见一支轻飘飘的麦秸秆，如利箭劲矢般，颤巍巍地钉在木柱上，看程度简直入木三分。

一看到这奇异的景象，萧龙雀顿时什么都明白了。

追兵中能有这般功力的，还能有谁？自然是那位光明战神了。

一言解围，又弹射秸秆示意，自然便是轩辕承天要告诉萧龙雀，刚才并非不知他躲在猪圈中，而只是认为萧龙雀这样的人物，不应遭受在腥臭猪圈中为小卒所执的屈辱。

萧龙雀果然不愧为和轩辕承天旗鼓相当的人物，他对轩辕承天心理的揣摩，几乎分毫不差。

理解此意，萧龙雀霎时起身，也不管屋外之人有无远去，郑重其事地行了一个礼，躬身说道："承君此意，永铭于心。"

萧龙雀感谢盛情，松了一口气。与此同时，正在京华城中等消息的苏渐，忽地叹息一声，脱口说道："罢了，安排轩辕大哥去追，恐怕错了。"

"什么？"端木楚正在他身边，一听此言，连忙问道，"为什么？轩辕承天可是大统领的儿子，又是你的好友，向来同仇敌忾，怎么可能资敌？"

"不是资敌。"苏渐摇了摇头，道，"你想想，京华四杰，名动天下，即使互相不通声气，心下自然惺惺相惜。"

"但现在，第四杰吴山云，误入匪类，死于非命；第三杰厉华楚，龙潜于人，已是公敌。"

"京华四杰，便只剩下二杰——结果萧龙雀还身败名裂！眼见此情，轩辕大哥定生恻隐之心，会觉得凤凰坠地，不该受辱，况且萧龙雀一介武夫，不过是奸相利用的一把刀而已，若是放过，也是无妨。"

"那怎么行？"端木楚闻言急道，"要不我现在去追？"

"唉，不必。"苏渐叹息一声，"这也只是我的猜测。即使如此，我坚信天道昭彰，天理循环，只要身负血债，迟早要还。"

事实证明，苏渐的猜测，并没有错，对自己这位义兄大哥，他还是十分了解的。

可能轩辕鸿和苏渐一样，也心有所感，于是当轩辕承天回来复命时，他有意无意地屏退了众人，只留苏渐一人在场。

只有苏渐在场的情况下，轩辕承天也不矫饰，十分痛快地承认，是他故意放水。

一听这话，轩辕鸿十分气恼，立即拍案而起，好生痛骂了轩辕承天一顿，最后大叫着要秉公办理。

当轩辕鸿正要召唤血晶徽卫来抓人时，苏渐却连忙叫道："大统领且慢！"

"嗯？你有什么事？"轩辕鸿立即停住叫人，很不高兴地看向苏渐。

"大哥！"出乎轩辕鸿意料的是，苏渐叫停他之后，第一嗓子却是朝轩辕承天喝道，"大哥你怎么如此糊涂？简直忘事！"

"什么？"轩辕承天一脸茫然。

"你忘了？"苏渐叫道，"临出发前，我身为这次抓捕行动的总指挥，特地吩咐你，萧龙雀这种人，可以故意纵放，因为我已查明，他是要投奔亚飒匪军。"

"而萧龙雀为人性格残暴，刚愎自用，放他去投亚飒匪军，正是驱虎吞狼，让他和匪首内讧，岂不比抓到他一刀杀掉划算百倍！干得漂亮啊，承天大哥！"

"这……是、是吗？"轩辕承天毕竟为人方正，即使苏渐如此明显地编瞎话儿替他辩护，他一时也口角嗫嚅、支支吾吾，不敢直承其事。

倒是轩辕鸿，真是闻弦歌而知雅意，苏渐才一开口，没说两句，他便知道这小子完全在胡扯。

明知他胡扯，轩辕鸿却觉得，这是自己这辈子，听到过的最舒服的胡扯了。

心情舒畅之际，轩辕鸿见自己儿了还是支支吾吾，便气不打一处来！

他心说："承天！你真是个混小子。苏渐这家伙已经绞尽脑汁，替你编瞎话儿脱罪，你怎么还不懂得配合？"

"唉！亏得老子我一生都跟阴谋诡计打交道，怎么生出你这么个方方正正、不知变通的儿子来？真是晦气！"

心急之际，轩辕鸿也不等儿子明确表态，便断然叫道："原来如此！苏贤侄，不愧是智勇双全的屠龙英雄，果然好计、好计哇！"

赞赏苏渐几句后,他一转脸,看向自己儿子时,已是面若冰霜,硬邦邦地说道:“承天,你累了,早点回去睡觉吧。”

没人能想到,盘踞多年的司徒威一党,一夜之间,轰然倒塌。

所谓“除恶务尽”,司徒威树倒猢狲散之际,华夏朝野开始了紧张的秋后算账。

一时间,许多人被罢官、被监禁、被流放,罪行累累的还掉了脑袋。

这些人当中,并不包括刑部尚书丁光祖、大理寺卿崔弘、御史中丞刘世功、户部尚书高元博。

这并不是说,他们被圣上额外开恩放过,而是在苏渐火烧宰相府那一夜中,不是被司徒威命人砍死,便是陪着司徒威,一齐葬身火场。

华夏官场在那一夜凤舞九天、烈火遍地般的变动,不亚于发生了一场大地震。

当然这场地震的后果,却极为良好,原本朝野的氛围已有些沉冗腐败,但今日为之一清。

作为有着远大抱负的英明之主光武帝,终于可以破除一切束缚,为了光复故土的目标放手大干。

尘埃落定之际,苏渐也得到了华夏朝堂毫不吝啬的封赏。

他在玄武卫中的职级,更进一步,从铜徽卫升为银徽卫;

他的散号将军衔,从散骑将军,升为云麾将军;

最显著的升赏,则体现在他的爵位封号上。

自从天雪国之事后,他已从最低等的一等公士爵,连升四级,变为五等的大夫爵;而火烧相府之后,他更是连升五级,成为十等的左庶长爵。

虽说左庶长爵,乃是卿级爵的最低爵位,但从大夫级爵升入卿级爵,可谓质的改变。

人常说“名动公卿”,苏渐今日,终于也能厕身其间了!

对于他这样冲天炮一样的蹿升,羡慕的很多,嫉妒的却很少。

这时候,苏渐之前和司徒威一党斗智斗勇的事迹,已经流传开来。

无论朝堂还是民间,都知道了苏渐这么个半大的后生,竟然以一己之力，与强横庞大的宰相一党对抗于朝堂，更在危急之时不惜立下“三日死期”的誓言，还巧用幻术将宰相的心腹甘文光“起死回生”“瞒天过海”，造成最后的致命一击。

在知道所有这些事迹之后，任何人刚升起些嫉妒的念头，也都很快熄灭了。他们都很自然地问自己：

“换成自己，行吗？敢吗？”

事实上，在扳倒宰相之后，苏渐在“孤胆屠龙”的名号之外，又多了一个绰号——“不死鸟”。

不死鸟，既对应了苏渐的朱雀星流术，还说明了他这几年中，面对无数凶险，竟然还都能全身而退的情况。

自此之后，至少京华城中，有谁还想触苏渐的霉头，就得先想想这个“不死鸟”绰号的含义了。

事实上，京华的大街小巷中，已经开始有说书先生，将苏渐勇斗奸相、火烧相府的事情，改编成戏文了。

不仅改编成戏文，经过添油加醋后，惊险的程度增加了十倍，甚至还加入了苏渐、萧龙雀、司徒莲的三角感情戏——于是引人入胜之余，却也是狗血无比。

这时候苏渐并没有什么版权意识，没想到通过这种改编权狠收外快；但每当他驻足茶馆外，听到这些无中生有、胡说八道的狗血三角恋时，便欲哭无泪。

听到过分处，他甚至恶向胆边生，简直想当场踢门冲进去，拘押了这胡说八道的说书人！

苏渐心情复杂之时，百里英却是春风得意。他现在已经当上了御史大夫，成了掌管御史台的一把手。

夙愿达成之际，百里英最大的感受便是：果然富贵险中求，苏渐没有骗自己。

感念之余，百里英已经到处自称自己就是苏渐一党。

打出招牌后，朝堂中还真有不少文武官员向他靠拢。

这些人都是人精，嗅觉无比灵敏。他们知道司徒威倒台之后，就轮到以轩辕鸿和百里英为首的势力。

至于苏渐，虽然并没有得到真正的高官厚禄，但别的不谈，就拿幽州国主和雪晶国主的联名信件来说，当日被司徒威一党当成里通外国的罪证，但现在换个角度看来，何尝不是说明苏渐外有强援？

再加上玄武卫和御史台两大巨头的全力支持，这个往日不太起眼的家伙，谁也不相信他是无根之木、无源之水！

对这样的示好，苏渐都微笑以对，内心却觉得无比疲倦。

这时候，萧龙雀和司徒莲的去向，也渐渐被人得知。

出乎苏渐意料的是，很多人并没有把重点放在他们投奔亚飒匪军的事上。

当那些京华城的大姑娘小媳妇，听说那个相貌平平的奸相之女，竟然嫁给了萧龙雀，顿时芳心碎了一地。

有性子烈的，甚至还寻死觅活，上吊跳河，倒让那些巡城军和玄武卫忙得鸡飞狗跳，抱怨不已。

这时曾经的刑部总捕头令狐阳，已被轩辕鸿实践诺言，任命为玄武金徽卫。

因为富有刑部经验，他上任后的第一个任务，就是忙着带人四处警告京华城的女性子民，让她们不可妄动妄想，同时勒令她们的父母家人，看好自家的姑娘。

听到这件逸闻之后，苏渐第一反应，便是哭笑不得。

他忽然意识到，这些普通百姓，有时真的是容易被所谓的“名士”煽动的。

一旦被煽动，这些小民便不理智，感情用事，甚至忘记了天理公义。

暗叹之余，苏渐也觉得十分悲愤。

“区区一个美男子成婚，就让这些女儿家寻死觅活，还有谁记得当年寂灭林中，那些为国捐躯的烈士义行？”

这么一想，苏渐心中扳倒强敌的喜悦，便不知不觉被冲淡了。

无形中，他的内心，竟生出几分沧桑感。

奸相之事已定，华夏朝堂进入了平静期。只是还没平静多久，忽然有不少权贵官员，在朝会上对轩辕鸿群起而攻之。

这些人，从各个方面攻击轩辕鸿，气势比当初苏渐挑战司徒威，要浩大得多。

苏渐乍看到这样的景象，只觉得十分惊异，因为自从司徒威倒台后，作为始终站在他对立面的轩辕鸿，成了最大的赢家，其圣眷之隆，如日中天，怎么这些官员还敢冒天下之大不韪，来捋他虎须呢？

他的第一反应，是这些官员中，是不是有司徒威的铁杆余党。但他稍一调查，便惊讶地发现，这些官员最多以前和司徒威比较友好，算不上他的同党。

度过最初的惊讶之后，苏渐很快也想通了。正因为他们之前跟司徒威交好，在朝廷清洗司徒威余党时，他们生怕被殃及，便先下手为强了。

对他这样的观点，轩辕鸿也十分认同。但这件事的主动权，还掌握在皇帝陛下的手上。毕竟他们不能像以前的奸相司徒威一样，主动出击，迫害那些反对自己的人。

面对众人对轩辕鸿的攻讦，光武帝李翊也颇有些犹疑。

虽然现在他对轩辕鸿十分信任，但他也是一个不受任何人左右的英明君主。

于是，再三思忖之下，他也派了两个自己信任的皇族外戚，来调查此事。

这两位外戚贵人，一文一武，还都挺有名，文的那位叫陈介，任校书郎，专门负责校勘典籍，地位清贵；武的那位叫薛大海，任从四品的轻车都尉，往日抗龙之战中，颇有功绩。

虽然他俩都是外戚出身，但本身能力都不错，文的知识渊博，武的勇猛有力，因此虽然顶着外戚之名，但在京华朝野之中，还都是响当当的人物。

派这两人前来调查，李翊可谓煞费苦心。

一方面，这两人乃是皇亲国戚，颇为可靠；另一方面，因为面对的对手太强，他故意安排的这两人，正是此次弹劾轩辕鸿风潮中的当事人。

李翊想着，如此一来，便可平衡一下轩辕鸿的强劲势头，同时如果陈、薛二人调查出来的结果，对轩辕鸿有利，那正好让那些起哄攻讦的官员无话可说——毕竟你们自己人都说轩辕鸿没问题！

李翊煞费苦心，轩辕鸿这边也如临大敌。

别的不说，从他安排应对调查的人选，就看得出他对此事极为重视：

他竟派了苏渐接待陈介、薛大海二人！

第一百三十章

路遇宿敌

苏渐接待陈、薛二人的时间，选择在了晚上。双方会面的地点，就在苏渐惯常去的太白居酒家。

双方约定，都不带其他人，这次会面算是密会沟通。

这样的约定，乃是苏渐一方提出。本来陈介和薛大海有心不答应，但又一想，对面乃是武力超强的屠龙英雄，自己就算带一百个护卫又有什么用？若不答应，平白弱了势头。

于是这一晚，陈介和薛大海，轻车简从，一个乘轿，一个骑马，双双来到太白居的门前。

到了太白居这里，看着这简陋的门脸，无论陈介还是薛大海，都捏着鼻子，一张脸死气沉沉。

他们的心中，不约而同浮起一个念头：

难道这个所谓的“孤胆屠龙”“不死鸟”，真个居功自傲、嚣张跋扈到故意安排个破地方，给他二人来个下马威？

想到这种可能，陈介和薛大海二人相对而视，会心地冷笑一声。

他们心说，如果真是这样，那你苏渐想错了念头！

他们两人是谁？京城权贵皇族里面响当当的人物！你这样摆脸子、耍下马威，只会搬起石头砸自己的脚，无论如何，今日也不能将你放过了。

心里转着凶狠的念头，陈介和薛大海临进门前，又小声嘀咕了几句，达成了统一战线，统一口径和策略之后，便双双一撩官袍，掀开太白居的门帘，携手昂然而入。

进了太白居后，他们两人发现，酒楼中正是灯火通明，到处点着明晃晃的蜡烛。他们抬头一看，正见到苏渐一身戎装，正站在对面二楼的雅座栏杆前，俯身朝他们二人面带微笑地挥手招呼。

再看看苏渐身下的楼梯上，正覆盖着崭新簇亮的鲜红毛毯，一直延伸到门口他二人的脚下。在周围烛光的映照下，这样的红毯显得富丽堂皇，无比喜气。

见酒家内部布置得如此隆重，陈介和薛大海心中的怒气，倒消去了一大半。

“陈大人、薛大人来了？快上来吧！”苏渐一脸热情地招呼道。

见名动京华的屠龙英雄，对自己这般卑躬屈膝，盛气而来的陈介和薛大海到这时也无比的受用。

“这小子倒知事，不像外界传说的那样凶猛可怕。”陈、薛二人对视一眼，便挺起胸膛，走过无人的厅堂，“噔噔噔”快步走上了楼梯，来到了二楼雅座上。

等他二人上了二楼，却看到刚才还凭栏招呼的苏渐，不知何时已到了里间，正背对着他们二人。

见此情景，陈、薛二人便有些迟疑。正疑惑间，他们忽然听得身后一阵响动。

“怎么回事？”他们回头一看，却发现刚才拾步而上的楼梯，竟然不见了！

“上屋抽梯！”陈介和薛大海，都是读过三十六计的人，一见此景，立时惊惧不已。

他们这时别提有多后悔，后悔自己只看到对方资历轻、年纪小，满脸赔笑，却忘了他是个不择手段的屠龙英雄啊！

“大意了、大意了！”悔恨的情绪，霎时便充斥了他们的内心。

当然陈介和薛大海，作为著名的皇亲国戚，也都不是一般人。

身临险境，他们很快反应过来，不忘互相激励——

只听陈介低声朝薛大海道：“薛兄，我陈介虽是一介羸弱书生，但气节可动天地，待会儿定骂得苏小贼惭愧谢罪！”

“老弟豪气！”薛大海赞叹说道，“其实老哥我身为武将，平生杀人无数，每日都闻鸡起舞，一身武艺愈加精湛。不客气地说，简直深不可测！陈老弟大可放心，老哥我定当不惜此身保你安全！”

“好兄弟！”“好兄弟！”两人相对而视，紧握双手，一脸慷慨无畏的表情。

就在这时，背过身去的苏渐，终于转过身来。

就在他转身的一瞬间，只听得“扑通”“扑通”两声，刚才还慷慨无畏的两人，竟一齐跪倒在地！

此时二人再相互对视之时，尽皆一脸尴尬。

“陈大人，薛大人，你们这是作甚？”苏渐一脸诧异地看着他们二人。

“大、大人，别杀我等……”陈介一脸惶恐，吃吃说道。

“这是哪里话？”苏渐矢口否认，却并没有吐口让两人起来。

停了一下，在陈介和薛大海内心无比的煎熬中，苏渐忽然走到一旁，拖了一只藤条箱来到二人面前。

“他这是要干什么？”陈、薛二人见状惊恐想道，“难道他杀人灭口之余，还要碎尸万段，塞在这藤条箱中？可这只有一只箱子，虽然挺大，但也塞不下我们两人啊……”

正胡思乱想之际，苏渐已是悠悠开口说话了：“陈大人，薛大人，我家大统领知道，你们这帮人，最近无事生非，又是弹劾、又是苦谏，只管攻讦我等，其真正原因，无非在这只藤条箱里。”

“在这箱里？”陈、薛二人闻言诧异，连忙朝前膝行两步，探头朝藤条箱里一看，却见装着满满一箱书信。

“原来已经装物，看来不是用来装我等尸块的。”见得箱子里塞满书信，陈介和薛大海一时略略放心。

苏渐倒不知他们心中正转着古怪念头，见他两人只顾盯着藤条箱看，怔怔地不说话，便忍不住道：“二位大人，何不拿起书信检看一二？”

“是，是！”陈薛二人言听计从地拿起书信，开始翻看。

只是略一翻看，陈介和薛大海便身躯一震！

“这、这是我等和那奸相往来的书信……”陈介看着手中书信，吃吃说道。

“不错。”苏渐笑道，“这些正是朝中官员，和奸相往来的所有书信。”

“当然，那些已经定罪的奸佞犯官，其书信已作为呈堂证供，付予三司了，这些书信，全都是不要紧的。哈，小弟还特地费了一些功夫，把你们二位大人的书信，放在最上面呢。”

一听此言，陈介和薛大海本就煞白的脸色，一下子变得更白。

“你、你想干什么？”薛大海满脸恐惧地说道。

也难怪他们恐惧。

奸相已经倒台，其各种倒行逆施罪行，已经证据确凿，大白于天下。这时候以严刑峻法著称的玄武卫，跟他俩展示他们跟奸相往来的书信，按常理来推测，其用意不问而知。

事实上，这正是最近那些官员，群起攻击玄武卫的原因。

他们无非担心自己和司徒威的书信，被玄武卫当作把柄，便想先下手为强，抢先削弱轩辕鸿的威信，打击玄武卫的气焰。

这时候，面对薛大海惊恐的发问，苏渐却并不作声，反而做了一个奇怪的动作。

在陈、薛二人的惊惶注目中，他一挥手，顿时从手掌心中蹿出一道猩红的火焰，那火焰如一条火蛇般蹿入了藤条箱中。

苏渐发出的火焰，非同小可，几乎还没等陈、薛二人反应过来，便已经将整整一箱书信烧得一干二净。

火焰蒸腾时，离藤条筐近在咫尺的陈、薛二人，却仿佛感觉不到火焰的炽热之气，一动不动地看着满筐的书信，在眼前焚烧殆尽。

“现在两位大人，感觉如何？”在袅袅的余烟中，苏渐微笑着看着陈、薛二人。

“您、您就是救苦救难的活菩萨啊！”薛大海一跳而起，发自肺腑地赞叹。

他这句话，如同开启了某种机关，接下来薛大海和陈介二人吹捧苏渐和轩辕鸿的好话，简直不要钱似的，一箩筐一箩筐地往外说。

饶是苏渐心性坚毅，面皮也不薄，被他们这一番排山倒海地吹嘘下来，也觉得十分不好意思。

耐心听了一时，苏渐见他们吹捧得越加谄媚肉麻，便实在忍不住地问道：“二位，打住打住——你们不是已经没把柄在我们手里了吗？怎么还这般、这般……”

听得此言，轻骑都尉薛大海讪讪苦笑道：“苏大人，这、这不是又有新把柄了吗？最近实在疲累，刚才一时恍惚，下官和陈大人竟不小心下跪——此事万望苏英雄保密！千万别传出去！否则以我二人皇亲国戚的身份，堕了皇家的威名，又要被圣上怪罪了。”

“哈哈！原来如此！”苏渐大笑道，“放心放心，我岂是那等喜传闲话的小人？来人呐，把楼梯给搬回来，我要和两位大人下去饮酒，今夜不醉不归！”

太白居中，一箱灰烬，一夕饮宴，翌日朝堂中那些曾经群起弹劾轩辕鸿的官员，便全都偃旗息鼓，好像根本没发生什么事一样。

华夏国中拔除了司徒威这一巨大的隐患，对整个人族来说，都是一件意义极为重大的事件。

在这之后，他们在某种意义上取得了一定的主动权，其中便包括，原先磕磕碰碰的龙血者潜伏行动，终于开始步入了正轨。

去除了司徒威这一内应，又识穿了厉华楚的真正面目，天宸阁终于松了一口气。

虽然，因为厉华楚的原因，龙血者潜伏行动，暂时陷入低潮，但和以往已经不可同日而语。

天宸阁和各大人类王国高层，开始重新审查各种承担敏感使命任务要员的来历，其审查范围不再限于龙血者。

为了不打草惊蛇，那些已经潜入龙境的龙血者们，并非完全没动静，还是保持了最低限度的活动。

这一审查，其结果让天宸阁主太叔无用和各位长老惊出一身冷汗！这次还真让他们查出来，原来竟有十多人的来历有疑点。

之后又是精心地深入调查，确认有八人的可疑之处确凿无疑后，天宸阁开始着手清理。

天宸阁出手,自然不同凡响,不会十分突兀地让人横尸街头。

很快,那些需要铲除的对象,在接下来的一段时间里,全都通过“正常出事故”的方式,死于非命。

至于罪魁祸首厉华楚,天宸阁处理得格外谨慎。

当他们发现,用同样的方法,根本没法对付既凶残又狡猾的厉华楚时,他们不约而同地想到一个人——苏渐。

他们的思路很简单。他们估计,在敌人的眼里,看苏渐的眼光,也和他们看厉华楚一样,觉得苏渐这人,“既凶猛又狡猾”。所以挑选苏渐,正是以毒攻毒。

当然,天宸阁的长老们和世俗的君王不同,虽然他们肚子里说,这就是以毒攻毒,但在交代任务时,他们所有的说法都义正词严,特别冠冕堂皇。

可能各方都高估了苏渐的“狡猾”程度,在面对天宸阁大人物们的“花言巧语”时,苏渐并没有看穿他们肚里在想什么,而是十分高兴地接下了锄奸任务。

于是在扳倒司徒威之后,苏渐接下来的官方任务,就变成了追踪和解决厉华楚。

相比司徒威,厉华楚其实更难对付。司徒威别看家大业大,但树大招风,要对付他,各种明枪暗箭可以一齐上,但厉华楚就不同。

这位果然是身担敏感重任的龙族精英,无论武技、法术,还是狡猾程度,都属于顶尖之辈。并且,据天宸阁的调查分析,厉华楚很可能还来自奇特的狂龙族,身具异能。

这种情况下,别说接近他、杀死他,就连找到他都很不容易。

在安排苏渐对付厉华楚的同时,华夏国也派人去刺杀亚飒和萧龙雀。

接近亚飒魔匪军的刺客杀手,可谓前仆后继,但每次都没能成功。刺杀的唯一效果,便是激怒了亚飒军。他们也派出了不少刺客,前来刺杀华夏国的重要人物。

由于双方都十分警惕,亚飒军刺杀行动的结果,也和华夏国差不多,都没什么显著成果。

一来二去之后，慢慢地，各大人族王国都明白了，亚飒魔匪军已成气候，要对付他们，光靠刺客小打小闹已不济事，还得用军事手段解决。

在这段时间里，苏渐不干别的事情，专门去盯厉华楚。

厉华楚，几乎欺骗了所有人，可以说是苏渐见过的最狡诈的龙族。他很想将厉华楚早日除掉，但很可惜，无论怎么努力，他甚至找不到厉华楚的行踪。

一筹莫展之际，真正的突破，来得出其不意。

这是仲夏的一天，苏渐四处出击未果后，便回到京华城自家的小院中，呼呼午睡。

午后明亮的阳光，洒满了小院，将一切照得明晃晃的同时，也让墙角阴影的轮廓，更加鲜明。

虽然阳光有些强烈，但苏渐睡着的那张凉竹躺椅，正搁在葡萄架下。

葡萄长势正盛，叶片肥大翠绿，被阳光一照，变得半透明，那碧嫩清灵的绿意，如同能滴下水来。

灿烂的烈日，经过葡萄绿叶的过滤，照到苏渐身上时，已变成一片绿幽幽的暗色。

此时的日光不仅不再炽热，还变成绿莹莹的幽静颜色，让人心神宁静，更能入睡。

夏日的午睡，恬静香甜。

睡梦中的苏渐，偶尔嘀咕几句，也不知梦到了什么。

好梦正酣时，有个娇小的身影，蹑手蹑脚地推开院门。

“吱呀”一声中，这个不速之客如同一只暗夜的蝙蝠，灵动翩然地闪进了小院。

看她这动作身形，如果苏渐醒来，便知道来人正是那位魔族小妹妹，幽小眉。

幽小眉今日忽然“拜访”，是带着强烈的怨气来的。

事实上，她离开京华城已经差不多一个月了——严格地说，她这次是“离家出走”！

离家出走的原因，是她察觉到，小苏哥哥不知道出于什么原因，总对她不冷不热，虽然看似爱护有加，但谈吐间，总好似隔了一层。

这时的幽小眉，还没意识到，身处种族纷争大时代的大哥哥，始终对她的魔族血统，心存警惕。

毕竟，苏渐不是极度感性的幽小眉，他很难完全用情感来对待两人的关系。

察觉出少年骨子里的冷淡和疏离，幽小眉顿时就气坏了。

从小到大，她还没被这么冷落过！

她也想跟苏渐大吵大闹，却知道她苏哥哥这人，并非言辞可动；即使不顾及这个，她也怕自己闹狠了，这位本领不凡的苏哥哥，会真把她这条小尾巴给甩了。

于是，最后幽小眉想到一个自以为十分高明的主意，便是“离家出走”！

因为要锻炼刺杀技能，幽小眉的行踪一向飘忽不定，苏渐也不大管她。这回决定要离家出走以示抗议，幽小眉在走之前气呼呼地发了脾气，提示苏渐她真的是因为生气才出走的。

没想到，当时苏渐正忙于各种收尾善后事宜，根本无暇顾及，并且苏渐对幽小眉太了解了，“离家出走”放在别人身上还行，对幽小眉来说简直就是个玩笑——

笑话！就算她长得“娇美可口”，苏渐也根本不担心她的安危，反而会担心那些不开眼的混混流氓，恐怕要倒大霉。

所以，幽小眉离家出走，本意撒娇，苏渐想的却是，她这一去，所到之处，治安定会大为好转。

这样的心思下，苏渐哪还会担心她？简直要欢送出门。

于是，出走的这一个月当中，幽小眉在暗中观察，竟发现苏渐根本没管她。

这一下，可把小妹妹气得够呛。

本来她还抱着幻想，但当她今日悄悄潜入苏渐家的小院，看到眼前的情景时，顿时气得七窍生烟。

她看到，翠影婆娑的葡萄架下，她的苏哥哥正呼呼大睡，还明显是深度睡眠，因为口角有一抹晶莹，显然还流了口水。

“真恶心！”幽小眉气恼叫道，“苏哥哥，你这个大坏蛋！人家一个小女孩，跑出去一个月，你竟然一点都不担心，还在这儿呼呼睡大觉，真的太可恶了！”

恼恨叫时，她心中想到以前在街市边，曾听几个大妈大婶热烈聊天，提到有男子为了报复和惩罚，便强暴了他恼恨的女子，还不止一次，最终导致女子怀了孕。

想起这个往事，天真的小少女看着只顾酣睡的少年，便在心中怒吼道：“苏哥哥！你这么坏，一点不担心小眉，小心哪天小眉真的生气了，就强暴你，一直强暴到小眉怀了小宝宝才放过你！”

可怜的小少女，根本不谙世事，将一个道听途说的坊间流言，进行了极端错误的理解。

幸好，她只是在心里怒叫。如果真说出来，被她的苏哥哥听到，难免会被疯狂地嘲笑。

毕竟是高等魔族的纯正血脉，幽小眉的心情也无法用常理推测。

她的暴怒，如同这季节的暴雨，来得快，也去得快，竟很快专心地端详起睡梦中的少年。

幽小眉和苏渐的缘分，以一种奇怪的方式开始。

最开始，她只把苏渐当成一个淬炼刺杀技艺的最好靶子，时刻想置他于死地。

随着时间的推移，她却渐渐喜欢上这位外表阳光，内心却有着无尽心事的少年。

她渐渐地发现，与其杀死他，还不如与他相处，这样反而要有趣百倍。

于是她在火枫林心碧湖畔定居下来，和苏渐一起经历了许多风风雨雨。

那些血与火、生与死的经历，丝毫未让小魔女畏惧、远离，反而让她越来越沉溺于这种温馨的过家家式的氛围……

而跟着苏渐，经历了这几年的历练，她虽然还是在很多方面不谙世事，但毕竟比以前要知道了更多人情世故。

现在她意识到，曾经仰望依赖的幽云姐姐，对自己恐怕不怀好意；所谓远游历练的鼓励，恐怕也是想将自己支开，然后独掌魔界在人间的势力。

意识到了这一点，幽小眉却并没有生气，因为她觉得现在的自己，已经找到了比尊龙教更宝贵的东西，也找到了更值得依赖的那个人。

立在小院夏日清风中，发呆的幽小眉想到这一点，下意识地抬了抬眼，看了一眼正在葡萄架下好睡的少年。

看到少年流着口水，做着好梦，本来紧绷着小脸的少女，不知不觉便笑了起来。

美丽清纯的小少女，这一瞬的笑颜，便宛如一朵含苞已久的花朵，在温暖吹拂的轻风中，悄悄地绽放了……

含着笑意，她轻轻地走过去，等了片刻，终于忍不住，使劲推了苏渐几下。

"谁？谁？"被惊醒好梦的少年，一下子坐起，揉着眼睛要看来人是谁。

"你啊，睡得像死猪，不怕被我杀掉？"幽小眉瞪着他，努力做出凶狠的表情。

"不怕。"苏渐满不在乎地道，"你没有杀意。如果对我有恶意，我还会到现在才醒？"

"咦？"听他这么一说，幽小眉忽然一愣，想道，"对啊，刚才一路上，我都恨不得一见到苏哥哥就惩罚他，怎么到了这里，就什么怒气都没有了呢？"

当她愣愣发呆时，便听得苏渐道："小眉啊，你还有事吗？没事的话，我要继续睡了……唉，真困。"

"哼！"一听他又想支开自己，幽小眉心里恼道，"真气人，偏不让你如意。"

心里恼恨时，她脸上却绽出一缕甜美的笑容，用柔柔的声音说道："小苏哥哥，你知不知道，我在天雪国的东方，看见了谁？"

"谁啊？"苏渐漫不经心道，"是遇到流氓，还是山贼？你没把人家怎么吧?”

“哼!怎么?小眉就只会遇上坏人吗?告诉你,这次我看见了你想找的那个人。”幽小眉得意扬扬说道。

“谁?”苏渐太了解幽小眉了,听她这么一说,顿时好像预感到什么,表情也凝重了起来。

“是厉华楚呀!”幽小眉雀跃说道。

“啊?厉华楚?!”苏渐几乎不敢相信自己的耳朵。

“这还不是坏人啊?”苏渐立即从竹榻上跳起来,站在幽小眉面前咫尺之地,瞪着她大叫道,“快说,快说!你在哪里看见他了?”

“就是在天雪国和冰龙国的交界边境,具体什么地方我也忘了。”说到这里,幽小眉好像意识到什么,扁着嘴,抱怨道,“苏哥哥,一个大坏蛋你都这么关心,却一点都不关心我。”

“关心你干什么?呃,不是,我的意思是,”苏渐用和蔼的声音说道,“小眉妹妹,你不是小孩子了,懂事了,本事也好,哪用得着我来担心你?”

“来来来,你快跟我详细说说,到底在什么地方见到他,实在想不起详细地点,说个大概也行。还有你看到他时,他在干什么?”

“地点,我想想……”幽小眉皱着眉头,咬着手指头,冥思苦想。

想了一阵,她苦着脸道:“苏哥哥,小眉真的想不起来了。不过有件事,挺奇怪的。”

“什么事奇怪?怎么奇怪了?”苏渐连忙追问道。

“那个厉华楚,应该知道小眉。小眉还想着,就等他来主动找麻烦,小眉就使个圈套刺杀他。”

“没想到,他看到我,明显认出我来,却啥都没做,就跟没看见小眉似的,急匆匆地走掉了。”

“哥哥,你说,他是不是很聪明?听说过小眉的威名,知道不好惹,便赶紧逃掉了——哎,不过想想当时的样子,还真是很奇怪呢。”幽小眉表情生动地说道。

“不对。他不是怕你。”苏渐听完后,毫不留情地否决掉幽小眉良好的自我感觉。

“那因为什么呢？难道他不屑跟小眉打吗？哼，真气人！”幽小眉气呼呼道。

“也不太像。”苏渐思索片刻后，便舒展了眉头，笑嘻嘻道，“小眉啊，想不想知道他究竟为什么这么奇怪？”

“想！啊，不对，”幽小眉仔细端详着苏渐，着忙道，“苏哥哥啊，你这样子，是不是又想哄骗小眉啦？”

“哪里话！”苏渐表情尴尬地道，“我想说，其实你小苏哥哥也挺好奇的，不如你带路，我们再去找那个厉华楚，看看他到底有什么阴谋，好不好？”

“当然好啊！”幽小眉想也不想便拍手笑道，“哥哥，你总算愿意理我了！我们快走吧！”

话音未落，还不等苏渐反应过来，幽小眉就拉着他的手往外拽了。

“喂！等等，等等，别急啊。”苏渐使劲挣脱小女娃的手，说道，“不用这么急，好歹你让我把剑和钱都带上啊。”

“喔，对！”幽小眉吐了下小舌头，有些不好意思道。

在夏日午后的这场对话，日后苏渐想起来，便觉得好生感慨。

那个清风徐徐、阳光充沛的夏日午后，是多么的祥和宁静；无论自己多么有想象力，也无法想象到，在这一个祥和安宁的夏日之后，他将面对怎样惊天动地的风暴——

“多想回到那一天，享受小院清风中的安宁。”

“没想到那样平淡悠然的时光，竟是如此的珍贵……”

这一天傍晚，他就和幽小眉一起往天雪国急行。

往北而行，虽然头顶的夏日阳光依旧炽烈，但空气却变得越来越清冷。

途中，苏渐一直在琢磨幽小眉所说之事。

说实话，对于此行的效果，他并没有太大信心，因为类似“刻舟求剑”的典故，此时离幽小眉碰见厉华楚的日子，已经过去了十多天，按理说再赶到相同的地点，很难再碰到这个人。

他也有心预测厉华楚行动的轨迹，但很可惜，无论他怎么问，都没能从幽小眉的描述里，得到对预测行踪有用的信息。

本来不是很有信心，但当苏渐跟着幽小眉，接近天雪国与冰龙国的边境时，竟然真的发现了厉华楚的踪迹！

“感谢老天保佑！”当苏渐发现那个神色狠厉的“故人”时，他第一反应，就是想感谢满天神佛。

因为有备而来，当发现厉华楚时，苏渐和幽小眉并没有被对方发现。

他俩在第一时间便很好地隐藏了自己，跟着厉华楚一路追踪下去。

按理说，苏渐身负的使命是除掉厉华楚，但幽小眉说起的那个奇怪迹象，引起了他的警惕。

基于丰富的经验和惊人的直觉，苏渐预感到，当下弄清厉华楚想干什么，远比简单地杀死他，更有价值。

追踪在厉华楚的后面，苏渐惊奇地发现，这位身份特殊的狠辣角色，竟然一路往天雪国的王都天雪城而去。

“他想干什么？”

怀着这个疑问，苏渐的兴趣越来越浓。

让他没想到的是，这一路追踪时，他还发现了不少形迹可疑之人。

若换了别人，可能还看不出这些人的异常，但苏渐是什么人？他不但一眼看出这些人可疑，还十分肯定地判断，这些人不是一般的奸细，还很可能是隐龙客。

发现这一点后，他心中那个不祥的预感，越来越沉重。

直觉应该有大事发生，但苏渐还是没敢往大里想。

“也许，厉华楚是想带着这些人，去天雪城里搞破坏？”

对这样的推断，苏渐还比较有自信。但当他在接近天雪城的地方看到一个人时，这样的推测便戛然而止。

因为，在天雪城东城门外，就在那条最大的官道上，他竟然看到了一个意想不到之人！

当时，他和幽小眉二人，正追着厉华楚，已经接近了天雪城东城门。

正当要跟随其进城时，苏渐只听得身后锣鼓喧天，回头一看，正有一支天雪皇家队伍，旌旗招展地从东方而来。

见到这支队伍，不知为何，苏渐心里一动，便暂时放下厉华楚，拉着幽小眉，隐身在路旁看热闹的人群里。

当盛大堂皇的队伍经过他面前时，他注意到队伍正中，有一架被众星捧月般护在当中的凤驾鸾辇。

可能他这次出门，运气真的不错，就在这凤驾鸾辇经过他的跟前时，恰有一阵风来，吹起了鸾驾上四围的金色纱幔。

即使只是瞬间之事，苏渐良好的训练，也让他本能地抬眼一瞥，正看清那鸾辇上所坐之人。

在那一瞬间，他和鸾驾上那人，正好四目相对——这一下，便如天雷勾动了地火，那气氛瞬间就像要炸裂！

“雪冽迩?!”

“苏渐?!”